阿尔方斯自以为藏得很好,没想到尾巴露在了被子外面。德尔菲娜和玛丽内特还没睡醒,头还埋在被子里面。

在半明半暗的光线下,一匹非常小的马躺在浅色稻草的残屑堆上,他只有公鸡的一半大。

母牛盯着餐具厨柜里的东西，充满好奇，眼神无法从一块奶酪和一罐牛奶上移开，嘴里喃喃地说了好几遍："我现在明白了，我明白了……"

小白母鸡将大象的形象深深记在心里,她看得太投入了,竟然变成了真正的大象。

玛丽内特睁开眼睛,从自己长长的睫毛之间隐隐约约看到两个毛茸茸的大耳朵在姐姐的枕头上移动。

"真可惜你们刚刚没有过马路去看看。一只天鹅在草地上唱歌。"

捉猫故事集

Les contes du chat perché

[法]马塞尔·埃梅 — 著
严若瑜 — 译

天地出版社 | TIANDI PRESS

Les contes du chat perché

目 录

神奇的猫爪 _ 001

狡猾的奶牛 _ 024

善良的狗 _ 048

全新的颜料盒 _ 072

自学的白牛 _ 094

齐心协力共解难题 _ 117

与孔雀媲美的猪 _ 138

死性不改的狼 _ 158

不羁之鹿 _ 177

变成大象的小白母鸡 _ 200

鸭子与他的豹子朋友 _ 219

性格恶劣的公鹅 _ 237

变成驴和马的姐妹俩 _ 256

好脾气的绵羊 _ 274

言而有信的天鹅 _ 297

头戴桂冠的小黑公鸡 _ 316

挥动翅膀的猪 _ 339

神奇的猫爪

傍晚时分,爸爸妈妈从田地里回来,发现猫正在天井台上梳洗。

"看哪,"他们说,"猫用爪子挠耳朵了,明天又要下雨咯。"

果然,第二天下了一整天雨。他们完全没法下地干活儿。

下雨不能出门,爸爸妈妈心情不好,对两个女儿也没什么耐心。德尔菲娜是姐姐,妹妹玛丽内特满头金发,她们正在厨房玩游戏。

"都是大姑娘了,整天想着玩,"爸爸妈妈咕哝着,"你瞧吧,等她们十岁了,保证还在玩。还不如学点缝纫手艺或者给阿尔弗雷德叔叔写封信,能更有点儿用。"

他们批评完姐妹俩后,又开始数落坐在窗户边望雨的猫。

"这猫也是，整天不做正经事儿。地窖和阁楼有不少老鼠在乱窜呢。但这位先生更喜欢一动不动地躺着，真轻松呢。"

"你们总是喜欢指责我们，"猫说，"白天就该用来睡觉和消遣。我半夜在阁楼捉老鼠的时候，你们又不在我的身后表扬我。"

"好啦。不管怎样，你都有理。"

临近黄昏，雨仍然一直下着，爸爸妈妈正在马厩干着活儿，姐妹俩正在厨房里围着桌子打闹。

"你们别这样玩啦，"猫说，"你们小心又打碎东西。爸爸妈妈会抓狂的。"

"照你这么说，"德尔菲娜说，"我们就啥也玩不了。"

"没错，"玛丽内特说，"听阿尔方斯（这是她们给猫取的名字）的话，就只能睡觉。"

阿尔方斯不再劝阻，姐妹俩继续跑起来。桌子中间放着一个已经用了一百多年的瓷盘子，是爸爸妈妈珍爱的物件。在德尔菲娜和玛丽内特跑得正欢时，她们突然抓住桌子的一角，不假思索地将它抬高。瓷盘子轻轻滑落，掉在地上摔成碎片。猫一直坐在窗边，连头都没有回。姐妹俩也没有心思跑来跑去了，她们的耳朵根烧得通红。

"阿尔方斯，瓷盘子摔碎了。怎么办哪？"

"你们把碎片捡起来扔进水沟里。爸爸妈妈或许发现不了……不行，太晚了。他们过来了。"

爸爸妈妈看到瓷盘子的碎片，气不打一处来，急匆匆地跨进厨房。

"灾星啊！"他们大喊，"这个瓷盘子在咱家已经一百多年了！你们竟然将它摔成碎片！整天就知道闯祸，真是两个恶魔，得惩罚惩罚你们。不准再玩了，吃饭只能吃干面包。"

但爸爸妈妈认为这惩罚力度似乎太轻了，他们想了一会儿，冷笑着对姐妹俩说：

"不，不吃干面包了。如果明天不下雨的话，哈！哈！哈！你们就去梅利娜婶婶家。"

德尔菲娜和玛丽内特吓得脸色发白，双手合十，乞求地望着爸爸妈妈。

"你们怎么恳求也没用！如果不下雨，你们就带一罐果酱去梅利娜婶婶家。"

梅利娜婶婶是一位年迈又邪恶的女人，她牙齿都掉光了，下巴长满胡须。姐妹俩去村子里看望她时，她总是不停地亲吻她们，这已经令姐妹俩反感了。她还用胡须扎人，甚至揪她们的头发。梅利娜婶婶会强迫她们吃发霉的面包和奶酪，那是提前为她们准备的。更过分的是，梅利娜婶婶认为她的两个侄女长得很像她，还说等到年底的时候，姐妹俩就会长得和她一模一样，那副模样光是想想就觉得可怕。

"可怜的孩子们，"猫叹气道，"因为一个有裂痕的旧盘子，这惩罚够重的。"

"你又在瞎掺和什么？既然你为她们说话，是不是摔碎盘子这件事和你也有关？"

"啊！没有的事，"姐妹俩说，"阿尔方斯一直坐在窗户边。"

"住嘴！哼！你们都是一个德行，互相包庇隐瞒，没一个顶用的，这猫成天就知道睡觉……"

"既然你这样想，"猫说，"那我还是离开这里吧。玛丽内特，给我开一下窗户。"

玛丽内特打开窗户，猫从窗户跳到院子里。雨恰好停了，一阵清风吹拂着云朵。

"天空开始放晴，"爸爸妈妈开心地说，"明天的天气肯定适合去梅利娜婶婶家。好了，你们哭够了吧！哭又不能修好盘子。去吧，去大棚里拿点木头吧。"

姐妹俩在棚里看到了待在木头堆上的猫。德尔菲娜泪眼婆娑地看猫洗脸。

"阿尔方斯。"她面带微笑地唤着，玛丽内特有些吃惊。

"怎么啦，我的小姑娘？"

"我在想，如果明天你能帮忙的话，我们就不用去梅利娜婶婶家了。"

"我要是能帮上忙就好了。可惜的是，我说的话不顶用。"

"你不需要和他们说话。你知道他们说了什么吗？他们说如果明天不下雨的话，我们就要去梅利娜婶婶家。"

"然后呢？"

"你瞧！你只需要用爪子挠耳朵就行了。这样明天就会下雨，我们就不用去梅利娜婶婶家了。"

"说得没错！"猫说，"我怎么没想到，这主意可真不赖。"

猫立马用爪子挠耳朵,来来回回挠了五十多次。

"今晚你们可以安心睡觉了。明天会下场倾盆大雨。"

晚饭期间,爸爸妈妈不停地谈起梅利娜婶婶。他们已经把要送给她的果酱准备好了。姐妹俩使劲保持严肃的样子,每当德尔菲娜望向玛丽内特时,玛丽内特就佯装咳嗽来掩饰她想要大笑的意图。睡觉的时间到了,爸爸妈妈凑在窗户前。

"真是祥和的夜晚啊,"他们说,"静谧而美好。几乎没见过天空中有这么多星星。明天的天气适合出门。"

然而第二天天气阴沉,一大早就开始下雨。"这没什么,"爸爸妈妈说,"雨不会下很久。"他们让姐妹俩穿上裙子,头发系上粉色丝带。但是,雨一直下到天黑。于是姐妹俩只好脱下裙子,解下丝带。然而爸爸妈妈的心情还是很好。

"那就往后推迟一下吧。你们等明天天晴再去看望梅利娜婶婶。五月中旬很少有连下三天雨的怪天气。"

当天晚上,猫洗脸时又用爪子挠耳朵。第二天依旧在下雨,跟昨天一样。姐妹俩又不能去梅利娜婶婶家了,爸爸妈妈心情开始变得糟糕。因为天气不好,对女儿们的惩罚只能一再拖延，他们也不能下地干活儿，便没由来地对女儿们发火，大喊着说她们只会摔碎盘子。"去看望梅利娜婶婶对你们有好处，"他们说，"天气转晴就出发。"他们正在气头上，更不待见猫，一个用扫帚打，一个用脚踢，大骂猫又没用又懒。

"噢！噢！"猫叫着，"你们比我想象的还坏。无缘无故就打我，我发誓你们会后悔的。"

如果爸爸妈妈没有拿猫撒气，猫很快就会厌烦让天下雨这件事。他喜欢爬树，享受在田地和树林里奔跑的感觉。他认为为了让姐妹俩不用去梅利娜婶婶家，反而让自己闷在家里太得不偿失了。但是，爸爸妈妈一顿刻骨铭心的毒打，都不用姐妹俩求他，他就主动用爪子挠耳朵。他把这件事当作自己的事情了。雨连着下了八天，从早到晚，毫不间断。爸爸妈妈不得不待在家里，眼巴巴地看着庄稼腐烂，他们似乎已经忘记瓷盘子和拜访梅利娜婶婶的事了。他们时不时地看着走来走去的猫，动不动就私下嘀咕好久，没人能猜透他们在想什么。

雨下到第八天，尽管天气不好，爸爸妈妈还是准备去火车站，把土豆运到镇上。德尔菲娜和玛丽内特起床后，发现爸爸妈妈在厨房里忙着缝制袋子。桌子上放着一块巨大的石头，至少三斤重。姐妹俩满脸疑惑，爸爸妈妈神色尴尬地解释，说这块石头要和那几袋土豆一起运到镇上。这时，猫走进厨房，礼貌地向所有人问好。

"阿尔方斯，"爸爸妈妈对他说，"在灶台旁边给你准备了一大碗鲜牛奶。"

"谢谢，你们太好了。"猫对他们说，他对这出乎寻常的善举感到诧异。

在猫喝牛奶的时候，爸爸妈妈分别抓住他的两只爪子，径直把他头朝下塞进袋子里，再将三斤重的石头也放了进去，随后用结实的绳子把袋子口绑得严严实实。

"你们在干什么？"猫在袋子里挣扎着大喊，"你们疯了吧！"

"干什么？"爸爸妈妈说，"我们实在不想要一只每天晚上挠耳朵的猫了。雨下得没完没了。既然你那么喜欢水，小家伙，那就让你喝个够。五分钟后，你就能沉在河底洗脸了。"

德尔菲娜和玛丽内特大叫起来，她们不让爸爸妈妈把阿尔方斯扔进河里。爸爸妈妈也大声嚷嚷着，说什么都不能阻止他们把这只浑身脏兮兮的，还总是让天下雨的猫扔掉。阿尔方斯喵喵叫着，发疯一样在袋子里扭来扭去。玛丽内特隔着袋子紧紧抱着他，德尔菲娜跪下乞求父母让猫活下来。"不，不可能！"爸爸妈妈用恶魔般的声音说，"别可怜一只猫！"这时，他们突然发现快八点了，得赶紧去火车站了。于是他们匆忙系好斗篷，戴上兜帽，离开厨房前对姐妹俩说：

"我们现在没时间去河边了。中午回来再去。这段时间你们不许打开袋子。要是阿尔方斯不见了，就把你们立刻送去梅利娜婶婶家待上六个月，甚至一辈子。"

爸爸妈妈前脚刚出门，德尔菲娜和玛丽内特就解开了袋子。猫探出脑袋对她们说：

"姑娘们，我一直相信你们有一颗金子般的心。但是，如果你们为了救我而搬去和梅利娜婶婶一起生活六个月，甚至更久，我会痛不欲生。如果要你们付出那样的代价，我宁愿被扔进河里一百次。"

"梅利娜婶婶也不是那么难相处的，六个月很快就会过去的。"

但猫什么也不想听，为了表明自己的决心，他把脑袋缩

009

回袋子里。德尔菲娜劝着猫,玛丽内特则走出院子,外面下着雨,她看到一只鸭子在水坑中扑水,想问问他的建议。

鸭子善于深思熟虑,做事认真又严谨。为了更好地思考,他把头埋进了翅膀里。

"无论我怎么绞尽脑汁,"最后他说,"也想不出能让阿尔方斯从袋子里出来的办法。我了解他,他很固执。即使我们强迫他出来,也没法阻止他在主人回来时出现在他们面前。更不用说我完全赞同他的决定。在我看来,如果你们因为我的过错而不得不去梅利娜婶婶家的话,我也将无法安心地生活。"

"但是,我们呢?如果阿尔方斯被淹死了,我们就不会受到良心的谴责吗?"

"的确,"鸭子说,"我们必须找到解决问题的办法。但是,无论我怎么想,都想不出来。"

玛丽内特想征求农场所有动物的意见,为了不浪费时间,她决定让动物们在厨房集合。马、狗、公牛、奶牛、猪、家禽都来了,他们都坐在女孩指定的地方。动物们把猫围在中间。他终于肯把头从袋子里探出来,鸭子站在猫旁边,向动物们说明现在的情况。他讲完后,动物们都开始沉思。

"谁有主意了吗?"鸭子问。

"我,"猪说,"是这样的,中午主人回来后,我去和他们谈谈。我会让他们意识到,他们应该为有这样邪恶的想法而羞愧。我将向他们解释,动物的生命是神圣的,如果他们将阿尔方斯扔进河里,他们将成为犯下重罪的人。他们一定会理解的。"

鸭子礼节性地点点头,但看起来并不相信猪。在人类眼中,猪最终会变成咸肉,他的话并不会有什么作用。

"其他人有什么主意吗?"

"我,"狗说,"请把这件事交给我。当主人拿袋子时,我会咬住他们的小腿不放,直到他们把猫放出来。"

这个主意不错,德尔菲娜和玛丽内特虽然有点动心,但也不想让爸爸妈妈的小腿被咬。

"但是,"牛开始发表意见,"狗太听话了,不敢攻击主人。"

"是的,"狗叹了口气说,"我太温驯了。"

"我有更简单的办法,"一头白牛说,"让阿尔方斯出来,然后放一块木头在口袋里代替他。"

011

白牛的话得到动物们的赞叹,但猫摇了摇头。

"这不可能,主人会注意到袋子里没有动静,也没有呼吸,很快就会发现真相。"

不得不承认,阿尔方斯说得对。动物们有些沮丧,变得沉默。此时,马开了口。那是一匹毛发斑驳的老马,他的腿脚不好使,农场主人不让他干活儿了。传言说他将被卖到屠宰场。

"我活不长了,"他说,"如果注定得死,不如死得有意义。阿尔方斯还年轻,还有美好的未来,理应由我代替他进到袋子里。"

马的提议让动物们十分感动。阿尔方斯激动地从袋子里钻出来,弓着背蹭着马腿表示感激。

"你是最好的朋友,最大度的动物,"猫对老马说,"如果我今天有幸没有被淹死,我将永远不会忘记你想为我做出的牺牲,我打心底里感谢你。"

德尔菲娜和玛丽内特开始抽泣,善良的猪也放声大哭起来。猫用爪子抹了抹眼泪,继续说:

"但是,你的提议是行不通的。我感到很抱歉,虽然我差点儿准备接受来自这样高尚的朋友的提议。但你无法代替我，因为你连头都塞不进袋子里，袋子只装得下我。"

姐妹俩和动物们立即明白过来，他们无法让老马代替猫。和阿尔方斯站在一起，老马显得像巨人一样。一只无礼的公鸡觉得这个对比非常搞笑，放声大笑起来。

"嘿，安静点！"鸭子说，"我们现在都没心情笑，我以为你明白这一点，但没想到你是个混蛋。你最好快点滚出去。"

"哼！"公鸡回答道，"管好你们自己！我什么时候笑还要问你们吗？"

"我的天，他怎么这么粗俗。"猪咕哝着。

"滚出去！"动物们都开始叫嚷，"滚出去，公鸡！滚出去，混蛋！滚出去！"

公鸡顶着鲜艳的红鸡冠，在一片嘘声中离开厨房，发誓要报复他们。雨还在下着，他快速跑进仓房中躲雨。过了几分钟，玛丽内特进来了，她在木头堆里仔细地选了一块木头。

"或许我可以帮你找到你想要的。"公鸡亲切地建议。

"噢！不用啦。我在找一块有形状的木头……总之，有一定的形状。"

"猫的形状吧。但就像阿尔方斯说的,主人会发现木头不会动。"

"正相反,他们不会发现的,"玛丽内特说,"鸭子有主意……"

在厨房的时候,大家都说要防着点公鸡,玛丽内特担心自己言多必失,就不再说话,拿着刚才挑好的木头离开了仓房。公鸡看她冒雨跑进厨房。没过多久,德尔菲娜和猫出来了,德尔菲娜打开仓门让猫进去,她在门口等着。公鸡睁大了眼睛,试图搞清楚到底发生了什么事情。德尔菲娜时不时地走近厨房的窗户前,焦急地问玛丽内特时间。

"差二十分十二点,"玛丽内特第一次报时,"差十分钟……差五分钟了……"

猫没有再出现。

除鸭子以外,所有的动物都离开了厨房,找地方避雨。

"现在几点啦?"

"十二点。一切都完了。你听,是马车声,爸爸妈妈回来了。"

"算了,"德尔菲娜说,"我得把阿尔方斯锁在仓房。反正我们去梅利娜婶婶家住六个月也不会死掉。"

她正要关门，阿尔方斯突然出现在门口，嘴里还叼着一只活老鼠。爸爸妈妈的马车跑得很快，已经到路口了。

德尔菲娜和猫相继狂奔到厨房。玛丽内特把木头用破布包好，这样会更柔软一些。玛丽内特打开放好木头的袋子，方便阿尔方斯把被他叼着的老鼠放进袋子，然后她立刻封住袋口。这时，爸爸妈妈的马车已经行驶到花园边上。

"老鼠，"鸭子俯身对着袋子说，"猫好心留你一条命，但是，有一个条件。你在听吗？"

"是的，我在听。"老鼠小声地说。

"我们只要求一件事情，你在袋子里的木头上来回踩动，好让大家相信袋子里有动静。"

"这很容易啊，然后呢？"

"然后，会有人把袋子拿走，扔进水里。"

"好的，但是……"

"别废话。袋子底下有一个小洞。你看情况把洞磕大点儿，等你听到狗叫声，就逃跑。但是，不能在狗叫前逃，否则你会被咬死，明白吗？无论发生什么，都不能喊叫。"

爸爸妈妈的马车已经驶进院子。

玛丽内特让猫藏到木箱里，并把袋子放在箱子上。趁着爸爸妈妈在卸车,鸭子离开了厨房,姐妹俩故意把眼睛揉得通红。

"这鬼天气,"爸爸妈妈边进门边说,"我的斗篷都湿透了。都怪猫这个畜生。"

"如果我没被关在袋子里,"猫说,"我也许会同情你们。"

猫蜷缩在木箱里,袋子就在箱子上面,说话声有点小,就像是从袋子中发出的。老鼠在袋子里来回乱蹿,显得袋子动静很大。

"我们不需要你的同情。倒是你才值得同情。不过这是你自找的。"

"好啦,主人,算啦。你们并不像看起来那么可恶。放我出来吧,我会原谅你们的。"

"原谅我们?你别太过分了。这一周难道是我们天天在求雨吗?"

"噢!当然不是,"猫说,"你们没法求雨。但是那天,难道不是你们毫无理由地打我吗?恶魔,刽子手,没良心!"

"啊!这该死的畜生!竟敢侮辱我们!"主人大喊。

他们非常生气,开始用扫帚敲打袋子。包得严严实实的木头承受着打击,老鼠吓坏了,在袋子里上蹿下跳,阿尔方斯配合着发出痛苦的尖叫声。

"这回你该受到教训了吧?还说我们没良心吗?"

"我不跟你们说话了,"阿尔方斯说,"随便你们说什么吧。我不会再和恶毒的人说话了。"

"随你的便,小家伙。现在该结束这一切了。走吧,我们去河边。"

爸爸妈妈抓着口袋,不顾姐妹俩的哭喊,离开了厨房。狗在院子里等着,主人出来后便跟在他们身后,那错愕的眼神,令他们有些尴尬。他们从仓房前经过时,公鸡问他们:

"那么,主人,你们要淹死可怜的阿尔方斯吗?但是,他可能已经死了,他像木头一样没动静了。"

"有可能。他被我们拿扫帚打了一顿,估计没什么力气了。"

他们用眼角扫了一眼藏在斗篷里的袋子,继续说:

"但是,还是能动弹几下的。"

"按理说没错,"公鸡说,"但是,我什么都听不见,谁知道袋子里装的是猫还是木头?"

017

"的确是猫,他刚才说他不再开口跟我们说话了。"

这次,公鸡不敢再怀疑了。

与此同时,阿尔方斯从箱子里出来了,和姐妹俩在厨房里一起跳舞。鸭子看他们开心地嬉戏打闹,不想扫他们的兴致,但他还是担心,主人也许会发现猫被木头替换了。

等他们跳完舞,鸭子说:"现在还得小心点。不能让他们一回来就发现猫在厨房。阿尔方斯,你得待在阁楼里,记住千万别在白天下来。"

"每天晚上你都去仓房吃些东西,喝一碗牛奶。"德尔菲娜说。

"白天的时候,我们会去阁楼看你的。"玛丽内特保证道。

"我也会去你们房间看你们。睡觉前,你们把窗户微微开条缝就行。"

姐妹俩和鸭子一直陪着猫走到阁楼门口,他们跟老鼠同时到达。老鼠从袋子里逃了出来,逃到阁楼。

"怎么样?"鸭子问。

"我湿透了,"老鼠说,"回来这段路可太长了。你们知道吗,我差点儿被淹死。狗在最后一秒才叫,你们的爸爸妈妈已经到河边了,我差点在袋子里被他们一起扔掉了。"

"还算顺利,"鸭子说,"猫也别耽搁了,快去阁楼吧。"

爸爸妈妈回来后,发现姐妹俩边摆餐具边唱歌,他们感到惊讶。

"说真的,可怜的阿尔方斯死了,你们竟一点儿也不伤心。但他被带走的时候,你们却哭喊得那么凶。他应该交些忠诚的朋友。其实,他真的很好,我们会想念他的。"

"我们很伤心,"玛丽内特说,"但既然他已经死了,我们也无能为力了。"

"总而言之,他那是自作自受。"德尔菲娜说。

"你们的态度真不讨喜,"爸爸妈妈嘟囔道,"真是没有心肝啊。我们很想……啊!没错,很想把你们送到梅利娜婶婶那里。"

吃饭的时候,爸爸妈妈伤心到难以下咽,他们对狼吞虎咽的姐妹俩说:

"看来伤心并不影响你们的食欲嘛。如果可怜的阿尔方斯能看到我们,他就会知道谁是他真正的朋友。"

饭后,他们情不自禁地抽泣起来,用手帕擦拭着眼泪。

"爸爸妈妈，"姐妹俩说，"请坚强点，你们哭得再伤心，阿尔方斯也不会复活。虽然是你们把他塞进袋子，打了一顿，扔进河里，但是，这对大家都有好处，为了让阳光照耀我们的庄稼，要理智些。刚才去河边的时候，你们真是既勇敢又快活！"

这一天剩下的时间里，爸爸妈妈很伤心，但是第二天早晨，天气晴朗，阳光洒满田地，他们就很少再想起猫了。

接下来的日子里，他们想起猫的次数就更少了。太阳越来越热烈，田地的活儿多得让他们没有时间去伤心。

对于姐妹俩来说，她们不需要想念阿尔方斯，因为他们每天都会见面。当爸爸妈妈不在家的时候，阿尔方斯就会从早到晚都待在院子里，只在爸爸妈妈吃饭的时候躲进阁楼。

晚上，他会去姐妹俩的房间看望她们。

一天晚上，当爸爸妈妈从田地里回来时，公鸡径直走到他们面前说：

"我不知道是不是我乱想，但是，我好像看到阿尔方斯在院子里。"

"这只公鸡太蠢了。"爸爸妈妈嘟囔着，就离开了。

谁知第二天，公鸡又来找他们：

"要是阿尔方斯没有在河底的话,我发誓我看见他和姑娘们一起玩耍呢。"

"他越来越蠢了,总是提起可怜的阿尔方斯。"他们边说着边仔细盯着公鸡,开始低声盘算起来。

"这只公鸡脑子真蠢,"他们说,"但是,他气色不错,很有精神,我们明明每天都看到他,竟然都没有注意到,他长得刚刚好,再养下去也长不了肉了。"

第二天一大早,公鸡正准备跟主人说起阿尔方斯时,就被宰了。爸爸妈妈炖了一锅鸡汤,大家都吃得很满足。

距离阿尔方斯被"淹死"已经十五天了,天气依旧晴朗无云,没落下一滴雨。爸爸妈妈觉得这虽然是庄稼生长的好机会,但他们又有些担忧地说:

"这种天气持续太久也不好,不然就成干旱了。要是能畅快淋漓地下场雨就好了。"

晴朗的天气已经持续了二十三天,依旧没有下雨,土地干得寸草不生。小麦、燕麦和黑麦都停止了生长,叶子开始变黄。"这样的天气再持续一周,一切都会被烤焦的。"他们懊恼地说,开始后悔将阿尔方斯淹死,并指责姐妹俩,"如果不是你们摔碎瓷盘子,猫也不会被淹死,阿尔方斯就

021

会在家里帮我们求雨。"吃过晚饭后,他们坐在院子里,望着万里无云的夜空,痛苦地合拢双手,大喊着阿尔方斯的名字。

一天早晨,爸爸妈妈来到姐妹俩的房里叫她们起床。猫和姐妹俩聊了大半夜,就睡在了玛丽内特的床上。猫听到开门声时,已经来不及躲开,只好钻进棉被里。

"时间不早了,"爸爸妈妈说,"快起床,太阳都老高啦,今天还是不会下雨了……啊!唉,可是……"

他们突然停下来,伸长脖子,瞪大眼睛看着玛丽内特的床。阿尔方斯自以为藏得很好,没想到尾巴露在了被子外面。德尔菲娜和玛丽内特还没睡醒,头还埋在被子里面。父母像狼一样逼近床边,四只手一起抓住猫的尾巴,把他揪了出来。

"啊!是阿尔方斯!"

"对,是我,你们先把我放下,弄疼我了。听我解释。"

父母把猫放回床上。德尔菲娜和玛丽内特不得不老实交代那天发生的事情。

"这也是为了你们好,"德尔菲娜肯定地说,"为了阻止你们淹死一只没过错的猫。"

"你竟然不听我们的话,"爸爸妈妈斥责道,"说到就要做到,你们得去梅利娜婶婶家。"

"哼!非得这样吗?"猫跳到窗户边上说,"既然这样,我也要去梅利娜婶婶家,而且我要第一个出发。"

爸爸妈妈突然意识到他们说了糊涂话,便乞求阿尔方斯留在农场,这关系到农场未来的收成。但是,猫不再听他们讲话。他们不停地乞求,还承诺绝不让姐妹俩离开农场,猫这才答应留下来。

当晚,天气炎热,德尔菲娜、玛丽内特、爸爸妈妈,还有农场的动物们齐聚在院子里,围成一个大圈。阿尔方斯坐在圈子中央的圆凳上。他先不慌不忙地洗了把脸,等时间到后,用爪子挠了五十多次耳朵。第二天早晨,干旱二十五天后的第一场雨从天而降,农场的动物和人都感觉神清气爽。在花园里,田野里,草地上,万物都开始蓬勃生长,绿意盎然。一周后,姐妹俩又听到一个好消息。梅利娜婶婶刮了胡子后,很快出嫁了,她跟丈夫搬到离姐妹俩一千里远的地方住了。

狡猾的奶牛

德尔菲娜和玛丽内特把奶牛从牛棚里赶到河边的牧场里吃草。牧场位于村子的另一头,她们晚上才能回家,姐妹俩带着自己的午餐、狗的午餐,还有两片黑醋栗果酱的吐司,这些食物可以让她们和狗度过这几个小时。

"出发吧,"爸爸妈妈说,"你们千万要注意,不要让牛一个劲儿地吃苜蓿草,也别让他们嚼路边的苹果树。你们已经不是小孩子了,两个人岁数加起来,将近二十岁了,总得学会自己思考。"

爸爸妈妈又对围着午餐篮嗅来嗅去的狗说:

"你也是,你这个懒东西,也要好好留意着。"

"一开口就是'夸奖',"狗嘟囔着,"总是这样。"

"你们这些奶牛也是啊,想一想你们去吃的是免费的青草,一口都别错过啊。"

"不用您说,主人,"奶牛说,"我们绝对吃得饱饱的。"

一头奶牛尖声细语地加了一句：

"如果不被打扰，我们会吃得更好。"

刚刚讲话的是一只小灰牛，名叫科尔内特。她赢得了爸爸妈妈的信任，总在背地里告姐妹俩的状，事无巨细地向爸爸妈妈汇报她们做了什么，甚至信口胡诌，让她们被罚只能吃干面包。

"被打扰？"德尔菲娜问道，"谁在打扰你呢？"

"我自言自语呢。"科尔内特说着走远了。

牛群跟在科尔内特身后上了路，只剩爸爸妈妈在农场院子里站着，嘴里嘀咕着：

"哼！这事儿一定得搞清楚。这两个疯丫头，怎么总惹祸。啊！幸好啊！幸好有科尔内特，又乖又靠谱。"

爸爸妈妈互相望着对方，脑袋微微右倾，眼里流下了一滴怜惜的泪，边抹眼泪边说：

"乖巧懂事的科尔内特，真棒。"他们说完便往家里走，还不停地抱怨着女儿们的粗心大意。

牧场离农场很远，奶牛们在路边看到一根苹果树枝，应该是被夜晚凛冽的暴风雨折断的。冒着被噎死的风险，奶牛们开始大口咀嚼着苹果。科尔内特走在前面,走到苹果树枝旁却没留神儿。等她回过神折返回来时已经晚了,树枝上的苹果全被吃了。

"原来是这样,"科尔内特讥笑道,"你们使劲吃吧,肚子撑爆了可没人管你们。"

"是呀,"玛丽内特说,"你没吃到苹果,就生气啦。"

姐妹俩扑哧一声笑了,奶牛们和狗也笑了。科尔内特恼羞成怒,气得浑身发抖,生气地说:

"我要去告诉主人。"科尔内特说着便向农场走去,狗突然拦在她面前警告道:

"如果你再往前走一步,我就咬掉你的鼻子。"说完便露出牙齿,脊背的毛发根根竖起。很明显他会说到做到,科尔内特也看得出来,便立刻折了回去。

"很好,"科尔内特说,"等着瞧,看谁笑到最后。"

牛群继续前行,科尔内特没有像其他奶牛那样边走边吃青草,远远走在前面。当奶牛们快到草地时,科尔内特已经在一个偏僻的农场前停留了很久,她正跟农场的妇人攀谈,农妇边说话边往篱笆上晒衣服。在路的另一头,距离农场一百米左右，吉卜赛人¹已经卸下了马拉大篷车的套，他们坐在路边沟渠旁忙着编篮子。等其他奶牛追上科尔内特后，农场的农妇拦住姐妹俩，指着大篷车对她们说：

"你们要注意这些人。要是他们中有人跟你们搭话，你们不要理会。"

德尔菲娜和玛丽内特冷淡而礼貌地道谢。她们不怎么喜欢这个农妇，感觉她有种阴险而狡诈的气息，跟科尔内特很像。而且，她嘴巴中间只有一颗又尖又黄的门牙，令人害怕。她的丈夫总在门口斜眼盯着她们，让她们很不舒服。这对夫妇以前几乎不跟她们讲话，就算说话也是指责她们没有看好牛群，要么就是吓唬说要找她们的爸爸妈妈告状。她们敷衍了一会儿就告别了，但是，走过吉卜赛人的大篷车时，还是加快了脚步，几乎不敢朝那边看。那些吉卜赛人边干活儿边快乐地歌唱，丝毫没有注意到她们。

在大草地，这一天过得挺顺利，只有科尔内特溜进草地边的一块田地里偷吃苜蓿草。姐妹俩赶了两次都赶不走这头

---

1 吉卜赛人，以过游荡生活为特点的一个民族。原住印度西北部，10世纪前后开始外移，到处流浪，现几乎遍布世界各地。——译者注（如无特别说明，本书中注释均为译者所注）

偏执又自负的牛,姐妹俩只好用棍子把她揍一顿,才制止了她继续偷吃的卑鄙行为。科尔内特迅速从姐妹俩身边溜走,狗咬住她的尾巴不让她溜走,却被她拖了二十多米没沾地。

"我会让他们付出代价的。"科尔内特嘟囔着回到牛群。

傍晚时分,姐妹俩来到河边跟鱼儿聊天,狗本应该看守牛群,但他非要跟着姐妹俩。和鱼聊天没什么意思,她们只遇到一条傻乎乎的大狗鱼,无论别人问他什么,他都说:"就像我经常说的,一顿美餐,好好睡一觉,就是最幸福的事啊。"看实在问不出东西,她们就放弃了,接着便和狗一起回到草地。牛群都在安静悠闲地吃草,但是,科尔内特不见了。其他的奶牛都低着头吃草,谁也没有注意到她去哪儿了。

德尔菲娜和玛丽内特以为科尔内特直接回家了——她经常提前回家,编瞎话向爸爸妈妈告状。姐妹俩想在科尔内特到家之前回家,立刻赶着牛群离开草地,快步往家赶。

爸爸妈妈还没有从地里回来,家里也都没有科尔内特的踪影,其他动物也没有看见她回来。姐妹俩有些慌了神儿,狗一想到会受到惩罚,也吓得不轻。一只有着漂亮羽毛的鸭子在院子里徘徊，冷静而沉稳。

"不要慌，"鸭子说，"你们先去挤牛奶，把牛奶拿到乳品厂。之后我们再商量。"

姐妹俩听从了鸭子的建议。爸爸妈妈回到农场时，她们已经从乳品厂回来了。夜色已深，厨房的灯亮着。

"晚上好呀，"爸爸妈妈问，"一切都顺利吧？没发生什么事吧？"

"当然没有，"狗回答道，"一切正常。"

"狗呀，没问你的时候不要回答。真是畜性不改！姑娘们，有发生什么事吗？"

"没有，没什么异常发生，"姐妹俩脸涨得通红地说，"大概吧……"

"大概？哼！去看看奶牛们怎么说。"

爸爸妈妈离开了厨房，狗先他们一步和鸭子会合。在牛棚的最里面，鸭子正站在科尔内特的位置等他。

"晚上好，奶牛们，"爸爸妈妈问，"今天过得怎么样？"

"今天真是美妙的一天，主人。我们从来没有吃到过这么美味的草。"

"那就好啊。另外,没有谁打扰你们吧?"

"没有,没人来打扰。"

爸爸妈妈摸索着走到漆黑牛棚的最里面。

"那你呢,勇敢正直的科尔内特,你有什么要说的吗?"

狗按照鸭子悄悄教他的话术,学着科尔内特的语气,边打哈欠边说:"我吃得可太饱了,你瞧瞧,我都瞌睡了。"

"真不错!听到这些我可太开心了。也就是说,今天没被打扰吧?"

"我没什么可抱怨的。"

狗停顿了一会儿,但是禁不住鸭子的催促,便不紧不慢地补充道:

"没什么,我没什么可抱怨的,除了那条该死的狗,总挂在我的尾巴上。随你们怎么想,主人,奶牛的尾巴可不是拿来给狗玩的。"

"当然不是。哼,可恶的畜生!科尔内特,你别着急,待会儿我们就好好揍他一顿。"

"也不用揍得太狠。你知道,他也是闹着玩的。"

"你可别同情坏蛋,得揍他一顿,这叫自作自受。"

说着,爸爸妈妈来到厨房。狗先他们一步躺在灶台边上。

"你给我过来!"爸爸妈妈冲着狗大喊。

"马上来,"狗应声道,"但是,你们看起来好像不太高兴。你们也知道,人们经常会胡思乱想……"

"你过不过来?"

"来了来了。总之,我尽力了。说实话我右侧风湿病难受得要命……"

"那刚好,我这儿有适合你的药。"

话音刚落,爸爸妈妈便用残忍的眼神看着他们的鞋尖。姐妹俩为狗说情。爸爸妈妈看在她们没有犯错的分儿上,没责备女儿,就每人踢了狗一脚当作惩罚。

第二天清晨,当爸爸妈妈过来挤奶时,他们在牛棚里没见到科尔内特,她的位置上多了一桶温热的牛奶。实际上,这是从其他奶牛那里挤的牛奶。

"刚才你们在阁楼的时候,"鸭子说,"科尔内特抱怨说她头疼。她让小主人快点挤奶,挤完奶后,玛丽内特就带她去草地了。"

"既然是科尔内特要求的,姑娘们做得挺好。"爸爸妈妈说。

他们说话的工夫，玛丽内特独自来到大草地。只有一颗门牙的农妇站在自己农场的院子里，很诧异为何这个赶牛娃既不带狗，也没赶牛。

"嘿！你知道我们有怪事发生吧，"玛丽内特说，"昨天傍晚，我们丢了一头奶牛。"

农妇说她没有看到科尔内特。她指着路对面正在大篷车前吃早饭的吉卜赛人说：

"这种时候，最好别让牛群到处跑，任何牲口都不行。有的人就会钻空子趁机偷牛的。"

玛丽内特渐渐地走远了，她看向大篷车那边，但是她不敢走上前和这些吉卜赛人攀谈。

况且，她不信是吉卜赛人偷了科尔内特。他们要把她藏在哪儿？大篷车的门那么窄，不可能把奶牛藏在那儿。她一直走啊走，走到河边问鱼儿昨天是否有一头奶牛不小心掉进水洞里淹死了，但是，鱼儿都没有听说过这件事。

"如果有这种事发生，我们肯定会知道的，"鲤鱼说，"在河里，消息流传得很快。而且，要是有牛淹死，我的儿子昨晚就会知道信息。您知道，他总在水洞和低洼的地方游荡。"

玛丽内特放下心来，德尔菲娜赶着牛群来到草地。玛丽内特把农妇的话告诉了德尔菲娜，德尔菲娜担心起妹妹和农妇的谈话。

她担心如果农妇遇见了爸爸妈妈，跟他们谈论起科尔内特的话，那可就糟糕了。

"确实，"玛丽内特说，"我都没有想到这点。"

临近中午，姐妹俩都满怀希望，期待在外待了一夜的科尔内特平息完怒气，就会回来。但是，随着时间慢慢流逝，科尔内特还是没有回来。奶牛们被姐妹俩的苦恼影响，也愁得连草都不吃了。到了中午，科尔内特会回来的希望彻底破灭。姐妹俩狼吞虎咽地吃掉午饭，决定去附近的森林里再找找。她们相信科尔内特没有被偷走，她只是想在森林玩捉迷藏，然后迷了路。

"你们就待在大草地，"德尔菲娜对奶牛们说，"本来准备让狗留下来，但他跟我们去树林里会更有用。你们要乖乖的，不要吃苜蓿草，等我们回来后带你们去河边喝水。"

"不用担心，"奶牛们向姐妹俩保证，"相信我们吧，我们不会去吃苜蓿草或者跑到河边让你们操心的，你们的麻烦事已经够多了。"

姐妹俩带着狗跨过河进入了森林，他们长途跋涉，开始四处巡查。狗也左闻闻，右嗅嗅，不断地在灌木丛中搜索着。大家呼喊着科尔内特的名字，仍是没有回应。他们又问了住在森林里的兔子、松鼠、狍子、松鸦、乌鸦和喜鹊，大家都不知道是否有头奶牛在森林里迷了路。一只乌鸦甚至帮忙去森林另一边打探情况，依然没有谁听说过这头迷路的奶牛。姐妹俩认为再找下去，只是在浪费时间。科尔内特应该在其他地方。

姐妹俩垂头丧气地原路返回。四点马上要到了，估计在天黑之前是找不回来了。

"今晚又要挨踢了，"狗叹着气说，"看样子不被踢上两三脚，我是没法脱身的。"

回到草地后，姐妹俩被眼前的景象吓呆了：整个牛群都消失了，没有留下任何痕迹，包括奶牛走过的痕迹。这个打击让姐妹俩放声大哭，狗想到以后会一直被木屐踢，也悲伤地哭出来。待在这里也无济于事，姐妹俩决定先回家。

那群吉卜赛人已经不在大篷车那儿了，情况看起来很蹊跷。姐妹俩问农妇是否看见奶牛群。农妇说她也不知道奶牛去哪里了，只是暗示吉卜赛人可能知道。她抱怨自己昨晚丢了一只鸡，说鸡如果没有被吃掉的话，是走不远的。

姐妹俩到家后，发现爸爸妈妈还没有回来。

鸭子、猫、公鸡、母鸡、鹅和猪都在院子门口守候着，想知道科尔内特的新消息，他们看到只有姐妹俩和狗回来，十分惊讶。奶牛们失踪的消息让他们全体哗然。鹅不停地叹气；母鸡四处乱窜；猪叫得好像被剥了皮；公鸡看狗垂头丧气的很可怜，便学狗开始吠叫起来。

猫为了掩饰自己的烦躁，咬了咬嘴唇，不小心把自己的胡子吞了进去，差点被呛到。

姐妹俩在嘈杂的同情声中，开始哭了起来，哭声让现场更乱了。只有鸭子很镇定，这种事情他经历了很多。

"抱怨也解决不了问题，"鸭子请大家冷静，"如果主人还像昨晚一样天黑后回来，那问题就好解决啦，咱们不能耽误时间，得好好准备怎么应对他们。"

接着，鸭子告诉每个人具体该怎么做，再三确认大家都听明白了。猪不耐烦地听着，总想打断他的话。

"你说的这些都没错，"猪终于开口说，"但是，还有更重要的事情。"

"请问是什么呢？"鸭子问。

"就是得找到奶牛们。"

"那当然,"姐妹俩叹着气说,"怎么找呢?"

"我来搞定,"猪郑重其事地说,"请你们相信我,明天中午之前,我就会把奶牛们找回来。"

几周之前,猪结识了一条警犬,警犬的主人在村子里度假。猪自从听了警官办案的事迹后,就梦想着有一天也能实现这样的伟绩。

"明天天一亮,我就去地里。我相信我掌握的线索是没问题的。现在呢,只需要你们帮我找一副假胡子。"

"一副假胡子?"

"这样别人就不会认出我来。戴上这假胡子,走到哪里都没人注意我。"

鸭子的希望并没有落空。事实上,爸爸妈妈回来的时候天已经全黑了。他们和姐妹俩说了几句话,就去了牛棚,那里一片漆黑。

"晚上好啊,奶牛们。今天过得还好吗?"

公鸡、鹅、猫和猪各自占据一头奶牛的位置,大家伙儿都提高嗓音说:

"再好不过了,主人。晴朗的天气,鲜嫩多汁的青草,友好的伙伴们,还有比这更美好的吗?"

"那今天确实不错啊。"

主人接着问一头奶牛,猫坐在这里:

"那你呢,红毛?今早感觉你气色没往常好,白天吃饱了吗?"

"喵。"猫叫了一声,他大概是有些心烦意乱或者有些紧张。

德尔菲娜和玛丽内特站在门口,开始发抖,猫立刻改口:

"那只傻猫总是在我脚下晃来晃去,我要是踩了他的尾巴,那可是他自找的。你们问我吃饱了没?啊!主人!我从来没吃得这样饱过。肚子撑得都快要垂到地上了。"

听了他的回答,爸爸妈妈非常高兴,想要摸摸他吃得圆鼓鼓的肚皮。

要是他们再往前一步就要露馅儿了。幸好,狗模仿科尔内特的语气开始叫唤,爸爸妈妈边朝他走去边说:

"勇敢忠诚的科尔内特,你头疼好点了吗?"

"谢谢主人,我现在感觉好多了。不过早上没能跟你们说再见就走,整整一天我都很难过。"

"啊!这只善良的小牲口,说的话真是暖人心啊。"

他们的心里溢满温柔,想拥抱一下科尔内特,至少要拍拍她的背,表达他们的爱。

他们正准备一只脚踏上草垛时,牛棚另一边传来的争吵声吸引了他们的注意。

"我要踢断他的腰,"猫模仿奶牛的嗓音大喊,"我要撕掉他的头发,扯烂他的胡子。"

"你给我小心点,"猫用本音继续说着,"别看我个头小,我非给你点颜色看看。"

爸爸妈妈问发生了什么事情,猪解释说:

"这只猫不停地在猫的爪子旁晃来晃去。我想说,奶牛……不是,是猫……"

"好了好了!"爸爸妈妈说,"我们知道了。猫在这里真碍事。滚开吧,猫。"

他们刚要离开牛棚,突然想起有事要问,回头道:

"对了,科尔内特,今天在大草地没有发生什么闹剧吧?不要试图对我们隐瞒。"

"我发誓,主人,确实没有,我没有什么能向您汇报的。甚至连狗都表现得相当好。"

"噢！噢！这还挺让人惊讶的。"

"我从来都没有见过狗如此地安静。我确信他从早睡到晚。"

"睡觉？又犯老毛病了！这个懒蛋，难道他认为我们养他就是让他睡觉的吗？待会儿有他好看的。"

"请听我说，主人，您应该公正些……"

"正是如此，更应该惩罚他。"

当爸爸妈妈来到厨房的时候，狗已经提前跑回来趴在灶台下。爸爸妈妈说：

"你给我过来，没用的懒蛋。"

然后像昨天那样，在狗屁股上踢了两脚。

第二天早晨，一切事情都顺利进行。爸爸妈妈平常听到公鸡鸣叫声后就会起床，今天早晨，根据鸭子的指示，公鸡没有打鸣，爸爸妈妈屋里的百叶窗也紧紧地关着，他们还在睡梦中。姐妹俩悄悄地穿好衣服，拿好饭篮子，轻手轻脚地离开。猪在院子里等她们。

"你们帮我准备好假胡子了吗？"猪小声问。

姐妹俩用玉米须给他做了一副假胡子，胡子呈金黄色，带有红棕色的光泽，密实的胡子一直遮到眼睛那里。猪非常欣喜地说：

"你们在草地那里等我，是死是活，我中午之前都会把牛群带回来。"

"最好是活着的。"鹅说了一句。

"当然，但事实就是事实，我可改变不了。另外，如果我的推断没错，奶牛们一定还活着。"

猪让姐妹俩和狗先走。五分钟后，他也出发了。他走得很慢，假装在散步，这样才不会引人注目。

爸爸妈妈醒来已经八点了，他们怀疑自己的眼睛出了问题。

"我声嘶力竭地喊了三刻钟也没用，"公鸡说，"还是没法叫醒你们。最后我放弃了。"

"小主人不敢叫醒你们，"鸭子说，"她们像往常一样去赶牛了。一切都很顺利。科尔内特还让我告诉你们，她的头不疼了。"

爸爸妈妈头一次这么晚起床，心情异常不安，以为自己生病了，就没去田里干活儿。

猪在村子里溜达了一圈，上午十点左右，准备去草地和姐妹俩会合。只见他昂首挺胸，胡子像扇面似的贴在脸上，慢慢走过来，姐妹俩紧张得心怦怦跳。

"你找到她们了吗？"

"那当然。我的意思是我知道她们在哪儿。"

"她们在哪儿呢？"

"等一下，"猪说，"我知道你们着急，但请先让我坐一会儿，我太累了。"

他坐在姐妹俩和狗对面的草地上，摸了摸胡子继续说：

"首先，这件事看似复杂，但仔细想一下，其实特别简单。我们按照逻辑来推理，既然奶牛是被偷走的，那只能是被小偷偷走的。"

"没错。"姐妹俩回答道。

"另外，大家都知道小偷一般都衣衫褴褛的。"

"确实。"狗回答道。

"这就引出一个问题：村子里谁穿得最破烂呢？试着想一想。"

姐妹俩想了几个名字，但猪只是狡黠地笑着摇头。

"你们都猜错了，"猪最终说道，"这里穿得最破烂的人，就是在路边扎了两天营的吉卜赛人。所以，是他们偷了我们的奶牛。"

"我也觉得是他们!"姐妹俩和狗异口同声地喊道。

"是啊,"猪说,"到这一步,你们觉得是自己得出的结论。过不了多久,你们就会忘记是我的严谨推理才让你们知晓真相的。人都是忘恩负义的,我只得听天由命啊。"

猪自顾自难过起来。大家使劲赞美他,他才恢复精神。

"现在,我去找小偷,让他们认罪。对我来说这是小事一桩。"

"我可以陪你去。"狗自告奋勇道。

"不,这件事很微妙。你去了的话反而会搞砸。接下来的事我来做。"

他又提起他的诺言,保证在十二点前把奶牛们带回来。说着便离开草地,在姐妹俩的注视下越走越远。当他到达吉卜赛人的居住区时,吉卜赛人正围坐在一起编篮子。这些吉卜赛人穿得很破,几乎衣不蔽体。离大篷车几步远的地方,有一匹瘦弱的老马在吃草,看上去和他的主人一样悲惨。猪径直走上前说道:

"你们好呀!"

这群吉卜赛人瞅了他一眼,无意交谈,只有一个人敷衍地回答。

"你们过得好吗?"猪问。

"还好。"那人说。

"孩子们都好吗?"

"还好。"

"外婆好吗?"

"还好。"

"马还好吗?"

"还好。"

"奶牛还好吗?"

"还好。"

那个人不假思索地脱口而出,但立即改口:

"奶牛的话,不必担心她们。因为我们压根儿没有奶牛。"

"太迟了!"猪扬扬得意地说,"你都承认了,是你们偷了奶牛。"

"你在说什么呢?"那个人皱着眉问道。

"够了!"猪威胁道,"把你们偷的奶牛还给我,否则……"

猪的话还没说完,吉卜赛人就站起来揍了他一顿,把他的胡子也搞得一团糟。猪气得边挨打边威胁他们,越这样吉卜赛人打得越狠。最后,猪拼命逃出来,浑身疼得受不了,胡子也掉了一路。猪躲进认识的那个农妇家避难,农妇很热情地帮了他。

已经下午两点了,姐妹俩还在草地等猪回来。这时,鸭子打探完消息,也来到草地,他认为猪的推理很有道理并表示赞赏。

"要会从外表观察,"鸭子说,"关键是不要弄错,我看我们的猪朋友差不多掌握诀窍了。他现在可能已经和科尔内特还有奶牛们在一起了。我们去找他们吧。"

姐妹俩带着鸭子和狗来到大篷车前,那里一个人都没有,吉卜赛人到村子里卖早晨编的篮子了。鸭子并不关心吉卜赛人的踪迹。他低着头,好像在检查路上的石头。

"你们看,"他说,"每隔几步就散落一绺黄色胡须。猪学着小拇指[1]的样子用胡须作标记,真不赖呀。这些胡须肯定指向某一个地方。"

大家沿着胡须标记的方向,来到农妇家门口,农户夫妇都在家。

---

1 小拇指,童话故事《小拇指》中的主人公,作者是法国作家夏尔·佩罗。

"你们好，"鸭子说，"在我看来，你们是如此丑恶。你们满脸凶相，怎么还不进监狱呢？"

农户夫妇被鸭子的话震慑得动弹不得，鸭子又对德尔菲娜和玛丽内特说：

"小主人，去把牛棚的门打开吧。请放心，要是遇见熟人，就让他们出来吹吹风，他们不会介意的。"

农户夫妇想要阻止姐妹俩去开门，鸭子警告他们说：

"你们但凡动一个指头，我的老伙计就会吃了你们。"

在狗紧紧地盯着农户夫妇的时候，姐妹俩进入牛棚，把猪和奶牛们赶了出来。科尔内特试图躲进同伴中间，她再也不是那副趾高气扬的样子。农户夫妇羞愧地低下了头。

"看样子你们很喜欢动物呢。"鸭子说。

"就是想开个玩笑，"农妇说，"前天，科尔内特来找我，让我收留她两三天，逗一逗你们。"

"你在说谎，"科尔内特说，"我只求你收留我一晚，第二天，是你们强迫我留下的。"

"那其他的奶牛呢？"德尔菲娜问。

"我担心科尔内特会无聊，就想着给她找些同伴。"农妇答道。

"她来草地找我们，"奶牛解释道，"说科尔内特生病了，想要见见我们，我们就毫无防备地跟着她过来了。"

"我也是，"猪咕哝着说，"刚才她让我进牛棚，我也丝毫没有怀疑。"

鸭子严厉警告了这对夫妇，说他们将会死在监狱里，随后便带大家离开了。半道上，鸭子和姐妹俩分开，姐妹俩赶着奶牛们去了草地，他和猪一起回家。猪想着自己的痛苦经历，觉得推理得再好也没用，就有些心酸。

"你告诉我，鸭子，"猪说，"你怎么猜到农户夫妇是小偷呢？"

"今早，那个农夫路过咱家，和站在院子里的主人攀谈了一会儿。我注意到他一点儿也不提奶牛丢失的事，事实上，昨天他听小主人说过这件事。

"他知道小主人并没有把这件事告诉她们的爸爸妈妈，他也就只字不提。

"按理说，他们夫妇平日里就喜欢逮住机会使坏，让小主人挨骂。另外，他们长得就像小偷。"

"这不能当证据。"猪说。

"对我来说是证据，但我凭借的不仅仅是这个证据。刚才沿路跟着你掉落的胡须,一直来到他们牛棚门口,我就确定了我的推测。"

"可是,"猪叹着气说,"他们比吉卜赛人穿得好啊。"

傍晚,姐妹俩带着奶牛们回到家。爸爸妈妈站在院子里。科尔内特远远地看到主人,便离开牛群,跑到他们面前说:

"我跟你们解释一下事情经过,这都是小主人的错。"

她开始讲述她怎么没回家,奶牛们怎么也没回家。但是,主人昨晚刚跟奶牛们说了话,现在完全听不懂她在讲什么。猪和其他奶牛也并不帮腔。科尔内特气得几乎要晕过去。

"几周前,"鸭子说,"可怜的科尔内特完全失去了理智。她总是想着编造胡话,想让小主人和狗受惩罚。"

"的确如此,"主人说,"我们也是这么想的。"

从那天起,主人再也不相信科尔内特告的状。她十分沮丧,完全失去食欲,几乎挤不出奶了。现在,主人开始考虑送她去屠宰场了。

善良的狗

德尔菲娜和玛丽内特帮父母买完东西后往家走,还有一公里就到家了。她们的篮子里装有三块香皂、一袋白糖、一块小牛肠等。姐妹俩拎着篮子的柄,边晃动篮子边唱着一首好听的歌曲:"米隆冬,米隆冬,米隆丹。"走到路的拐角处时,看见一只毛发竖起、低头前行的狗。他看起来很凶,嘴唇外翻,尖利的獠牙露在外边,长长的舌头几乎垂到地上。他突然奋力摆动起尾巴,沿着大路奔跑,却笨拙地一头撞到树上。他惊得后退了几步,因暴怒而发出低沉的嚎叫声。姐妹俩站在路中间吓得不敢动,也顾不得会压碎小牛肠,紧紧地靠在一起。玛丽内特仍声音轻颤地唱着:"米隆冬,米隆冬,米隆丹。"

"请不要害怕,"狗说,"我不是恶犬,正相反,我很善良。但我的眼睛看不见这点让我很烦恼。"

"噢!可怜的狗!"姐妹俩说,"我们不知道!"

狗走到她们跟前,尾巴摇得更欢了,还舔了舔她们的腿,用鼻子闻着装有食物的篮子。

"我跟你们说说我的事,"他说,"但是,先让我坐一会儿,你瞧,我实在累坏了。"

姐妹俩和狗面对面坐在路边的草坡上,德尔菲娜小心翼翼地把篮子放在两条腿中间。

"啊!休息一会儿好多了,"狗叹了口气接着说,"那么,说说我的事情。在我失明以前,我给一个盲人工作。你们看我的脖子上还挂着绳子,就在昨天,我的主人还牵着绳子让我给他带路呢,现在我才明白我对他是多么有用。我领他走最好走的路,遍地开满了山楂花。当我们路过一家农户的时候,我就对他说:'这是一家农户。'农民会拿给他一块面包,扔给我一块骨头。有时候,我们就借宿在农户谷仓的角落里。我们也经常会碰到不怀好意的人,我就会保护主人。你们知道的,那些吃得肚皮圆滚滚的狗和他们的主人是瞧不上穷苦人的。但是,我会摆出很凶的样子,他们就会放我们过去。你们看,就像这样——"

他开始龇牙咆哮,瞪大双眼。姐妹俩被吓坏了。

"别再这样做了。"玛丽内特说。

"这只是为了给你们展示一下，"狗说，"我总是为我的主人效劳，还陪他聊天。我明白我只是条狗，但是，闲聊总能打发打发时间。"

"你话说得跟人一样好。"姐妹俩说。

"你们真善良，"狗说，"天哪，你们的篮子闻起来好香啊！……哦，我讲到哪儿了？……对了！我的主人！我尽力让他生活得更方便，但是，他从未高兴过。不管我做得好与坏，他都会踢我。但是，你们能相信吗，前天他突然开始抚摸我，而且很和善地跟我讲话，让我受宠若惊。世界上没有哪件事比被抚摸更让我感到幸福的了。你们来抚摸我试试……"

狗伸长了脖子，把他的大脑袋伸到姐妹俩面前。姐妹俩抚摸着狗那乱蓬蓬的毛发。狗摇着尾巴"汪、汪、汪"地小声叫着。

"你们真好，愿意听我说话，"狗说，"那我继续讲。我的主人就一直温柔地抚摸我，突然他问我：'狗呀，你愿意接过我的眼疾，替我成为瞎子吗？'我可没料到他会提这种请求。替他成为瞎子这种事，就连最好的朋友也会犹豫的吧。不管你们怎么想，反正我拒绝了他。"

"可不是嘛！"姐妹俩激动地大声说，"必须拒绝！这样回答没错。"

"是吗？啊！我很高兴你们也这样想。尽管如此，我还是因为没有一开始就答应他而感到愧疚。"

"没有一开始就答应？狗，难道你……"姐妹俩问道。

"等等，听我继续说！昨天，他对我更和善了，更加温柔地抚摸着我，我不由得再次感到愧疚。最终，算了，直接说结果吧，我最终答应了他。啊！他向我保证说我会成为一条幸福的狗，他会像我先前为他带路那样给我带路，还会像我先前保护他那样保护我……但是，我一接过他的眼疾，他就抛弃了我，连声招呼也不打。从昨晚开始，我就孤零零在田地里游荡，走路总是撞到树，还总磕在石头上。就在刚刚，我嗅到了小牛肠的味道，接着听到两个小姑娘在唱歌，我就在想，或许你们不会赶我走……"

"噢！不会赶你走的，你找对人了。"

狗松了口气，闻着篮子说：

"我饿极了……你们拿的是不是小牛肠？"

"对，是小牛肠，"德尔菲娜说，"但是，狗呀，你得理解，这是我们帮爸爸妈妈买的东西……不属于我们……"

"那么，我就不去想它了。不管怎样，它肯定特别香。话说，姑娘们，你们愿意带我去见你们的爸爸妈妈吗？即使他们不愿意收留我，至少会给我一根骨头，也许会给我一盘汤，没准还会留我住一晚呢。"

姐妹俩巴不得带他回家呢，甚至想要他一直住下来。只是她们不晓得爸爸妈妈会是什么反应，家里还有只专横的猫，可能不会欢迎狗。

"跟我们走吧，"德尔菲娜说，"我们会尽量让你留下。"

他们刚起身，姐妹俩就看到路上来了一个强盗。这个强盗经常在附近围追堵截买东西的孩子，抢走他们的篮子。

"是那个强盗，"玛丽内特说，"他总是抢我们的东西。"

"别怕，"狗说，"让我来教训他，让他以后再也不敢抢你们的篮子。"

强盗大步走到姐妹俩面前，看着她篮子里的东西，高兴地搓着手。但当他看到龇牙的狗，听到狗的吼叫时，便不敢再搓手。他从路的另一边走过去，还摘下帽子行了礼。姐妹俩忍不住当着他的面大笑。

"你们瞧,"那人走远后,狗说,"别看我瞎了,但还是有些用处啊。"

狗兴奋地走在姐妹俩跟前,她俩轮流牵着狗的绳子。

"我跟你们多合得来啊!"狗说,"姑娘们,你们叫什么名字呢?"

"牵绳子的是我妹妹,她叫玛丽内特,有着一头美丽飘逸的金黄色头发。"

狗停下脚步,嗅了嗅玛丽内特。

"很好,"狗说,"玛丽内特。噢!我记住你了。"

"我的姐姐叫德尔菲娜。"金黄色头发的玛丽内特说。

"好的,德尔菲娜,我也不会忘记你。我跟着我的前主人到处旅行,我也认识很多小姑娘,但是说实话,她们中没有一个人的名字能跟德尔菲娜和玛丽内特相媲美。"

姐妹俩不由得红了脸,但是,狗看不见,于是他继续夸赞着她们。他说她们的嗓音动听,还说她们肯定特别懂事,否则爸爸妈妈也不会把采购小牛肠这么重要的任务交给她们。

"我不确定小牛肠是不是你们选购的,但是,它闻起来香气四溢……"

狗不厌其烦地把话题绕到小牛肠上,一直把鼻子往篮子上凑,但他的眼睛看不见,好几次都撞到玛丽内特的腿上,差点把她绊倒。

"狗呀,听好了,"德尔菲娜对他说,"你最好别再想小牛肠了。我向你保证,如果它是我的,我会很乐意把它给你吃,但是,你也明白我现在不能给你吃。爸爸妈妈如果没看到小牛肠的话会说什么呢?"

"他们肯定会骂你们……"

"我们还得如实说你吃了它,他们不但不让你留宿,还会立即把你赶走。"

"他们有可能还会打你。"玛丽内特补充道。

"你们说得对,"狗说,"不过你们不要觉得我是贪吃才不停地说起小牛肠,我没有想吃它的意思,实际上,我对小牛肠不感兴趣。当然,它确实是好东西,但是,它并没有骨头可以啃。当小牛肠被端上餐桌时,主人就会全部吃光,都没有骨头能剩下给狗啃。"

正说着,姐妹俩和狗已经到家。第一个见到他们的是猫,他背部弓起,毛发耸立,尾巴扫来扫去的,就像平时生气时那样。随后,猫跑进厨房跟主人说:

"小主人回来了,还牵了一条狗。我一点儿都不喜欢。"

"一条狗?"爸爸妈妈说,"此话当真?"

他们走到院子里,知道猫并没有说谎。

"这条狗你们从哪里弄来的?"爸爸生气地说,"为什么把他带到家里?"

"这是条可怜的瞎狗,"姐妹俩解释说,"他跌跌撞撞地跑,头撞到了树,太可怜了……"

"狗怎么样都无所谓,我不是警告你们别跟陌生人说话吗?"

这时,狗走向前一步,点头打过招呼后,对姐妹俩的爸爸妈妈说:

"我明白你们家不能收留一条瞎狗,我不会停留太久,很快就上路。但在离开前,我想称赞一下你们的女儿,她们既懂事又听话。刚才我在路上游荡,没有看见她们,但是,我闻到了小牛肠的香味。由于从昨天开始我就没吃东西了,的确很饿,但是,她们不让我碰装有小牛肠的篮子。我就龇牙吓唬她们,你知道她们说了什么吗?'小牛肠是属于爸爸妈妈的,他们的东西是不能给狗吃的。'这就是她们对我说的话。不知道你们是否和我一样感慨，当我遇到两个如此懂事又通情达理的姑娘时，我完全忘记饥饿，只觉得她们的爸爸妈妈很有福气……"

妈妈笑盈盈地看着女儿，爸爸听了狗对女儿的称赞，也充满自豪。

"我没有什么可抱怨的，"爸爸说，"她们都是好姑娘。我刚才训她们是希望她们能提高警惕，小心坏人，我很高兴她们把你领到家里。一会儿给你准备一碗热汤，你可以在这里住一晚。但是，你的眼睛为何会瞎，为何独自走在路上呢？"

于是狗又讲述了他的经历，以及他接下前主人的眼疾后被抛弃的故事。爸爸妈妈听完后十分同情他。

"你是一条好狗，"爸爸说，"我只能责备你善良过头了，我要为你的仁慈做些事情。你可以住在这里，无论多久都可以。我们会给你搭一个窝，你每天都会有汤喝，有骨头啃。你之前去过很多地方，就给我们讲讲你的旅程吧，也让我们学习学习。"

爸爸的决定让姐妹俩激动得涨红了脸。猫也很感动，他不再弓背竖毛，而是友好地看着狗。

"我太幸福了,"狗叹了口气说,"我没有想到被主人抛弃后,还能找到这么温馨的家……"

"你的主人太坏了,"爸爸说,"他是个自私又忘恩负义的恶人。他最好别经过我家,不然我定要狠狠地教训他,让他为自己的行为感到羞愧。"

狗摇了摇头,叹了口气说:

"我的主人现在说不定已经受到惩罚了,我并不是说他抛弃我后内心受到的谴责,而是我了解他那懒惰的本性。现在他不瞎了,就得去工作养活自己。我相信他一定很怀念我给他带路,什么都不用干就有好心人给他面包的美好日子。我其实很担心他呢,因为我从来没有见过比他更懒的人了。"

猫捋着胡子大笑,他觉得这狗也太傻了,为一个已经抛弃他的前主人操心。爸爸妈妈也这样认为,直接说:

"确实,明明自己都这么惨了,这条狗也没吸取教训,看样子他永远都这样了!"

狗惭愧地低着耳朵,听他们说话。但是,姐妹俩搂着他的脖子,玛丽内特直视猫的眼睛说:

"这是因为他善良!猫呀,你先别笑,你最好也变得善良些。"

"我们和你一起玩的时候,"德尔菲娜补充说,"不准再挠我们,害我们被爸爸妈妈罚站!"

"就像你昨晚做的那样!"

猫开始坐立不安,他感到羞愧,随即闷闷不乐地转过身,蹒跚着走进屋子。他嘟囔着这对他不公平,他只是挠着玩的,不是故意的,其实他和狗一样善良,甚至比狗更善良。

姐妹俩和狗相处得很愉快。当她们去买东西的时候,就问狗:"狗呀,你要和我们一起去买东西吗?"

"噢,好呀!"狗说,"快把项圈套在我脖子上。"

德尔菲娜把项圈套在狗脖子上,玛丽内特牵着狗绳,两人一狗一起去买东西。

在路上,姐妹俩看见草地上经过一群奶牛,天空中飘着一朵云,都会告诉狗。狗虽然已经看不见了,听到这些却很高兴,但是,有时候姐妹俩说不清看到的东西具体是什么,狗就会向她们提问。

"你们瞧瞧嘛,告诉我这几只鸟是什么颜色的,嘴是什么形状的呀。"

"好呀,最大的那只鸟背部是黄色的,翅膀是黑色的,尾巴呢,是黑黄相间的。"

"这是黄鹂鸟,等会儿就能听到他唱歌……"

然而黄鹂鸟不是时时刻刻都唱歌,为了给姐妹俩解释,狗开始模仿起黄鹂唱歌,但是,发出来的却是狗吠声,逗得姐妹俩笑得直不起腰。有时候,一只野兔或一只狐狸从树林里经过,狗就会闻到气味并提醒姐妹俩。狗用鼻子贴着地面,边闻边说:

"我闻到附近有野兔……你们看看那边……"

他们一路上都笑个不停。三个人比赛跳脚,各自抬起一只脚,看谁跳得快,狗总是赢,因为他还剩下三只脚。

"这不公平,"姐妹俩说,"我们是用一只脚跳的。"

"当然公平啦!"狗说,"你们的脚大,跳起来并不难呀!"

看到小主人和狗一起出去买东西,猫心里不是滋味。他对狗特别友好,想每天都和狗窝在一起睡觉。德尔菲娜和玛丽内特去上学的时候,猫和狗几乎没分开过。下雨天的时候,猫和狗就待在狗窝里闲聊或者依偎着睡觉。但是,天晴的时候,狗总会去田里奔跑撒欢,他总会对他的猫朋友说:

"你这个大懒猫,快起来出去散散步。"

"呼噜,呼噜。"猫故意发出呼噜声。

"快起来,快点。你给我带路。"

"呼噜,呼噜。"猫继续打着呼噜,他在闹着玩。

"你想让我相信你在睡觉,但是我呢,我知道你没睡。噢!我明白你想做什么了……走吧!"

狗蹲了下来,等猫跳上了他的背坐稳后,他们就一起散步去了。

"就这样直走,"猫说,"向左拐……你要是累了,我就下来。"

但是,狗从不觉得疲惫。他说猫很轻,比鸽子羽毛重不了多少。

他们走过田野,经过草地,一起谈论着农场,谈论着姐妹俩和她们的爸爸妈妈。尽管有时候猫还会抓伤姐妹俩,但他真的变好了。他总是关心他的朋友生活是否开心,是否吃得饱,是否睡得香。

"狗呀,你在农场快乐吗?"猫问。

"噢,我很快乐!"狗叹了一口气说,"在这里没什么可抱怨的,大家都很好……"

"你话虽然这么说,但是,我看得出你有心事。"

"没有啦,我向你保证。"狗说。

"你还在挂念你的前主人?"

"实话实说,并没有……怎么说呢,我甚至有些恨他……我有了快乐的生活,也有了好朋友,只是难免会惋惜自己的眼睛……"

"是啊,是啊……"猫叹了口气。

有一天,姐妹俩去买东西,她们问狗要不要一起去。猫心情很糟,就对她们说,她们可以自己去,瞎了眼睛的狗可不是为了陪两个疯癫的丫头买东西的。

姐妹俩听着猫的话,只是笑了笑。玛丽内特邀请猫陪她们一起去买东西,猫却从上到下打量了她们一番,冷淡地说:

"说得好像我这只猫能去购物似的。"

"我以为你会乐意和我们一起去呢,"玛丽内特说,"既然你更喜欢待在家里,那就别去了!"看猫好像生气了,德尔菲娜弯腰去抚摸他,安抚他,不料被猫抓得满手是血。玛丽内特非常生气,她也弯下腰,揪住猫的胡子说:

"我可从来没有见过比这老猫更坏的动物了。"

"好吧!"猫又抓了玛丽内特一下,说道,"这是你自找的!"

"噢!他也把我抓伤了!"

"是呀,我把你抓伤了,我还要告诉主人你使劲揪我的胡子,你就等着被罚吧。"猫说。

说完猫就朝门口跑去,狗虽然看不见,但是,他几乎无法相信自己的耳朵,对猫厉声说:

"说真的,猫呀,我没想到你这么坏。我不得不承认姑娘们是对的,你太坏了。啊!我实在是太生气了……姑娘们,别理他,咱们去买东西吧。"

猫非常愧疚,什么也回答不上来,抱歉的话也没说出口,只盯着他们离开的背影。狗走到路上,还转过头对猫说:"我很生气。"

猫愣在院子里,心里难过极了。他现在明白了,用爪子抓人这种事很不好。但令他最痛苦的是狗认为他是一只坏猫,不再喜欢他了。他伤心地跑到阁楼,待了一整天。"我是只好猫,"猫想,"我不是有意挠人的,挠完我就后悔了,这说明我心肠是好的。但是,怎么才能让他们知道呢?"傍晚,他听到动静,知道姐妹俩买完东西回来了,不敢下楼，就待在阁楼。他从天窗探出头来张望着，看到狗在院子里打转，边嗅着什么边说：

"我没有听到猫的动静，也没有闻到他在哪里。你们看到他了吗？"

"哦！没有看见，"玛丽内特说，"我现在不想看见他，他太坏了。"

"这确实，"狗叹了一口气说，"他刚才那样对你，确实坏透了。"

猫想把头探出天窗大喊："这不是真的！我很善良！"但是，他不敢说，他觉得，狗不会再信任他了。他左思右想，一晚上都没合眼。第二天一大早，他双眼通红地走下阁楼，胡子也耷拉下来，来到狗窝。他坐在狗的对面，小心翼翼地说：

"你好呀，狗……是我，我是猫……"

"你好，你好。"狗还是有些气哼哼地说。

"你昨晚没有睡好吗，狗？你看起来情绪有点低落……"

"没有啊，我昨晚睡得很香……只是睡醒时，眼睛看不见，总让我不舒服。"

"就是这样，"猫说，"我也很苦恼你看不见这件事。如果你愿意的话，就把眼疾给我，我可以代替你变成瞎子，就像你之前为你的前主人做的那样。"

猫的话让狗感动得说不出话，他激动得想哭。

"猫，你太好了，"狗语无伦次地说，"我不想这样……你太好了……"

猫听到狗这么说，激动得浑身颤抖。他从来没有想过，成为一只好猫会有这么多乐趣。

"来吧，"猫说，"我来接过你的眼疾。"

"不行，不行，"狗拒绝道，"我不想这样……"

狗还说他已经习惯了，而且他朋友变多了，这让他很快乐。但猫不肯让步，对他说：

"狗呀，眼睛对你很重要，你在家里会派上用场。那你说，我看得见有什么用呢？我很懒，就喜欢在太阳底下或炉子边趴着睡觉。实话告诉你，我的眼睛几乎总是闭着的。我平时就跟瞎子差不多，就算真瞎了也不会有什么感觉。"

他说得如此在理，又那么坚定，狗最终答应了他的请求。随即，他们就在狗窝里交接了眼疾。狗重获光明后，第一件事情就大喊：

"善良的猫,善良的猫!"

姐妹俩来到院子里,了解事情经过后,她们流着泪亲吻猫。

"啊!猫太好了!"姐妹俩大喊,"猫太好了!"

猫此时低下了头,为自己的好心肠高兴,他都没意识到自己已经看不见了。

自从狗重获光明后,就很少有空闲的时候,除了中午和傍晚,根本没有工夫回窝里休息。白天,他不是监督牛群吃草,就是陪着主人在路边和树林里溜达,因为总是有人带他出门。即使很忙,他也从不抱怨。

他从没这么快乐过,他一想起领着他的前主人走街串巷的日子,就庆幸自己的奇遇。他愧疚自己没有更多的时间陪伴这只善良的猫。他早晨会起个大早,把猫驮在自己的背上,带着猫去田里散步。对猫来说,这是一天最快乐的时候,他的朋友会告诉他,自己每天都在做些什么,总是向他表示感谢,还有些怜悯他。猫说这没什么,不值一提。他虽然嘴上这么说,但心里还是有些伤感,看得见总是令人愉快的,现在他眼睛看不见了,大家就不怎么管他了。姐妹俩还是会把他抱在膝盖上轻轻抚摸他,但是,她们觉得和狗在一起跑跑跳跳更有意思,而且没有一个游戏能和瞎猫一起玩。

但是,猫一点儿也不后悔。他觉得他的朋友能变得幸福,这是最重要的事情。他真是一只善良的猫。白天没人跟他说话,他就在太阳底下或者炉子旁边尽情睡觉,嘴里说着:

"呼噜……我心肠好……呼噜……我心肠好。"

夏季的早晨,天气炎热,猫在地窖最底下的台阶乘凉。他像往常一样打着呼噜,突然他感到有什么东西碰到了自己,想都不用想就知道是老鼠。他一爪子就抓住了老鼠,老鼠吓得僵在原地,束手就擒。

"猫先生,放我走吧,"老鼠乞求道,"我只是一只小老鼠,在地窖迷了路……"

"小老鼠?"猫说,"嗯,正好!我要吃掉你。"

"猫先生,如果您放过我,我发誓永远听命于您。"

"不行,我更想吃掉你……除非……"

"除非什么,猫先生?"

"嗯,是这样的,我现在瞎了,如果你愿意接过我的眼疾,替我成为瞎子,我就放你一条生路。你可以自由自在地在院子里散步,我也会给你准备吃的。总之,在这种情况下，你成为瞎子后对你更有利。你总是胆战心惊怕落在我的手里，这下就会安心了。"

老鼠还在犹豫，向猫表示歉意，猫说：

"好好考虑，小老鼠，不要轻率地做决定。我不是那么着急，或许能等你几分钟，重要的是，你得自主选择。"

"好的，"老鼠说，"如果我拒绝，你会吃掉我吗？"

"那当然啦，小老鼠，那当然。"

"既然这样，比起被吃掉，我选择成为瞎子。"

德尔菲娜和玛丽内特中午放学回家后，姐妹俩惊讶地看见一只老鼠在猫的爪子下和猫一起散步。

她们听说老鼠瞎了，但猫恢复了视力。

"这是一只好心肠的老鼠，她有一颗金子般的心，请你们好好照顾她。"猫说。

"放心吧，"姐妹俩说，"她什么都不会缺的。我们会给她吃的，还会给她一张床供她晚上睡觉。"

当狗回来时，他发现猫的视力恢复了，当着老鼠的面开心雀跃起来。

"猫真的非常善良，"狗说，"瞧瞧发生了什么，好心有好报啊！"

"确实,他一直很善良……"姐妹俩说。

"确实,"猫喃喃自语道,"我一直很善良……"

"哼!"老鼠说,"哼!哼!"

一个星期天,姐妹俩和老鼠在院子里散步,狗躺在猫旁边打盹儿,狗像是嗅到什么气味,突然变得焦躁不安,接着他站起来不停地叫,院子外传来越来越近的脚步声,这是一个流浪汉,他面容消瘦,衣衫褴褛,神色疲惫。当他经过农户家时,瞥见院子里的狗,不由得一惊,他径直走进院子里,轻声问道:

"狗……你闻一闻……能认出我吗?"

"可以的,"狗低着头说,"您是我的前主人。"

"狗呀,我以前对你很恶劣……但是,我心里不停地在忏悔,你肯定会原谅我的对不对。"

"我原谅您了,但是,您还是走吧。"

"自从我恢复视力后,我过得很惨。我太懒了,不想工作,一周吃一顿饭就算好的了。我以前眼瞎的时候,根本不用工作,人们会可怜我,给我吃的,让我留宿……你还记得吗?我们从前很快乐……狗呀,如果你想的话,可以把眼疾还给我,我重新变成瞎子,你仍然像以前那样给我引路……"

"以前您或许很快乐,"狗说,"但是,我一点儿也不。我的友好和忠诚,换来的是您的拳打脚踢,这些您忘了吗?自从我遇到现在的主人,我更加明白您是个坏主人。我不记恨您,但是,不要指望我再给您引路了。况且,您也不能接过我的眼疾,因为我现在恢复了视力。好心肠的猫,替我瞎了眼睛,之后……"

但是,没等狗说完,那人就走开了,嘴里还不停地抱怨他是条坏狗。那人又去找猫,猫在狗窝前打着呼噜,那人抚摸着猫,说道:

"可怜的老猫,你太不幸了。"

"呼噜。"猫打着呼噜。

"我知道你肯定想恢复视力。如果你想的话,我将代替你成为瞎子,交换条件就是你得给我引路,像以前狗做的那样。"那人对猫说。

猫睁开眼睛,无动于衷地说:

"如果我还瞎着,我有可能会接受你的提议,但是,一只好心肠的小老鼠接过了我的眼疾,你要不找她商量商量,她不会拒绝你的请求的。她刚和姑娘们散步完,正在石头上睡觉呢。"

那人在犹豫要不要找老鼠商量,最终他的懒惰战胜了一切,因为一想到要用工作来养活自己,他就忍受不了,最后下定决心去找老鼠。他弯下腰来对老鼠说:

"老鼠啊,你太可怜了。"

"噢!是呀,先生,"老鼠说,"姑娘们很友善,狗也是,但我还是想恢复视力。"

"你想要我代替你成为瞎子吗?"

"是的,先生。"

"作为回报,你要给我引路。我会在你的脖子上拴一根绳子,你给我引路。"那人说。

"这不难,"老鼠说,"我会带着你去任何你想去的地方。"

姐妹俩并排站着,狗和猫也在旁边,他们看着那人成为瞎子后,拉着拴老鼠的绳子,慢慢出发了。瞎子走得非常慢,他不知道下一步该往哪里迈,每一步都犹豫许久。老鼠太瘦小了,怎么使劲绳子也拉不直。瞎子稍微一拽,就把老鼠拽得转了身,但是,他自己并没有发现。

德尔菲娜、玛丽内特和猫因为担心,不停地叹气。狗看到瞎子被路上的石头绊倒,每走一步都小心翼翼,狗的四条腿不住地颤抖。姐妹俩拉着狗的项圈,轻轻地抚摸着他的脑袋,突然间,狗挣脱项圈,径直向瞎子跑去。

"狗!"姐妹俩大喊。

"狗!"猫大喊。

狗不停地跑,仿佛什么也没听见。当瞎子把绳子套在他脖子上的时候,他头也不回地向前走,他不忍心看到姑娘们和他的猫朋友流泪。

全新的颜料盒

假期里的一个早晨,德尔菲娜和玛丽内特带着全新的颜料盒,在农场后的草地上坐了下来。

这个颜料盒是前一天阿尔弗雷德叔叔带来的,是送给玛丽内特的七岁生日礼物。为了感谢他,姐妹俩为他唱了一首关于春天的歌。阿尔弗雷德叔叔高兴地哼着歌走了,但爸爸妈妈似乎并不满意。整个晚上他们都在不停地抱怨:

"真不像话。送一堆颜料给这两个疯狂的小丫头。她们肯定会把厨房弄得全是颜料,还会弄脏所有的衣服。这些颜料盒用来做什么,给我们画画吗?无论如何,明天早上,谁也不准用颜料画画。我们在田里干活儿的时候,你们去菜园里摘豆子,然后再去割些苜蓿草喂兔子。"听完这话姐妹俩很沮丧,只能跟爸爸妈妈保证会好好干活儿,绝不碰颜料盒。第二天一早,爸爸妈妈离开后,姐妹俩便去菜园里摘豆子,路上遇到了鸭子,这是一只热心肠的鸭子。鸭子注意到

她们脸色不好,问道:

"姑娘们,你们怎么啦?"

"没什么。"姐妹俩回答,但玛丽内特吸了吸鼻子,德尔菲娜也吸了吸鼻子。在鸭子的再三询问下,她们讲述了颜料盒、要摘的豆子和要割的苜蓿草的事。

在姐妹俩讲话时,正在附近溜达的狗和猪也凑上前来听,听完后他们全都很生气。

"这真令人反感,"鸭子说,"你们的爸爸妈妈太讨厌了。但是,你们不要害怕,安心地去画画吧。我和狗帮你们摘豆子。"

"这样可以吗,狗?"

"当然可以。"狗说。

"至于苜蓿草,"猪说,"这件事你们可以交给我,我会找一大堆过来。"

姐妹俩非常高兴。再三确认爸爸妈妈不会知道后,她们拥抱了这三个朋友,然后便带着颜料盒去了草地。当姐妹俩用木桶装清水时,驴从草地另一头向她们走来。

"你们好啊!姑娘们!你们拿着这些盒子做什么呢?"

玛丽内特说她们正准备画画,并向他解释颜料盒的作用。

"如果你愿意,"玛丽内特补充道,"我可以给你画一幅肖像画。"

"噢!当然,我非常愿意,"驴说,"我们这些动物,不怎么有机会看到自己的样貌。"

玛丽内特让驴摆好姿势,便开始作画。德尔菲娜正在旁边画一只停在草叶上的蚱蜢。

姐妹俩安静地画画,伸出的舌头和头都歪向一边。

过了一会儿,没法动弹的驴问道:

"我能看一下吗?"

"再等等,"玛丽内特说,"我正在画你的耳朵。"

"啊!好吧。不用急。我想告诉你一些关于我耳朵的事。虽然它们很长,但你知道,其实并没那么长。"

"是的,是的,别担心,我会把我看到的都画下来的。"

然而旁边的德尔菲娜正在为她的画感到沮丧。画完蚱蜢和草叶后,她注意到这张大白纸正中间还有一大块空白,于是她开始画些草作为背景充实这幅画。不幸的是,草地和蚂蚱是同一种绿色,因此蚱蜢和绿色的草地混成了一团,再也看不到蚱蜢了。这太糟糕了。

玛丽内特的画完成了,她请驴过来看,驴赶忙上前看,画上的样貌让他大吃一惊。

"我们太不了解自己了,"他略微忧郁地说,"我没想到原来我长着斗牛犬的脑袋。"

玛丽内特脸红了,驴继续说:

"还有耳朵,经常有人说我的耳朵很长,但是,没想到它们这么长。"

玛丽内特脸更红了。确实,画上的驴耳朵几乎和身体一样长了。驴继续审视着那幅画,神色忧郁。突然,他吓了一跳,叫道:

"这是怎么了?为什么我只有两条腿?"关于这个问题,玛丽内特终于能从容地回答:

"当然,我只看到你有两条腿,我不能画更多的腿。"

"这没错,但事实上,我有四条腿。"

"不,"德尔菲娜也插进来打断他的话,"你侧着站的时候,只有两条腿。"

驴过于震惊,无法反驳。

"很好,"他边走边说,"我只有两条腿。"

"行啦,想一想……"

"不不不,我只有两条腿,别再提这个了。"

德尔菲娜开始大笑,玛丽内特也笑了,尽管她有点后悔。很快,她们忘记了驴,又想找其他的模特。

正巧家里的两头牛正穿过草地,去河里喝水。

那是两头没有斑点的大白牛。

"你们好啊!姑娘们,你们拿着这些盒子做什么?"

姐妹俩解释说这是画画用的颜料盒,于是大白牛想让姐妹俩给他们画一幅肖像画。德尔菲娜想起画蚱蜢的经历,她摇了摇头。

"不行!你们白色的身体,和白纸颜色一样。画完也看不见。在白纸上画白色的牛,最后就像你们不存在一样。"

大白牛面面相觑,其中一头牛生气地说:

"既然我们不存在,那就再见吧。"

姐妹俩被他这语气吓了一跳。这时,她们听见身后有嘈杂声,只见马和公鸡吵吵嚷嚷地往这边走来。

"是的,先生,"公鸡愤怒地说,"我们就是比您更有用,比您更聪明。请您不要一脸不屑,不然我就要狠狠地揍您一顿了。"

"小矮子！"马立刻回击道。

"我是长得矮！但是，您也没多高！总有一天我会亲自向您证明这一点。"

姐妹俩想让他们别吵了，但她们很难让公鸡安静下来。于是德尔菲娜提议她们分别给两位画肖像画。妹妹玛丽内特画公鸡，她画马。马和公鸡暂时停止争吵。公鸡兴奋地摆出姿势，昂首挺胸，后仰着鸡冠，抖动着他最漂亮的羽毛。但没一会儿他又开始炫耀。

"画我的肖像画感觉不错吧，"他对玛丽内特说，"你选了个好模特。不是我想吹捧自己，而是我的羽毛真的很漂亮。"

他不停地夸赞自己的羽毛、鸡冠、翎饰，并瞥了一眼马，补充说：

"显然，比起那些毛色暗淡单调的可怜牲口，还是我更适合被画出来。"

"小不点儿确实得颜色多一点儿，"马说，"这样别人才能注意到他们。"

"您才是小不点儿！"公鸡怒气冲冲地叫道，不住地咒骂和威胁马，马只是轻蔑地笑着。趁这工夫，姐妹俩满怀热情地创作着。很快,两位模特就可以来欣赏他们的肖像画了。马看上去很满意他的肖像画。德尔菲娜为他画了漂亮的长鬃毛,根根竖立,看起来像豪猪的棘刺,很是威风,还画了条精致的粗尾巴,其中有几缕毛发像镐柄一样粗壮。

最后,因为马是半侧着身站的,他的肖像画很幸运地有了四条腿。公鸡对自己的肖像画没什么能抱怨的,然而,他还是挑剔地说翎饰看起来像一把用过的扫帚。马正专心致志地欣赏自己的画,随意瞥了一眼公鸡的画,突然心里一酸。

"按照画像所见,"他说,"公鸡比我大吗?"

实际上,德尔菲娜可能是因为之前的经历没了自信,马的肖像画只占了纸的一半,而玛丽内特给公鸡画的肖像画,公鸡占了整张纸。

"这只公鸡比我个头大,也比我强壮。"

"对,比您个头大,先生,"公鸡高兴地说,"这就是事实,您何必这么惊讶?我看画像之前就知道了。"

"是的,"德尔菲娜比较了两幅画像说,"画里的你比公鸡个头小。我画的时候忽略了这点,但这不重要。"

等她反应过来她的话冒犯到了马,已经太迟了。马已经转身离去,她在后面叫他,马头也不回地说:

"是啊,我比公鸡个头还小,但这不重要。"

他完全不听姐妹俩的解释,扬长而去,公鸡跟在马后面,不厌其烦地重复着:

"比您个头大!比您个头大!"

爸爸妈妈中午从田里回来,发现姐妹俩在厨房,目光顿时落在了她们的围裙上。幸亏姐妹俩非常小心,没有弄脏围裙。爸爸妈妈问她们活儿干得如何了,她们说已经给兔子割了不少苜蓿草,还摘了两筐豆子。爸爸妈妈知道她们没说谎,便笑着表示很满意。但如果他们仔细检查豆子,就会惊讶地发现里面混杂着狗毛和鸭毛,但他们并没有这样做。午餐时,他们心情前所未有地好。

"啊!我们很高兴,"他们对姐妹俩说,"你们摘了不少豆子,苜蓿草也够兔子吃三天了。既然你们把活儿干得这么好……"

桌子底下传来咯咯的声音打断了他们的话,他们俯身往下看,发现狗好像憋得喘不上气。

"你没事吧?"

"没事,"狗说(事实上是他忍不住笑出了声,姐妹俩被吓坏了),"没事。我应该是被东西噎着了。你们知道,很多时候，我们以为食物能直接吞下去，结果……"

"行了，"爸爸妈妈说，"不用再解释了。我们刚刚说到哪儿了？啊！对，你们活儿干得很好。"

然而又一阵咯咯声打断了他们的话，声音很轻微，似乎是从门厅传来的。原来是鸭子从半开的门后探出头来，他也忍不住笑出声。爸爸妈妈回头的时候，鸭子已经不见了，姐妹俩又被吓了一跳。

"大概是风吹得门吱吱响。"德尔菲娜说。

"很有可能，"爸爸妈妈说，"我们刚刚说到哪儿了？啊，正说到苜蓿草和豆子。我们真为你们感到骄傲。我们非常高兴能有这么听话、这么勤劳的孩子，我们会奖励你们。你们知道的，我们并没有禁止你们玩颜料盒的想法。今天早上，我们想考察你们是否足够听话，是否能干些有用的活儿。我们现在很满意，允许你们整个下午画画。"

姐妹俩小声地表示感谢，声音太小了以至于桌子的另一头爸爸妈妈根本听不到，但他们高兴得浑然不觉，晚饭在欢声笑语中度过，他们开始唱歌，玩猜谜语。

"两个小姑娘追着两个小姑娘，却怎么也追不上。这是什么东西？"

姐妹俩假装在思考，但因为一直想着上午的经历，后悔对父母说了谎话，她们无法集中精力。

"你们猜不到吗？但这很简单呢。你们放弃了吗？嗯，好吧，答案是一辆车，两个后轮追赶着两个前轮。哈哈！没猜到吧！"

爸爸妈妈又笑了起来，他们高兴地笑弯了腰。晚饭后，姐妹俩在收拾桌子，爸爸妈妈去马厩牵驴，让他驮着载满种薯的拖车一起去田里。

"来吧，驴，该走了。"

"非常抱歉，"驴说，"我只有两条腿能给你们拉货了。"

"两条腿？你在糊弄我们吗？"

"唉！事实上，我只有两条腿。我连站起来都困难，不知道你们人类是怎么用两条腿走路的。"

爸爸妈妈走近仔细一看，驴果然只剩两条腿，一条在前一条在后。

"天哪，这太奇怪了。今天早上这头畜生还有四条腿呢。嗯……去看看牛吧。"

马厩里漆黑一片，一眼看过去，什么都看不到。

"咦,我们的牛呢?"爸爸妈妈站在远处说,"你们还能跟我们去田里吗?"

"肯定不能了,"黑暗中有两个声音回答道,"虽然对不住你们,但我们并不存在。"

"你们不存在?"

"你们自己看看吧。"

爸爸妈妈走近后,发现牛棚是空的。两头牛既看不见也摸不到,除两对飘浮在架子上方的牛角外,什么也看不到。

"这里到底发生了什么?这太让人抓狂了。再去看看马吧。"

马住在马厩的最里面,那里更黑。

"快来,好马,你准备好跟我们去田里了吗?"

"愿意为你们效劳,"马回答道,"但如果需要给我套拖车的话,我得警告你们,我个头很小。"

"天哪,又来一个。马怎么变得这么小!"来到马厩最深处,爸爸妈妈吃惊地叫了出来。在半明半暗的光线下,一匹非常小的马躺在浅色稻草的残屑堆上,他只有公鸡的一半大。

"我很小巧,不是吗?"他对爸爸妈妈说,语气带着一丝嘲讽。

"天哪，太倒霉了！"爸爸妈妈抱怨道，"明明是一匹能干的好马，但他怎么变成这样了？"

"我不知道，"马回答道，但他闪烁其词，让人怀疑，"我完全不知道。"

在询问驴和牛时，他们的回答跟马相似。爸爸妈妈觉得大家有什么事瞒着他们。他们来到厨房，带着怀疑的眼神审视着姐妹俩。每当农场发生奇怪的事情时，他们的第一反应总是责备孩子。

"来吧，快点回答，"他们像食人恶魔般吼叫，"今天早上我们不在的时候发生了什么？"

姐妹俩吓得说不出话，只能做出不知道的手势。

爸爸妈妈的拳头双双砸在桌子上，大声喊道：

"最后的机会，倒霉的小家伙们，回答我们！"

"豆子，摘豆子。"德尔菲娜终于设法发出了声音。

"剪苜蓿草。"玛丽内特呼了一口气说。

"为什么驴只剩下两条腿，牛也消失了，我们的好马现在只有出生三周的兔子那么小？"

"是啊，这是怎么回事？快点！快说实话！"

听到这个可怕的消息后,姐妹俩吓呆了,她们很清楚发生了什么事了:今天早上,她们满怀热情地画画,以至于她们的观察方式直接影响了模特,这是第一次画画时经常会出现的情况;动物们又想得太多,回到马厩后,自尊心受到伤害,他们不断想着他们的自画像,很快这些想法就变成了现实,影响了他们真实的形象。最后,姐妹俩非常明白,不听爸爸妈妈的话与这次可怕的事故有很大关系。她们正准备道歉,却看到鸭子在门缝里摇头,朝她们使眼色。于是她们稍稍冷静了一些,结结巴巴地说她们不知道发生了什么事。

"你们两个榆木脑袋,"爸爸妈妈说,"好吧,你们就继续傻待着吧。我们找兽医来看看。"

姐妹俩吓得浑身发抖。兽医是一位精明老练的男人,他翻开动物的眼白仔细检查,并触摸动物的肢体和腹部后,一定会发现真相。姐妹俩仿佛已经听到兽医的声音,"嘿,嘿,"兽医说,"根据这些病症,我判断这是由画画引起的疾病。今天早上有人碰巧画过画?"这一句话就可以让爸爸妈妈明白真相了。

爸爸妈妈出发后,德尔菲娜向鸭子讲了刚刚发生的事情,并提到兽医的可怕之处。

鸭子反应很快。"我们不要浪费时间，"他说，"拿上你们的颜料盒，然后把动物们赶到草地上来。这些问题因画画而起，也得用画画来解决。"

姐妹俩先把驴牵出来，但驴没法自己走到草地上，他需要别人的帮助，因为他只能用两条腿走路，总是摔倒，当他终于来到草地上，还得在他的肚子下塞一张凳子，否则他随时都会倒下。对于牛来说，这一切简单许多，几乎不需要任何人的帮助。当牛走向草地时，正好有一个男人路过，他惊讶地发现有两对悬在空中的牛角正穿过院子，但他理智地将这一切归咎为自己的视力变差了。马从马厩里出来时，还有点害怕，一只狗向他走来，在他看来是一只体形巨大的狗，但很快他就开心起来。

"我周围的一切都显得那么大，"他说，"变小可真有趣啊！"

但是，他的好心情很快就结束了，因为公鸡看到了他这匹可怜的小马。公鸡怒气冲冲地跑到他跟前，俯身低头在他耳边低声说：

"啊！啊！先生，我们又见面了。希望您没有忘记，我说过要狠狠揍您一顿。"

小马吓得浑身发抖。鸭子试图打断这次对话，但没能成功，姐妹俩也非常难过。

"别管他，"狗说，"我来吃掉他。"

狗说完便露出牙齿，冲向公鸡，公鸡吓得埋着头跑了很远。这只不幸的公鸡，三天后才垂头丧气地出现。

当鸭子把动物们带到草地上后，他咳了几下，清了清嗓子，对马、驴和牛说：

"亲爱的老朋友，你们无法想象发现你们遭遇这种情况，我有多么难过。一想到曾经漂亮洁白的公牛，现在却消失了，这是多么可悲啊！还有曾经步伐优雅的驴，现在却只能用两条腿艰难地拖着自己，而之前美丽高大的骏马现在却成了一个小不点。这太令人伤心了，我向你们保证，这起荒谬的事件仅仅是由一场误会造成的。是的，只是一场误会。姑娘们从没想过要伤害任何人，而且她们和我一样悲伤，我相信你们一定也很沮丧。所以不要想不开了。请慢慢地恢复到原来的样子吧。"

但是，动物们仍然保持着敌意，沉默不语。驴低眉垂眼，怨恨地盯着自己唯一的前蹄。马因为公鸡的事心有余悸，也听不进解释。牛由于身体消失了，也看不到他们的表情,而他们的牛角,表达不出任何情绪,只是一动不动地浮在空中。最后,驴先开了口。

"我有两条腿,"他干巴巴地说,"嗯,我只有两条腿。没法再变回去了。"

"我们不存在,"牛说,"我们对此无能为力。"

"我个头很小,"马说,"我的处境太糟糕了。"

事情没有任何好转,又回到了令人沮丧的沉默。但是,狗对这种氛围感到愤怒,转身对着姐妹俩咆哮道:

"你们对这些肮脏的牲口太好了。让我来!我要在他们的小腿上都咬上一口。"

"咬我们?"驴说,"噢!非常好。就这么做吧!"于是他冷笑起来,牛和马也冷笑起来。

"唉,不是,这只是玩笑而已,"鸭子急忙解释说,"狗只是开个玩笑。有些事你们可能还不知道。实际上,主人已经去请兽医了,一个小时左右,兽医就会来给你们看病,他将轻而易举地发现真相。主人今早不准姑娘们画画。如果被他们发现姑娘们画画,她们就要遭殃了。如果你们继续坚持这样,她们就会被责骂和惩罚,没准还会被打呢。"

驴转头看向玛丽内特,马也看向德尔菲娜,牛角移动了一点儿,仿佛牛也看向姐妹俩。

"当然,"驴嘟囔着,"四条腿肯定好过两条腿。四条腿走路舒服多了。"

"如果只剩一对牛角,在别人眼中太微不足道了。"两头牛也同意驴的说法。

"毫无疑问,站在高处看世界非常惬意。"马感叹道。

姐妹俩趁大家放松下来,抓紧打开颜料盒开始画画。玛丽内特画驴,这次她特别小心地给他画了四条腿。德尔菲娜画马,在马腿边特地画了一只大小合适的公鸡。她们画得很快,鸭子十分高兴。马和驴的肖像画完成了,他们看完后表示非常满意。但是,驴消失的两条腿没有恢复,马也没有变大。

大家都非常失望,鸭子开始担心起来,他问驴是否觉得缺了两条腿的地方有点儿痒,问马是否觉得皮肤有点儿紧绷。但是都没有,他们没有任何感觉。

"这需要时间,"鸭子对姐妹俩说,"我敢肯定,等你们画完牛,就会好起来的。"

德尔菲娜和玛丽内特各自开始画白牛的肖像画,从牛角开始,其他部分她们按照记忆画,她们的记忆还算可靠,而且这次选择用灰纸作画,白色的牛在纸上会很明显。两头牛对他们的肖像画都很满意,觉得跟自己非常相似。但他们还是只有牛角。马和驴也没有任何恢复正常的感觉。鸭子难掩焦虑,他美丽的羽毛也失去了光彩。

"我们等等吧,"他说,"再等等。"

一刻钟过去了,什么都没有改变。鸭子看到一只鸽子在草地上啄食,就去找他说话。鸽子飞了起来,过了一会儿又飞回来,停在牛角上。

"我看见一辆马车拐到白杨树的弯道处了,"他说,"你们的爸爸妈妈和一个男人坐在车里。"

"是兽医!"姐妹俩叫道。

不用怀疑,那一定是兽医,按这个速度,再过几分钟他们就要到了。

动物们看到姐妹俩惊恐的样子,想到主人发火的模样,都很难过。

"来吧,"鸭子说,"再使使劲。我觉得你们可能想错了,太较真了。"

驴使劲摇晃想找回那两条腿,两头牛挺直身板想恢复身体,马大口呼吸想让自己膨胀,变回原来的体形,但全都无济于事。这些可怜的动物彻底糊涂了。很快,大家就听到马车行驶的声音,大家绝望极了。姐妹俩脸色煞白,浑身发抖,慌张地等着兽医的到来。驴非常痛苦,他用两条腿蹒跚地走向玛丽内特,开始舔她的手。他想请求她的原谅,对她说些安慰的话,但他太激动了,什么都说不出来,急得哭出来,泪水落在他的画像上。那是友谊的眼泪。泪滴刚落在纸上,驴便感到右半身一阵剧痛,等他回过神来,发现自己的两条腿恢复了。这对大伙来说都是很大的安慰,姐妹俩又重新燃起了希望。然而,现在已经来不及了,马车离农场只有一百米了。

鸭子瞬间明白了,他用嘴衔起马的画像,飞奔着将画像放在马的鼻子下面,正好接住马的一滴眼泪。马随即就发生了变化。马就在人的眼前逐渐变大,十秒后他就恢复到原来的体形。那时马车离农场已经不到三十米了。

感情迟钝的两头牛,开始将注意力集中到他们的画像上。其中一头牛想方设法地挤出一滴眼泪,在马车驶进农场的院子时,他显现出了形体。姐妹俩高兴得想拍手,但鸭子还是很焦虑,因为还有一头牛没恢复。这头牛十分善良,但流泪不是他的强项,从来没有人见他哭过。他不管怎么调动感情，也只能让眼角稍微湿润。

时间不多了，马车里的人开始下车。狗在鸭子的指示下，跑去迎接他们，好拖延些时间，狗对着兽医热烈欢呼，在他腿间蹿来蹿去，故意将他绊倒，摔了个嘴啃泥。爸爸妈妈生气地在院子里找棍子，发誓要打断狗腿。然后，他们把兽医扶起来，帮兽医拍打衣服上的灰。这样一来就过去了四五分钟。

趁着有几分钟的时间，大家在草地上焦急地望着那头没有身体的牛。尽管这头可怜的牛铆足了劲想哭，但他还是没有眼泪。

"对不起，我觉得我做不到。"他对姐妹俩说。

一瞬间，大家都陷入沮丧。鸭子也失去头绪。唯独那头恢复身体的牛还保持着冷静。他突然想到，要给他的同伴唱首歌，一首童年时一起唱的歌。这首歌的开头是这样的：

一头小牛犊，
独自喝着奶，
哞，哞，哞。
一头小奶牛，

吃着他的草，

哞，哞，哞。

这首歌的曲调有点颓废，似乎带着忧郁的气息。果不其然，刚唱到第一节，大家期待的结果就出现了。

那头没有身体的牛颤抖着他的牛角。可怜的动物叹了几口气后，眼角终于流出眼泪，但这滴泪分量不够，掉不下来。幸运的是，德尔菲娜注意到这闪闪的泪光，她用画笔尖接住眼泪，然后画在肖像画上。这头牛立即显现出了身体，他现在既能被看见又能被摸到了。时间刚刚好。爸爸妈妈陪着兽医已经走到草地边上。他们看到两头牛，看到四脚踏地的驴，看到身姿挺拔的马，不禁目瞪口呆。兽医因为刚刚摔了跟头，心情十分糟糕，他冷笑着问道：

"那么，他们就是消失的两头牛，失去两条腿的驴，比兔子还小的马吗？看样子他们并没有因为那些小毛病吃什么苦头。"

"这不可能啊，"爸爸妈妈结结巴巴地说，"就刚才，在马厩……"

"看样子你们是做梦了，或者你们吃得太饱眼睛花了。

我觉得你们才应该请个医生看看。无论如何，我不能白来一趟。哼！绝对不能。"

爸爸妈妈可怜地低着头不停地道歉，兽医这才软下语气，指着德尔菲娜和玛丽内特说：

"好吧，看在你们漂亮女儿的面上，我接受你们的道歉。虽然接触不深，但我已经看出她们既聪明又听话。是不是啊，姑娘们？"

姐妹俩满脸通红，又羞又怕，一句话也不敢说，鸭子却厚着脸皮答道：

"噢！是的，先生，没有比她们更听话的小孩了。"

自学的白牛

德尔菲娜获得卓越奖,玛丽内特获得荣誉奖。老师小心翼翼地将两姐妹搂在怀里,生怕弄脏了她们漂亮的裙子,副省长身穿精致刺绣制服,特地从城里来学校进行演讲。

"我亲爱的孩子,"他说,"教育是一件好事,那些没有受过教育的人很可怜。幸运的是,你们没有陷入那样的困境。比方说,我在这里看到两个小姑娘,她们穿着粉红色连衣裙,金发上戴着一顶金色皇冠。这是她们努力学习得来的。今天,她们的辛苦得到了回报。看啊,她们的父母多么高兴,像他们的孩子一样自豪。噢!噢!作为一名演讲者,我并不想自我吹嘘,但事实上,若不是因为我一直保持优秀,我也不会当上副省长,也不会穿上镶着银线的衣服站在这里。我们之所以在学校努力学习,就是要让无知和懒惰的人明白,教育是不可或缺的。"

副省长演讲结束,鞠躬退场,学生们唱了一首短曲,然后大家各自回家了。德尔菲娜和玛丽内特回到家，换下漂亮的裙子，穿上平日穿的罩裙，但她们并没有去打手球，没有玩青蛙跳游戏，没有玩娃娃，没有玩狼来了游戏，没有玩跳房子，也没有逗弄树上睡觉的猫，而是讨论起副省长的那番话。

姐妹俩觉得副省长说得很有道理。她们甚至有些懊恼，身边并没有完全无知的人，以便让姐妹俩说明教育的好处。德尔菲娜叹息道：

"说起来我们有两个月的假期，按理说两个月能发挥大作用呢。但没人的话又有什么办法呢？"

家里的牛棚有两头体形和年龄一样的牛，一头带有棕红色的斑点，另一头是纯白的。两头牛就像鞋子，总是成双成对地出现。因此，大家都管他们叫"一对牛"。玛丽内特先走到棕斑牛跟前，摸着他的脑袋问他：

"牛，你想学习如何阅读吗？"

棕斑牛以为她们在开玩笑，没有回答。

"这是一件多棒的事情啊！"德尔菲娜说，"当你学会阅读就明白了。"

棕斑牛思索片刻才开口回答："我学习是为了什么？犁

会拉起来更轻吗?我能吃到更多的饲料吗?肯定不能吧。那么我为什么要费力气学习呢?谢谢你们,我没有你们想的那么傻,姑娘们。不,我不学习,不可能学。"

"别这样,牛,"德尔菲娜抗议道,"你的话毫无道理,你想想你不学习会损失什么。好好想想吧。"

"我已经想好了,姑娘们,我拒绝学习。噢!如果是学习怎么玩的话,我还是愿意的。"玛丽内特的金发比她姐姐深一点儿,性子也更急一点儿,她说:"不学习的牛会变得差劲,人们会让他一直无知,他将永远是一头无知的牛。"

"你说得不对,"棕斑牛说,"我并不是一头差劲的牛。我的工作一直做得很好,没有人可以责备我。你们的学习有用论,真让我觉得好笑。好像我们不学习就不能生活一样!请注意,我并没有说学习是坏事。只是它和牛无关。从未见过有牛会读书,这就是证据。"

"这根本不是证据,"玛丽内特反驳道,"如果牛不会读书,那是因为他们从来没有学过识字。"

"无论如何,我是不会学习的,你们别想了。"

德尔菲娜尝试再次跟他讲道理,但完全是在浪费时间,棕斑牛并不理会这些道理。

姐妹俩转身离开,痛心于这头棕斑牛的冷漠和懒惰。随后姐妹俩又询问白牛,白牛似乎被她们的热情感动。白牛对姐妹俩很有感情,他不想拒绝她们,让她们再次难过。而且,一想到自己以后可能成为一头杰出的牛,他就一点儿也不反感学习这件事。他是一头好牛,非常优秀;他温柔,有耐心,很勤劳,又有点骄傲。每次主人让他犁地时,他总是高傲地竖着耳朵。但没有牛是十全十美的,这头大白牛虽然有一些小毛病,但本性是好的。

"听着,姑娘们,"他对姐妹俩说,"我也很想像我兄弟那样回答你们,学习对我有什么用?但我想让你们开心。毕竟,即使学习对牛没有用,它也没有坏处,没准还可以通过学习让我散散心呢。如果这件事不会太麻烦,那么我愿意试试。"

姐妹俩很高兴找到一头好牛,不住地赞美他的聪明睿智。

"白牛,我相信你会品学兼优,学得很出色。"

白牛听到这些赞美的话,把牛头缩在肩上,脖子上的皮皱在一起,像人类一样炫耀自己。

"的确,"白牛低声说,"我觉得我确实有能力。"

正当姐妹俩准备离开牛棚去拿字母表时，棕斑牛严肃地问她们：

"告诉我，姑娘们，你们难道不想学着自我反省吗？"

"学着自我反省，"她们放声大笑着说，"可是为什么要这样做呢？"

"挺有道理，"棕斑牛也说服着自己，"为什么要这样做呢？"

德尔菲娜和玛丽内特想要给父母一个惊喜，决定对白牛学习这件事保密。等过一段时间，白牛识字后，看到父亲脸上惊讶的表情，一定很有趣。

开头比姐妹俩想象的容易。白牛的确有天赋，而且他的自尊心很强。在棕斑牛的嘲讽中，他装出非常享受学习拼写字母的样子。在不到两周的时间里，他学会了所有字母，甚至能背诵下来。每天傍晚从田里回来时，德尔菲娜和玛丽内特都会瞒着爸爸妈妈给白牛上课，星期天、下雨天更是争取全天上课。可怜的牛因为学习过度，导致头疼得厉害，他有时会在半夜醒来，大声念着：

"B，A，ba；B，E，be；B，I，bi……"

"他是不是学傻了，念什么B、A、ba，"棕斑牛抱怨道,"自从姑娘们给他灌输那些伟大的思想,我都没法睡个好觉了。你确定以后不会后悔就好……"

"你永远无法想象,"白牛反驳道,"学习元音、辅音,最后学会拼读音节,这是多么快乐。这让生活变得非常愉快,我现在明白为什么人类会赞扬教育。我不再是三周前的我了。学习是多么幸福啊!但不是每个人都能学习,这需要一定的能力。"

棕斑牛看到他这么开心,有时会怀疑自己,坚持学习无用论是否明智。但是,今年的青草很好吃,有一股美妙的坚果味,稻草又软又长,棕斑牛很快就不再想学习的事了。

最开始,德尔菲娜和玛丽内特非常开心,觉得她们的想法很对。白牛每天都能取得惊人的进步。第一个月的月底,他就学会数数,可以近乎流利地阅读,甚至还学会一首小诗。他变得如此好学,他的干草槽中总是放着一本打开的书,他时不时用舌头翻着书页。有时是算术书,有时是语法书,有时可能是历史书、地理书或者诗集。他好奇又勤奋,对所有的印刷品都感兴趣。

"以前我是怎么过的,居然对这些美好的事物一无所知。"他每时每刻都在嘟囔着。

无论他是在田间耕地，在草地吃草，还是在走路，都孜孜不倦地思考着他读过的内容。

值得一提的是，他今年六岁了，六岁的牛和二十五岁至三十岁的人一样通情达理。然而不幸的是，他对学习过于热衷，而田里的工作也没有减少，以至于他时常很疲惫。更糟糕的是，他老是沉浸在自己的幻想中，有时大半天都忘了喝水和吃饭，所以他越来越消瘦，眼睛发黄、五官憔悴。姐妹俩对此担心不已。

"白牛啊，"她们劝诫他，"我们对你的学习成果很满意。现在你的学问和我们一样多，甚至比我们更多。所以你现在应该休息，毕竟除了学习，健康也很重要。"

"我不在乎是否健康，我只想充实我的头脑。"

"别这样，白牛，你要理智点儿。如果你像我们一样上学，你会明白一直用功学习也不好，也需要找时间休息的。这就是我们必须有课间休息，甚至还有寒暑假的原因。"

"放假？好吧！那么，让我们来谈谈假期吧！我保证，我不会因为这个话题生气的！"

姐妹俩不明白他的意思，互相用肘推了推对方，仿佛在暗地里嘟囔："他怎么了，嗯？他怎么啦？"

"噢！我看见你们的小动作了，"白牛说，"你们没必要怀疑。我没有疯，我很清楚自己在说什么。你们跟我提到假期，说这说那，说我应该休息。没问题，我同意你们的说法。说到假期，真正的假期是我能根据自己的喜好和能力安排学习。啊！能够花时间来阅读诗歌，了解学者的作品……这才是生活！"

"也应该花时间好好玩儿。"玛丽内特说。

"没法儿和你们争论，"白牛叹了口气说，"你们还是小孩。"

然后他又埋头看起地理书来，摇着尾巴示意姐妹俩站在这里会让他不耐烦。姐妹俩说什么都是白费口舌，他只会固执地坚持自己的想法。

"既然你不想休假，"玛丽内特嘱咐他，"那就要注意，别让人看到你在学习。你面前总是有一本打开的书，要是被爸爸妈妈看到……"

从这里可以看出，姐妹俩不确定她们教白牛学习这件事是否明智。事实上，她们没有向任何人炫耀她们的成果。

当然，爸爸也注意到白牛的变化。一天傍晚，他惊讶地看到白牛坐在牛棚门口，心不在焉地凝视着乡间。

"白牛啊,你在干什么呢,"他问道,"怎么这样坐着?"

白牛晃了晃头,半眯着眼睛,轻声回答:

> 我喜欢,坐在拱门下,
> 凝望着,仅剩的余晖,
> 照临这,最后的农忙……

这是雨果的诗句,爸爸不知道,或者他忘记了,他听完赞赏道:

"这头牛,讲得真好。"

但是,随后他开始怀疑,这些优美的句子背后有猫腻。他补充道:

"哼!我不知道他有什么毛病,但这段时间,我发现他样子很奇怪……"

姐妹俩看到这一幕,慌乱得满脸通红,但爸爸并没有注意到。

就在姐妹俩愈发脸红,眼泪也开始在眼眶里打转时,爸爸突然大吼:

"快点！滚回去！滚回到你的牛棚去！我不喜欢矫揉造作的白牛！"

白牛站起来，愤恨地看了一眼主人，然后回到棕斑牛的旁边。不久，他因为专注于学习，田里的工作受到影响。他满脑子都是优美的诗句、历史年份、数字和格言，以至于主人让他干活儿时他总是心不在焉。有时他甚至根本不听，田还没犁完，就拉着犁走到田坎尽头。

"你要小心点，"棕斑牛用肩膀推推他，小声地说，"你又要连累我们挨骂了。"

白牛的耳朵骄傲地颤抖着，因为他知道即使他回到犁地里，也会马上偏离。一天上午，白牛正在耕地，没等主人给他下令，他突然停在一条犁沟中间，就把思考的事情大声说出来：

"从两个水龙头放水到一个七十五厘米高的圆柱形容器中，每分钟放水二十五立方分米。已知如果只从其中一个龙头放水，则需要三十分钟放满该容器，如果只从另一个龙头放水，比两个水龙头同时放满所需的时间多三倍，请计算容器的体积和直径，以及两个龙头同时放水，多久可以将容器装满……有趣，太有趣了……"

"他到底在胡说什么?"主人疑惑地问。

"让我们看看……假设两个水龙头都关闭……会发生什么?"

"好吧,告诉我你到底在胡说什么……"

但是,白牛全神贯注地思考着答案,没有听见主人的话,一动不动站在那里念叨着数字。自古以来,牛都以性情温和而受到人类的称赞,因为他们不像骡子和驴那样,固执地待在原地。因此,主人对白牛的反常行为感到惊讶,心想:"这头牲口一定是病了。"他松开犁柄,走到犁头前,非常亲切地问:

"你看起来很不舒服。来吧,跟我说说你哪里难受。"

谁知,白牛却用蹄子刨地,愤怒地回答道:

"太糟糕了,根本没有时间让我思考!好像我除了犁地就没有其他事了!我受够了脑袋上的枷锁!"

主人惊呆了,怀疑这头牛是不是失去理智了。棕斑牛对这次事故感到难过,尽管他没有表现出他的顾虑。他很清楚白牛产生这种暴躁情绪的原因,但他是个好同伴,不会为了讨好主人去打小报告。他保持沉默,一句话没说。终于,白牛定了定神,阴沉着道歉说:

"没事，我分心了。别说了，继续工作吧。"

那天午饭，姐妹俩听到爸爸的讲述，都吓坏了。

"这头白牛变得不可理喻了，"他说，"今天上午他又犯蠢了，他不仅在工作中犯错，而且目中无人，快把我气疯了。说他几句都不行了。你们敢相信，嗯？他要是再这样胡闹，我只好把他卖到屠宰场……"

"卖到屠宰场？"德尔菲娜问，"为什么这么做？"

"噢，这主意太好了！把他宰了吃掉！"

德尔菲娜哭了起来，而玛丽内特提出抗议。

"吃掉白牛？"她说，"我不要这样。"

"我也不要，"德尔菲娜说，"我们不能因为牛心情不好或悲伤就吃掉他。"

"也许应该安慰他？"

"当然！我们不应该吃他！"

"我们不会吃他！"

姐妹俩清楚地知道是她们让朋友陷入危险。因此，她们像被恶魔附身一样挣扎着，尖叫着哭泣，不停地跺脚。爸爸气得大声喊道：

"你们两个快闭嘴！小孩不要管这些事。性格恶劣的牛只能被吃掉,如果这头牛不改改性子,被吃掉也是他自找的!"

等姐妹俩出去后,爸爸却笑着对妈妈说:

"如果听她们的话,我们的动物都只能老死。至于白牛,我觉得先暂时让他留下,他现在很瘦,也卖不出好价钱。而且,我也很想知道他为何变得这么瘦。我觉得这很蹊跷。"

与此同时,德尔菲娜和玛丽内特已经跑到牛棚,警告这头可怜的白牛。白牛正在学习语法,看到姐妹俩进来,他闭上眼睛,背诵分词的规则,分词的规则非常复杂,他竟然一字不漏地背下来了。但是,玛丽内特没收了他的语法书,德尔菲娜跪倒在稻草上,说道:

"牛啊,如果你再继续把犁拉歪,就要被爸爸卖掉了。"

"被卖掉有什么关系呢,姑娘们?对此,我同意拉·封丹[1]的说法:'我们的敌人是我们的主人。'"

姐妹俩觉得他这样不好,他至少该说几句表示遗憾的话。

"你们看看他现在的样子,"棕斑牛说,"他现在是六

---

[1] 拉·封丹(1621—1695),法国诗人,1668—1694年陆续写成《寓言诗》12卷,共243首。

亲不认了。"

"被卖掉有什么关系？"白牛又重复了一遍，"唯一的风险，是我能得到比在这儿更高的评价。"

"可怜的牛，"德尔菲娜说，"你会被卖给屠夫的。"

"你会被人吃掉的，"玛丽内特愤怒于白牛的忘恩负义，她补充道，"你要是被吃掉的话，都是我们的错，因为是我们让你读书。你得承认是学习让你变得令人厌恶。如果你不想被吃掉，你就必须忘记所学的一切，改变自己。"

"我早就告诉过你们，学习对牛没有用，"棕斑牛叹了口气说，"没人愿意听我说。"

白牛上下打量了棕斑牛一眼，冷酷地说：

"是的，先生，我看不上你的忠告，就像我今天看不上她们的忠告一样。要知道，我从不后悔，至于要我忘记，我拒绝。我唯一的愿望，唯一的抱负，就是不停地学习，宁死也不放弃学习。"

棕斑牛没有生气，而是友善地回答道：

"你知道的，如果你死了，我会很难过。"

"是的，是的，大家都这么说，说打心底觉得难过。"

"说些你不愿听的，"棕斑牛继续说，"有一天，我路过镇子里的一家肉铺,看到一头牛的肚子被剖开,大腿被倒挂着。牛脑袋放在旁边的盘子上。他的皮已经被剥掉了,屠夫拿着刀从流血的牛身上切肉片。如果你不听忠告,只知道追求学习,这就是你最终的下场。"

听完这番话后,白牛再也不想死了,虽然他还在否认,但还是同意姐妹俩的建议。

"白牛啊,"她们说,"副省长的话不是讲给牛听的。如果我们之前仔细思考过,我们会教你玩叠手、狼来了、拍手、家家酒、猫爬高的游戏。"

"不,我不玩,"白牛抗议道,"游戏是给孩子玩的。"

"我,我想玩游戏呢,"棕斑牛笑着说,"比如说拍手或者猫爬高的游戏,虽然我不知道怎么玩,但听起来很有趣。"

姐妹俩答应教棕斑牛玩。白牛也发誓以后专心耕种田地,在主人面前不再有丝毫的杂念。

之后的一个周里,白牛不再读书。但他很痛苦,仅仅一周,他就瘦了二十七磅[1]三百克,即使是基数很大的牛,瘦了

---

[1] 磅,英制中的质量单位。1磅≈0.4536千克。

这么多也会很明显。姐妹俩知道他忍受不了这样的生活,于是她们给他几本最无聊的书。一本关于制造雨伞的论文集,一本关于治疗风湿病的旧书。白牛觉得这些书很有趣,把书读上好几遍还不够,甚至把两本书都背下来。读完后,他对姐妹俩说:"再给我一些书。"姐妹俩只能听他的。从此,他又深陷学习的旋涡中,无论是被杀的恐惧,还是主人的愤怒,或是棕斑牛的劝告,都不能阻止他。而棕斑牛在短短几周内也改变不少。

德尔菲娜和玛丽内特希望这头博学的白牛会被游戏所诱惑,她们便教棕斑牛拍手、盲人摸象和猫爬高的游戏。棕斑牛玩得很开心,这个年纪的牛属他最活泼,任何事情都能让他大笑。这样一来,两头牛结成很不搭的一对,经常吵架。

"我不明白,"白牛厉声说,悲伤地看着他的同伴,"我不明白……"

"不行,让我笑吧,"棕斑牛打岔道,"没办法,我想笑。"

"我不明白,为什么你会如此轻浮和不知廉耻。当想到长方形的表面积等于长乘宽,莱茵河发源于圣哥达地块,查理·马特[1]在732年打败阿拉伯人时,再想到这头六岁的牛,沉迷于愚蠢的游戏,甘愿对这些伟大的奇迹一无所知……"

"哈!哈!哈!"棕斑牛大声笑着,他笑得不断抽搐,脸变了形。

"大蠢货!你自己玩去吧,别打扰我学习。你能安静点吗?"

"听着,伙计,暂时放下你的书,我们一起玩点什么……"

"他已经疯了!仿佛我能有时间和他玩……"

"来玩鸽子飞游戏吧,就一刻钟……就五分钟……"

有时,白牛会让步,让棕斑牛承诺保持安静让他学习。但是,玩游戏时的白牛总是心事重重,游戏玩得很差,很难玩下去。有时棕斑牛气得不行,说他故意不好好玩。

棕斑牛生气地说:"每次游戏一开始你就故意输。你至少得试一下。你这么有学问,难道不明白什么是房子吗?……既然明白,你为什么说'房子飞了'?哼!我算是

---

[1] 查理·马特(约688—741),法兰克王国墨洛温王朝宫相(714—741),王国的实际统治者,公元732年在普瓦提埃之战中打败阿拉伯人,阻止其向西欧扩张。

明白了,你的脑袋并不灵光……"

"我知道的比你多,"白牛反驳道,"但我对蠢事不感兴趣,我为此感到自豪。"

他们的比赛通常以对骂结束,偶尔会踢打对方。

"你们对彼此客气一点儿,"一天晚上玛丽内特制止他们的争吵,并对他们说,"你们就不能好好说话吗?"

"都是他的错,他逼我玩鸽子飞游戏。"

"才不是呢,明明是他开不起玩笑。"

最后,他们不再协作,变成最糟糕的拉犁组合。白牛越来越心不在焉,该往前走的时候往后退,该往左边时把犁拉到右边,而棕斑牛总是停下来大笑,或者回头给主人出谜语:

"四条腿站在四条腿上。丢了四条腿,还有四条腿。猜猜是什么?"

"快干活儿,我们不是来听你说蠢话的。快走!"

"好吧,"棕斑牛笑着说,"你这么说是因为你猜不出来。"

"我?我根本不愿意猜。快干活儿!"

"四条腿站在四条腿上,你猜猜看,不难猜……"

主人不得不拿马刺去刺棕斑牛，让他重新开始干活儿。但是，白牛又停下来，开始思考两点间直线是不是真的最短，拿破仑是不是有史以来最伟大的君主（有些时候他觉得应该是凯撒）。主人很伤心地看着自己的牛，他们是如此糟糕，这头牛拖着犁大笑，那头牛拉着犁转圈。有时，费了一上午工夫才耕出一道犁沟，下午还得重新耕。

"我快被这两头牛气疯了，"他回到家后说，"哼！要是能卖掉就好了……可是，白牛应该很难卖出去，他越来越瘦了，再说，如果我把让人厌恶的棕斑牛卖掉，只剩下一头牛该怎么干活儿呢？"

德尔菲娜和玛丽内特听了这话，心里有些愧疚，但是，还是庆幸父亲没打算把牛卖给屠夫。她们不知道的是，白牛管不住自己的嘴，他学习的事情暴露了。

一天晚上，棕斑牛从田里回来，在院子里和姐妹俩玩猫爬高的游戏。说实话，他没法儿真的像猫那样，爬到水槽顶上、货梯上或洗衣桶上，他身形太大了。所以，只要他把蹄子放上去就算赢。

主人认为这些滑稽动作令人生厌。

当棕斑牛把蹄子放在井沿上，假装趴在上面睡觉时，主人粗暴地拽他的尾巴，生气地说：

"你耍够猴戏了吗？看看这个大笨蛋，到底在干什么啊！"

"怎么了，"棕斑牛说，"我们现在连玩都不可以了？"

"如果你努力干活儿，我会让你玩。现在回牛棚去。"

然后他注意到白牛正在喝水的石槽里做物理实验。

"还有你，"主人说，"我劝你也努力点儿，我一定会想办法整治你的。现在，你也回牛棚去，这样玩水像什么样子？快走！"

白牛因为实验被打断很懊恼，又听到主人用这种语气对他说话，更感到受了羞辱，反驳道：

"我承认您有权对我同伴那样无知的牛如此粗鲁，毕竟这些动物完全不理解语言的含义。但您不该这样对我，我是一头有学问的牛……"

姐妹俩跑过来，疯狂挥手示意他闭嘴，他却继续说：

"像我这样的牛，学过科学、文学和哲学。"

"怎么回事？我不知道你这头牛知识这么渊博啊。"

"但这就是事实。先生，我读过的书比您多，我知道的学问，比你们全家加起来知道的还多。所以像我这样有学问的牛，被迫去耕种土地，您觉得合适吗？先生，您难道不觉得哲学应该排在犁地之前吗？您责备我工作干得不好，但是，我生来就是要做更重要的工作的。"

主人专心听着白牛的话，时不时点点头。姐妹俩认为他准是生气了，等白牛说完他肯定更生气，正准备偷偷溜走，却听他说：

"白牛啊，你怎么不早点跟我说呢？你想想看，如果我早知道，我就不会强迫你干这些累活儿。我非常尊重科学和哲学。"

"还有文学，"白牛说，"您好像忘记文学了。"

"当然，还有文学。好啦，谈话就此结束，之后你就留在家里安心学习。我不希望你再用睡眠时间来阅读和思考。"

"您真是个好主人，我该如何感激您的慷慨呢？"

"保重身体就行。我喜欢看到一张沉浸在文学、科学和哲学中的丰满面孔。所以你无须担心其他事情，只需要好好学习、吃饭和睡觉。棕斑牛将干两份活儿。"

白牛赞不绝口地称赞主人的睿智，姐妹俩也为有这样的好父亲感到骄傲。只有棕斑牛一点儿都不高兴。然而，他很快适应了这个新安排，即使他干的活儿不尽如人意，但至少现在不用和心不在焉的同伴一起干活儿，也不用担心同伴故意妨碍他干活儿。

从此白牛过得十分幸福。他将重心转向哲学，由于有了大把的空闲时间和上好的饲料，他能够顺利地进行冥想。他的体重在稳步增加，气色越来越好，哲学也学得非常好。主人发现他的体重增加了七十五公斤，决定把他和棕斑牛一起卖给屠夫。幸运的是，主人带他们进城的那天，一位大马戏团老板从两头牛身边经过，听到白牛说话的方式十分独特，充满哲学和诗意，他认为一头学识渊博的牛能为他的马戏团做出不少贡献，于是他立即开出好价钱要买下白牛。

棕斑牛很后悔没有学习。

"把我也买走吧，"棕斑牛说，"我不是学者，这是事实，但我会许多有趣的游戏，能把观众逗笑。"

"买下他吧，"白牛说，"他是我的朋友，我离不开他。"

马戏团老板犹豫了一下，最后决定也买下棕斑牛，棕斑牛也没让他后悔，因为这头牛在马戏团的演出十分成功。

第二天，姐妹俩来到城里，观看牛朋友们的表演，为他们鼓了无数次掌。她们有点难过，因为这是她们最后一次见到他们。就连只想着旅行、学习知识的白牛也忍不住流下眼泪。

爸爸妈妈又买了两头牛，但这次姐妹俩很小心地不教他们认字。因为她们现在知道，除非这些牛能在马戏团里找到一席之地，否则读书对牛没有任何好处，反而会给他们带来麻烦。

齐心协力共解难题

爸爸妈妈把农具靠在墙上,推开厨房的门,停在厨房门口。

德尔菲娜和玛丽内特背靠着门,并排坐在一起,面前放着练习本。姐妹俩咬着笔杆,腿在桌子下面晃来晃去。

"怎么样?"爸爸妈妈问,"这道题做出来了吗?"

姐妹俩脸涨得通红,不再咬笔杆。

"还没呢,"德尔菲娜沮丧地说,"这道题挺难的。老师也这样说。"

"老师既然出这道题,说明你们能做出来。你们啊,总是不好好学习。要说去玩,从不缺席,但一叫你们学习,就两眼无神,心不在焉。这可得改改了。瞧瞧你们两个野丫头,都十岁了,连道习题都解不出来。"

"我们解了两个小时了。"玛丽内特说。

"好吧,继续做题吧。今天是周四,下午你们就在这里做题，争取今晚把这道题解出来。要是没解出来的话，哼！如果没解出来——算了，我可不希望这样。"

爸爸妈妈一想到姐妹俩可能晚上也解不出题，就气不打一处来。他们走进厨房，来到姐妹俩身后，从她们脑后往下看，竟一时被气得说不出话。原来德尔菲娜和玛丽内特一直在胡乱涂画，一个画了占了整页纸的木偶，另一个画了一栋房子，烟囱还冒着烟，鸭子在池塘戏水，还有一条长长的路，路的尽头邮递员正骑车过来。姐妹俩伏在练习本上，蜷缩在椅子上，不敢吭声。爸爸妈妈气得大喊道："真不敢相信，我们怎么会生出这样的女儿。"他们边喊边举起双臂在厨房里走来走去，时不时停下来跺两脚。

桌下的狗躺在姐妹俩脚边，他觉得主人的动静太大，便站起来走到主人面前。他是布里地区的长毛牧犬，爱主人是他们的天性，但狗更爱德尔菲娜和玛丽内特。

"主人啊，你们太不讲道理啦，"狗说，"你们这样大喊大叫，使劲跺脚，也没法帮她们解答题目啊。首先我想说，外面天气这么好，为什么非得闷在这里做题呢？让可怜的姑娘们出去玩玩多好呀。"

"说得倒是没错。但是，等她们二十多岁结婚了，还那么愚蠢的话，会被她们的丈夫嘲笑的。"

"她们会教自己的丈夫玩扔球，跳山羊游戏，是不是，姑娘们？"

"噢！那当然啦。"姐妹俩说。

"你们都给我安静点！"爸爸妈妈大声嚷嚷道，"快写作业，你们应该感到羞愧，两个人竟然解不出一道题。"

"你们何必这么生气，"狗说，"如果她们解不出题，那就得认了，不会就是不会，得体谅她们。我就是这样。"

"与其浪费时间乱涂乱画——算啦，没必要跟狗讲道理。我们得走了。你们两个不要总是玩。要是今晚这道题还没解出来，你们给我小心点。"

说完，爸爸妈妈离开厨房，拿起农具去田里给土豆除草。姐妹俩趴在作业本上，呜呜地哭起来。狗慢慢走到两把椅子中间，两只前爪趴在桌子上，用舌头挨个舔着姐妹俩的脸蛋安慰她们。

"这道题真的很难吗？"

"如果真是难题就好了！"玛丽内特叹气说，"其实很简单，但是，我们不知道解题思路。"

"要是我知道这道题是什么，也许我能做出来。"

"那我给你念念题目。"德尔菲娜说,"本区树林面积是十六公顷,已知每公亩种植三棵橡树、两棵山毛榉和一棵桦树,求每种树分别有多少棵?"

"你们说得对,"狗说,"这题不简单。一公顷是有多大?"

"我们也不清楚,"德尔菲娜说,她年龄最大,懂得最多,"一公顷和一公亩差不多大吧,但是,具体哪个单位更大,我也不知道。好像一公顷更大些。"

"不是,"玛丽内特反驳道,"一公亩更大。"

"你们别吵啦,"狗说,"讨论谁更大谁更小没有意义。我们还是来解题目吧。让我看看,'本区树林……'"

狗把题目背下来,一直思考着答案。有时他摇摇耳朵,姐妹俩仿佛有了希望,但最后他承认这是在白费力气,他想不出答案。

"别灰心。题目再难,总会解开的。我把家里的动物聚集起来,大家一起想办法,一定能找到答案。"

狗从窗户跳出去,来到草地上,找到正在吃草的马,对他说:

"本区树林面积是十六公顷……"

"可能是这样的，"马说，"但我瞧不出这和我有什么关系。"

狗跟马解释姐妹俩遇到的麻烦，马立刻担忧起来，同意让大家一起来解开题目。他走到院子里，嘶鸣三声，然后站在马车板上乱蹦跶，发出打鼓一样的咚咚声。母鸡、奶牛、公牛、鹅、猪、鸭子、猫、公鸡、小牛，听到马的召唤，从四处赶来，簇拥在一起排成三排，围成半心圆。姐妹俩站在窗前，狗坐在她俩中间。他向大家解释事情的原委，并念了题目：

"本区树林面积是十六公顷……"

动物们安静地思考着，狗转身对姐妹俩眨巴着眼睛，眼睛里充满希望。但是，很快大家就开始嘀咕，好像都泄了气。大家都指望鸭子能有好想法，但鸭子也没有想法，鹅也抱怨头疼。

"这个太难了，"动物们说，"这不是我们能解出来的。大家什么都不懂，只能放弃了。"

"你们有认真思考吗？"狗大喊道，"你们不会让姑娘们为难吧。再好好想想。"

"绞尽脑汁去想也没用啊。"猪嘟囔着。

"很明显,你不愿意帮助姑娘们,"马说,"你是站在主人那个阵营的。"

"怎么会!我是向着姑娘们的。但是,我觉得这个题目……"

"大家安静!"

动物们又开始思考问题的答案,仍然没有丝毫进展。鹅的脑袋越来越疼,奶牛们开始打瞌睡,马虽说很想帮忙,但脑袋总是左瞧右看的,无法集中注意力。他往草地那边瞧,看到一只小白母鸡朝院子里走来。

"你怎么慢吞吞的,"他说,"怎么回事?你没听到集合的口令吗?"

"我要下蛋,"她平静地回答道,"你总不能不让我下蛋吧。"

她走进大家围成的半圆里,在第一排的母鸡中间找了一个位置,询问集合的缘由。此时,狗开始失去信心,觉得没必要再给小白母鸡解释,他完全不相信小白母鸡能解开这个题目。

小白母鸡又询问德尔菲娜和玛丽内特,姐妹俩出于尊重,决定告诉她。于是狗又重新念了一遍题目:

"本区树林面积是十六公顷……"

"其实，我不知道这道题哪里难，"小白鸡听完题目后疑惑地说，"我觉得很简单。"

姐妹俩激动地抱在一起，满怀希望地看着她。然而，动物们窃窃私语，嘀嘀咕咕，有的阴阳怪气道：

"她什么都没想出来吧，只想引人注意，不见得比我们厉害。你们想啊，她就是一只普通的母鸡而已。"

"行啦，让她讲讲吧，"狗说，"猪啊，还有奶牛，都安静点儿。那你说说，你的答案是什么呢？"

"我再给您重复一遍，这题很简单，"小白母鸡回答道，"我很奇怪竟然没人想到。区里的树林都在这附近呢。如果想知道林子里橡树、山毛榉和桦树各有多少棵，唯一的方法就是亲自去数。大家一起去数，我觉得用不了一小时就能数完。"

"这个，不错嘛！"狗大声喊道。

"这个，不错嘛！"马大声喊道。

德尔菲娜和玛丽内特惊叹不已，哑口无言。她们从窗户跳出来，跪在小白母鸡面前，轻轻地摩挲着她背部和肚子上的羽毛。小白母鸡谦虚地说："这没有什么。"动物们簇拥着她，不停地夸赞她。哪怕充满嫉妒的猪，都无法掩饰他的钦佩之情，不由得说："没想到这家伙有点儿真本事。"

马和狗让大家停止恭维，德尔菲娜和玛丽内特领着大家穿过马路，来到树林。首先，她们教大家如何辨别橡树、山毛榉和桦树。接着，按动物多少，把树林分为四十二块区域（小鸡、小鹅、小猫和小猪除外，因为他们只负责数草莓和铃兰花）。猪又开始抱怨，说分给他的区域不如其他区域大。他还嘟囔着，分给小白母鸡的区域应该分给他。

"我可怜的朋友，"小白母鸡对猪说，"我不知道我的区域有什么好的，让你这么羡慕。但是我知道，大家说'像猪一样蠢'，还是挺有道理的。"

"小傻瓜。你找到问题的答案，就扬扬得意了？其实谁都可以想出来。"

"我说什么了吗？玛丽内特，把分我的那块区域分给这位先生吧，另外再分我一块，记得离这位粗鲁的先生远一些。"

玛丽内特满足了猪和小白母鸡的要求。大家开始数起来。动物们数着森林里的树木，姐妹俩每个区域挨个统计数目，记在练习本上。

"橡树二十二棵，山毛榉三棵，桦树十四棵。"鹅说。

"橡树三十二棵，山毛榉十一棵，桦树十四棵。"马说。

报完数后，他们继续数下一块区域。

工作进展得很快，一切都很顺利。四分之三的树木都已经数完了，鸭子、马和小白母鸡刚刚数完，突然听见树林深处传来一声号叫，是猪在求救：

"救命！德尔菲娜！玛丽内特！救命！"

姐妹俩朝着声音的方向奔过去，和马同时到达那里。只见一头野猪站在抖成筛子的猪面前，眼神愤怒地质问他：

"你这个蠢蛋，叫嚷完了吗？你为何大白天吵醒我们？我要给你点教训。长着一张蠢脸，就应该躲在家里别出门，别来森林里讨人嫌。嘿，孩子们，你们回窝去。"

野猪最后这句话，是对十几只小野猪说的，他们在猪的周围嬉戏打闹，甚至拥到猪的脚边玩起来。小野猪们体形同猫一样，小眼睛笑眯眯的，背部长着条纹，深浅分明。多亏他们，猪才捡了一条命，因为野猪如果冲过来，难免会踩死一两只野猪崽。

野猪看到走过来的马和姐妹俩，愤怒地咆哮道："这些家伙又来做什么,我的老天,我还以为在国道上呢,就差没有跑着的汽车了。我受够了。"

野猪看起来凶神恶煞,姐妹俩被吓得够呛。她们赶忙停住脚步,结结巴巴地请求原谅,可是一看见小野猪,她们就忘记野猪的狰狞样貌,高兴地大喊起来,说她们从来没见过这么可爱的小家伙,正说着,便和小野猪玩起来,抚摸他们,还拥抱他们。小野猪见有人和他们一起玩,非常兴奋,嘴里发出嘀嘀咕咕的声音,显得愉悦友好。

"他们看起来真漂亮啊,"德尔菲娜和玛丽内特不停地赞赏道,"又可爱,还讨人喜欢。"

野猪看起来没那么凶了,跟小野猪一样,眼睛也笑眯眯的,脸也变得柔和起来。

"这窝崽子是真不错,"野猪说,"他们每天无忧无虑,就是总惹麻烦,但是没办法,小野猪都是这样的。他们妈妈觉得他们漂亮又可爱,你们也这么说,我挺高兴的。不过,坦率地讲,对这头盯着我看的蠢猪,我说不出这种话。真是可笑的动物!长相竟然如此丑陋!我真是不敢相信。"

这头猪还在害怕地颤抖着,丝毫不敢争辩,只敢用乱转的眼珠子表达生气,觉得自己比野猪漂亮。

"姑娘们,是哪阵风把你们吹到树林里的?"

"我们和家里的朋友们一起过来数树。马会跟你解释的,我们现在得继续统计去了。"

德尔菲娜和玛丽内特又抱了抱小野猪,和他们约定待会儿再来,就离开了。

"事情是这样的,"马说,"学校老师给姑娘们出了一道特别难解的练习题。"

"很抱歉,我不太理解,我总是昼伏夜出,远离人类,对村子里的事十分陌生。"

野猪突然瞥了猪一眼,提高嗓门大声说:

"他真丑,我简直没法忍受,粉红色的皮肤真让人恶心。算了,不提他了。我的意思是,我都在夜间活动,因此很多事情不清楚。学校老师是什么?练习题是什么呢?"

马向他解释了什么是学校老师,什么是练习题。野猪对学校很感兴趣,可惜不能把小野猪送到学校去。有一件事他不理解,姑娘们的父母为何如此严厉地对待她们。

"你们有看到我禁止崽子们出去玩,逼着他们做一下午习题吗?况且,他们也不会听我的话。他们的妈妈总是护着他们。不过,这道了不得的练习题,是什么内容啊?"

"这是题目：本区树林面积是……"

马念完题目后，野猪让刚跳到山毛榉树矮枝上的松鼠帮忙。

"你立刻数一下树林里橡树、山毛榉和桦树各有多少棵，"他说，"我在这里等你。"

松鼠转眼就消失在高高的树丛中。野猪信心满满地说："松鼠已经去通知其他伙伴帮忙了，不到一刻钟就会数完，报来数字。这样就可以与德尔菲娜和玛丽内特的数字进行核对。"猪还愣在小野猪中间，突然他想起来他负责的区域还没有数完，但他已经忘记数到哪里了，得重新再数一遍。他正犹豫该怎么办的时候，看见鸭子和小白母鸡过来了。

"希望你没有太劳累，"小白母鸡对猪说，"刚才何必那么高傲，结果什么也没干成。最终还得我和鸭子帮你完成。"

猪极其尴尬，不知道说什么。小白母鸡又冷淡地加了一句：

"不用不好意思，也不用感谢我们。没必要。"

"着实没错，"野猪说，"讨人嫌的地方他都占全了。丑陋的长相，粉红色的皮肤，懒惰的性子。"

这时，小野猪把新来的朋友团团围住，想跟他们玩耍，但是，小白母鸡不喜欢别人随便亲近她，就大喊着说别烦她。结果小野猪更加肆无忌惮，围在她周围，一会儿用头撞她，一会儿把蹄子搭在她的背上，她不得不跳到一棵榛树上。与此同时，德尔菲娜和玛丽内特领了家里其他的动物过来，问猪要统计的数字，最后是鸭子和小白母鸡告诉他们的。现在，只要把数字做三次加法就行。

几分钟之后，德尔菲娜宣布：

"在这个区里的树林里，共有橡树三千九百一十八棵，山毛榉一千二百一十四棵，桦树一千三百零二棵。"

"这不出我所料。"猪说。德尔菲娜对动物们出色的表现表示感谢，尤其感谢小白母鸡，她不仅弄懂了题目，还想出了解题的办法。小野猪看到一下子来了这么多新伙伴，开头还有些害怕，没过一会儿就熟悉起来，变得更大胆，他们走到鹅群面前。

母鹅们都非常友好，她们很愿意和小野猪一起玩。姐妹俩也加入进来和他们一起玩，接着所有的动物都参与进来，野猪畅快地笑着。树林里从来没这样热闹过。

"我不想扫你们的兴，"狗等了一会儿说，"但是，太阳在慢慢落山，主人马上要回家了，要是他们发现家里一个人都没有，肯定会发脾气的。"

大家正准备离开，一群松鼠突然出现在山毛榉的低枝上，其中一只对野猪说：

"本区树林里共有橡树三千九百一十八棵，山毛榉一千二百一十四棵，桦树一千三百零二棵。"

松鼠报来的数字和姐妹俩的一致，野猪非常兴奋地说：

"这证明你们算得没错。明天，老师会给你们一个好分数。啊！真希望我能在现场听她表扬你们，我特别想看看学校。"

"明天你来学校吧，"姐妹俩提议道，"老师不凶的，她会让你进教室的。"

"真的吗？太好了，我得好好想想。"

姐妹俩离开后，野猪已经决定第二天去学校。马和狗也允诺明天会一起去，不让野猪成为独自见老师的动物。

爸爸妈妈从田里忙完回到家，看见德尔菲娜和玛丽内特在院子里玩耍，就冲她们大喊：

"你们解出习题了吗？"

"解出来了，"姐妹俩边回答边走过去，"但是，做这道题还真是麻烦呀。"

"确实很麻烦,"猪回应道,"不是我自夸,在树林里……"

玛丽内特踩了一下猪的蹄子,才让他住嘴。爸爸妈妈斜眼看他,嘀咕着说这头猪越来越蠢了。随后,他们对姐妹俩说:

"练习题解完还不算结束,还要做对。你们是否做对,明天就会知道,看看老师给你们打多少分。要是习题没有做对,有你们好看。马马虎虎地做题,这还不简单?"

"我们可没有马马虎虎地做题,"德尔菲娜说,"你们就放心吧,答案肯定是对的。"

"况且,松鼠的答案和我们的一样。"猪在一旁说。

"松鼠!这头猪是不是疯了。他的眼神怪怪的。好啦,别再废话了,回猪圈吧。"

第二天早上,老师来到学校门口,让学生们进去,当她发现院子里有一匹马、一条狗、一头猪和一只小白母鸡的时候,并不惊讶。邻近农户的家禽跑到学校里来,也是常有的事情。然而,突然从篱笆后面跳出来的野猪,让她受到惊吓。要不是德尔菲娜和玛丽内特让她放心,她准会大喊救命。

"老师，不要害怕。我们认识他。这是一头善良的野猪。"

"请您原谅，"野猪走向前说，"我不想打扰您，但是，我听人夸奖您的学校和教学，特别想来听您一堂课。我敢肯定我会学到不少东西。"

老师听了野猪说的恭维话，心里美滋滋的，但仍然犹豫是否让野猪进入课堂。其他动物也走上前，请求得到同样的照顾。

"我和我的同伴向您保证，"野猪又加了一句，"我们绝对老老实实，绝对不扰乱课堂秩序。"

"总之，"老师说，"让你们进入教室，我觉得也不碍事。那你们排好队吧。"

在教室门前，姐妹俩各领一行，动物们在她们身后排队，排成两行。野猪和猪站在一排，小白母鸡和马站在另一排，狗排在最后。老师拍了拍手，大家安静地走进教室，没有吵闹，也没有拥挤。狗、野猪和猪坐在姐妹俩中间，小白母鸡蹲在椅子上，马的身子太大，坐不下，就在教室后边站着。

课上,老师先让学生们练习写字,接着开始上历史课。她讲到十五世纪的事情,重点讲到国王路易十一[1],说他是一个暴君,常常把他的敌人锁在铁笼子里。"幸亏时代改变了,"她说,"现代社会是不可能把人锁在笼子里的。"老师刚讲完这些话,小白母鸡就站起来,要求讲话。

"显然,"小白母鸡说,"您对国家的历史并不了解。事实上,从十五世纪以来,什么都没有改变。我经常看到可怜的母鸡被关在笼子里,这种做法一时半会儿还不会结束。"

"实在是难以置信!"野猪大喊道。

老师的脸因为羞愧而涨得通红,因为她也关着两只母鸡,好把她们养肥。她准备下了课就把母鸡放出来。

"要是我是国王,"猪说,"我就会把主人关进笼子里。"

"但是,你永远也当不了国王,"野猪说,"你太丑了。"

"我认识一些人,他们跟你的想法不同,"猪说,"昨

---

[1] 路易十一(1423—1483),法国国王(1461—1483年在位),为加强王权,与以"社会福利联盟"为首的大封建主进行长期斗争。

天晚上，主人看着我说：'猪越长越漂亮了，得好好照顾他。'我一点儿也没有瞎编。他们说这话的时候，姑娘们都在场，是不是，姑娘们？"德尔菲娜和玛丽内特很窘迫，不得不承认爸爸妈妈的确说过这句话。猪很得意。

"我从来没见到过比你还丑的动物。"野猪说。

"很显然，你都没有看看自己。你这两颗大牙伸在两边，真可怕。"

"你说什么？你竟敢如此无礼？给我等着，蠢货，我得给你点教训看看，让你懂得尊重别人。"

猪看到野猪从椅子上跳起来，他惊声尖叫，在教室里乱蹿，被吓得不轻，差点把老师撞到地上。"救命啊！"猪大喊，"有人想要谋杀我！"他在桌子之间乱窜，把课本、练习本、钢笔、墨水瓶都撞掉了。野猪紧紧追在身后，骂骂咧咧地说要挑破猪肚皮。野猪从老师的座椅下跑过，把老师和椅子都驮了起来，因此他的速度也慢下来。德尔菲娜和玛丽内特趁机劝他冷静下来，提醒说他之前答应过不扰乱课堂秩序。狗和马也一起劝他，野猪终于恢复理智。

"请原谅我，"野猪对老师说，"我闹过头了，但是，这家伙太丑了，没法放着不管。"

"我本该把你们两个赶出教室,但是这次,我只给你们的纪律记零分。"

老师在黑板上写道:

野猪:纪律,零分。
猪:纪律,零分。

野猪和猪很懊恼,请求老师擦掉零分,但是老师不打算擦掉。

"每个人都是根据表现给分的。小白母鸡,满分。狗,满分。马,满分。现在开始上算数课,看看布置的练习题,有谁做出来了吗?"

只有德尔菲娜和玛丽内特举手。老师看了一眼她们的练习本,噘着嘴,好像怀疑她们的答案不正确。这叫姐妹俩有点担心。

"让我们来看看题目,"老师走到黑板旁边说,"再重复一遍题目。本区树林面积是十六公顷……"

她跟学生们讲解如何来解答这道练习题,在黑板上开始解题,最后得出:

"本区树林里有橡树四千八百棵，山毛榉三千两百棵，桦树一千六百棵。因此，德尔菲娜和玛丽内特的答案是错的。她们的成绩不及格。"

"不好意思，"小白母鸡说，"很遗憾，事实上是您弄错了。本区树林里有橡树三千九百一十八棵，山毛榉一千二百一十四棵，桦树一千三百零二棵。姑娘们算出的数字是这个。"

"这也太荒谬了，"老师反驳道，"桦树不可能比山毛榉多。我们再重新算一算……"

"这种算法根本不靠谱。本区树林里一共有一千三百零二棵桦树。我们昨天下午去树林里数过了。你们觉得我说得对不对？"

"对。"狗、马还有猪在一旁确认道。

"我当时也在场，"野猪说，"那些树大家数了两遍。"

老师试图向动物们解释，说习题中的"本区树林"同实际的树林没有联系，但是，小白母鸡生气了，她的同伴们也恼怒起来，异口同声地说："如果习题本身都不可信，那题目就没有意义了。"老师气得满脸通红，说他们都是笨蛋，准备给姐妹俩打不及格。这时，一位教育监督员走进教室。

他看到马、狗、猪，尤其是野猪，非常吃惊。

"好吧，"他说，"你们在讨论些什么？"

"监督员先生，"小白母鸡说，"老师前天给学生们留了一道练习题，题目是：本区树林面积为十六公顷……"

监督员听完小白母鸡的话，毫不犹豫地说："小白母鸡说得对。"

于是，他让老师给姐妹俩满分，又让老师擦掉猪和野猪的零分。

"本区树林就是本区的树林，"监督员说，"这是毋庸置疑的。"他对动物们很满意，每个都打了满分，他还觉得小白母鸡分析得有条理也有逻辑，授予她一枚荣誉十字奖章。

德尔菲娜和玛丽内特安心地回到家。爸爸妈妈看到她们优秀的成绩，既高兴又自豪（他们以为狗、马、小白母鸡和猪的满分也是女儿们得的），还给她俩买了新文具盒，作为拿到满分的奖励。

与孔雀媲美的猪

有一天,德尔菲娜和玛丽内特告诉爸爸妈妈,她们不想穿木屐了。

事情的起因是这样的:

姐妹俩有一个住在省会的表姐弗洛拉,快十四岁了,打算假期来农场住两周。

一个月前,弗洛拉顺利通过结业考试,拿到初等教育毕业证书,她的父母给她买了一块手表、一枚银戒指和一双皮鞋作为毕业礼物。除此之外,她星期天去教堂礼拜的裙子少说也有三条。一条是配有金色腰带的粉红色裙子,另一条是肩上绣着绉纱的绿色裙子,第三条是蝉翼纱制成的裙子。弗洛拉出门必须戴手套,她看表的时候总会把手肘高高抬起,总是谈论着怎样化妆打扮,戴什么样子的帽子,以及烫什么样子的发型。

弗洛拉走后,姐妹俩推搡着,互相鼓着劲,德尔菲娜先开口对爸爸妈妈说：

"我们觉得木屐穿着不舒服。不仅夹得我们脚疼，鞋子还容易进水，要是皮鞋就舒服多了，特别是有跟的，又漂亮又舒服。"

"还有裙子，"玛丽内特说，"我们每周都只穿罩裙，都不让我们穿漂亮裙子。还不如把衣柜里的漂亮裙子拿出来，让我们经常换着穿。"

"头发也是，"德尔菲娜说，"总是让我们把头发散在肩上，要是把它们扎到头顶，不仅舒服，还漂亮。"

爸爸妈妈倒吸一口气，紧皱着眉头看着她们，大声吼道：

"你们这样讲话，我们可不爱听。不想再穿木屐啦！把漂亮裙子从衣柜里拿出来啦！你们的脑袋瓜生锈了吗？你们想，是啊，你们想每天有皮鞋和漂亮裙子穿。过不了多久，你们就会把它们全部糟蹋完，等你们去阿尔弗雷德叔叔家时，连一条得体的裙子都没有了。更过分的是，你们这个年纪的小女孩，就想把头发扎在头顶！哼！你们要是再提扎头发的事情……"

姐妹俩不敢再提扎头发、穿漂亮裙子和换皮鞋的事了。

但是，当她们两人在上学的路上，在草地放牛的时候，或者在树林里摘草莓的时候，姐妹俩会往木屐里放块石头，让鞋跟高一些，她们还会把衣服正反翻过来穿，假装穿了新衣服，她们还用绳子把头发扎起来。她们总是在问：

"我的身材苗条吗？我这样走路，步子有显得小点吗？我的鼻子这几天有长一点儿吗？我的嘴巴怎么样？我的牙齿呢？你觉得粉色是不是比蓝色更加适合我？"

当姐妹俩回到房间后，她们会一直照镜子，希望自己能变美丽，还希望有漂亮裙子穿。农场里有一只白兔子，姐妹俩很喜欢，她们甚至残忍地想过，要是爸爸妈妈把兔子吃掉，就能用兔子的皮毛做一件漂亮大衣。每每想到这一点，姐妹俩都会激动地涨红脸。

一天下午，德尔菲娜和玛丽内特坐在农场前面篱笆边的树荫下，缝制烂抹布。一只大白鹅站在她们旁边，看她俩忙活。这只动物很安静，喜欢聊天和打趣。她问姐妹俩缝制烂抹布有什么用，应该怎么缝。

"我觉得我很喜欢缝缝补补这些活计儿，"大白鹅对姐妹俩说，"尤其喜欢缝制烂抹布。"

"饶了我吧，"玛丽内特说，"我更喜欢做裙子。啊！

如果我有布料……比如说三米淡紫色丝绸……我就可以给自己做一条圆领连衣裙，两边都有花边折褶。"

"我的话，"德尔菲娜说，"我会做一条尖领的红色连衣裙，缝三排白纽扣，一直到腰带那里。"

鹅边听她们说，边摇着头嘀咕道：

"你们喜欢做什么都行，我还是喜欢缝制烂抹布。"

一只大肥猪正在院子里慢悠悠地散步。爸爸妈妈从屋子出来准备下地干活儿，停在猪跟前说：

"这头猪变胖了，也变漂亮了。"

"真的吗？"猪说，"听到你们夸我漂亮，我太开心了。我也这么想的。"

爸爸妈妈听到这话，尴尬地离开了。他们经过姐妹俩面前时，夸她们很勤快。德尔菲娜和玛丽内特低头专注地缝补着烂抹布，一声不吭，一副一丝不苟的样子。可是，等爸爸妈妈一离开，她们又聊起漂亮裙子、帽子、漆皮皮鞋、烫发和金表，手上的针线活儿也变慢了。两个人还玩起贵妇人做客的游戏，玛丽内特努努嘴，对德尔菲娜说：

"我亲爱的女士，您是在哪里订制的这套精美裙装呢？"

鹅听不明白她们的对话，觉得有些无聊，就打起瞌睡来。这时，一只清闲的公鸡从院子里走过来，站在白鹅面前，用怜悯的眼神望着她，随后说：

"我无意冒犯你，但是，你的脖子长得好滑稽。"

"脖子滑稽？"鹅问，"为什么？"

"看你问的！当然是你脖子太长了啊！看看我的脖子……"

鹅打量一会儿公鸡，摇摇头说：

"好吧！是啊，我发现了，你的脖子太短了。我觉得这样的脖子不好看。"

"脖子太短！"公鸡大喊，"你竟然觉得我脖子太短！不管怎么说，比你的脖子好看。"

"我倒是没看出来，"鹅说，"其实，没有必要争论，你的脖子就是太短，仅此而已。"

姐妹俩要不是沉迷于讨论裙子和发型，她们会看出公鸡万分恼火，就会出面调解。

公鸡冷笑了几声，用咄咄逼人的语气说：

"你说得对。没必要争论。然而就算不讨论脖子，我也比你漂亮。我的羽毛有蓝色的，有黑色的，甚至还有黄色的。尤其是我那华丽的尾巴,再瞧瞧你的尾巴,真是太可笑了。"

"不管你怎么看,"鹅反驳道,"我只看到一撮又丑又乱的毛。你头上那个红色鸡冠子,要是被一个稍微文雅的人看到,该有多恶心啊。"

公鸡勃然大怒。他跳到鹅面前,扯着嗓子大喊:

"你这个老傻瓜!我比你漂亮!听到了吧!我比你漂亮!"

"你别再瞎说了!你这坏家伙!我才是最漂亮的!"

姐妹俩听到争吵声,赶紧抛下裙子的话题。她们正要插嘴,猪也听到争吵声,穿过院子跑过来,在公鸡和鹅的旁边停下,气喘吁吁地说:

"你们两个怎么啦?发疯了吗?你们好好瞧瞧,最漂亮的是我!"

姐妹俩、公鸡和鹅,都哈哈大笑起来。

"我不明白你们在笑什么,"猪说,"看来,在谁最漂亮这个问题上,你们的意见是一致的。"

"你是在开玩笑吧。"鹅说。

"我可怜的猪,"公鸡说,"你也不看看自己有多丑!"

猪伤心地看着公鸡和鹅，叹了一口气说：

"我明白……是的，我理解。你们两个在嫉妒我。事实上，你们见过比我更漂亮的吗？而且，主人刚才还夸我漂亮呢。行啦，你们就老实承认我最漂亮吧。"

正当大家争论得热火朝天时，从篱笆拐角走出一只孔雀，这时大家都不讲话了。孔雀的身子呈蓝色，翅膀是金棕色的，长长的绿色尾巴上点缀着许多蓝色斑点，斑点四周环绕着红棕色圆环。他头上顶着羽冠，闲庭信步。他优雅地笑着转身，好让大家赞美他，然后，他对姐妹俩说：

"我刚才在篱笆那边，听到他们在争吵，不瞒你们说，我觉得特别好玩儿。嘿！真是太有意思了……"

说到这里，孔雀停顿了一下，偷笑了几声，又继续说：

"从你们中选出哪位最美，是件严肃的事情呢。猪倒是不错，他有粉色而紧致的皮肤。我也很喜欢公鸡，他头上的鸡冠像顶着木桩，身上的羽毛像刺猬。鹅呢，举止优雅，头部壮实稳重……啊！太好笑了……说正经的，请告诉我，小姑娘，若是一个人的长相并不完美，不是应该少谈论自己的外貌吗？"

姐妹俩满脸通红，替猪、公鸡和鹅感到害臊，也为自己感到害臊。但是,刚才孔雀叫她们"小姑娘",她们心里很高兴,也就不好责怪孔雀的失礼了。

"从另一方面来说,"孔雀继续说,"他们是可以被原谅的,毕竟他们没有见过真正的美……"

孔雀慢慢地转过身,摆出姿势,好让大家看个真切。

猪和公鸡瞪大了眼睛,羡慕得说不出话。鹅表现得不是很惊讶,她淡定地打量着孔雀说:

"毫无疑问,您很漂亮,但是,我们也见过很多漂亮的动物。像我之前认识的一只鸭子,他的羽毛跟您一样漂亮,但他并不会这样装腔作势。也许您会说,他没有您这样能扫灰尘的尾巴,也没有头上的羽冠。但可以确定的是,哪怕没有这些,他也生活得很好。而且,我也没觉得这些装饰适合他人。如果让我头上插一支羽毛笔,尾巴后面长着一米长的羽毛的话,我绝对会拒绝,绝对会。这样太不正经啦。"

孔雀一边打着哈欠,一边听鹅说话。等鹅说完后,她也不屑于回答。公鸡也回过神,不怕跟孔雀比美了。突然,他屏住呼吸,沉默不语。因为就在这时,孔雀开屏了,长长的尾巴拖曳着展成一圈,像一把巨大的扇子。鹅也难以抑制欣赏之情,不禁大声赞叹。猪也连连惊叹,向前走了一步,想要更仔细地欣赏孔雀的羽毛,但是,孔雀赶紧往后跳开。

"拜托,"孔雀说,"不要靠近我。我这么高贵,不习惯和别人近距离接触。"

"我向您道歉。"猪结结巴巴地说。

"别这样,我才应该感到抱歉,这样直白地跟您讲话。您要知道,要想变得像我这样美,得花费大力气才行。保持美丽和变美一样困难。"

"真的吗?"猪很惊讶,"您以前不像现在这样美吗?"

"噢!当然。我出生的时候,皮上只有一点儿稀薄的绒毛,根本无法想象日后能出落成漂亮的模样。你们现在看到的我,都是后来仔细地养护,渐渐变美的。为了变美,我有很多事情不能做。我的妈妈总会提醒我:'不要吃蚯蚓,会抑制羽冠的生长;不要单脚跳,会把尾巴上的羽毛弄乱;不要吃太多,不要在吃饭期间喝水;不要走在水坑里……'没完没了。我也不能跟小鸡们见面,也不能和城堡里的其他动物玩。我就住在那个有名的城堡里,从这里可以望见。唉!住在那里也不总是愉快的。我除了能和猎犬一起陪女主人散散步,其余的时间总是很孤单。还有,我要是想找点乐子，做些好玩的事的时候，我的妈妈会痛心疾首地朝我喊：'可怜的孩子，你这样胡闹，你的举止啊，尾巴啊还有羽冠啊，都变得粗俗了。'没错，她就是这样说我的。唉！生活并没那么有趣啊。你们可能不相信，直到现在，我还得节制饮食呢，为了不变胖，也为了保持毛色的光泽，还要多做运动……至于花在梳洗化妆上的时间，我就不多说了。"

禁不住猪的再三恳求，孔雀开始详细说明变美需要的步骤，一口气讲了半小时，却连一半都没列举完。与此同时，其他动物们也慢慢拥过来，在孔雀周围围了一个圈。牛先到，接着绵羊、奶牛、猫、母鸡、驴、马、鸭子、小牛都陆续赶来，最后还来了一只小老鼠，钻在马蹄中间。大家争先恐后，都想看仔细点，听清楚些。

"不要推啦！"分不清是小牛、驴、绵羊，还是其他动物在喊叫。

"别挤啦。安静。"

"哎呀，别踩我的脚……"

"个头大的往后站……哎呀，大家都让一让……"

"安静点，你们怎么不听呢……我要给你点颜色看看……"

"嘘!"孔雀说,"大家安静一点儿……我继续说,早晨醒来后吃一颗苹果核,喝一口清水……你们明白了吗?好,再重复一遍。"

"吃一颗苹果核,喝一口清水。"所有动物齐声说。

德尔菲娜和玛丽内特没敢跟他们一起讲,但是,她们从来没有像听孔雀讲话这般专注地听过课。

第二天早晨,爸爸妈妈在马厩里遇到一系列怪事,当他们像往常那样,往食槽里添饲料时,马和牛都有些不耐烦地说:

"好啦,好啦,不要再加饲料了。如果你们想帮忙的话,不如给我们一颗苹果核和一口清水吧。"

"你们说什么?一颗……一颗……"

"一颗苹果核。中午之前,我们什么也不吃了,以后每天都这样。"

"你们就等着吧,"主人说,"我们会给你们苹果核的。这种食物吃了肚子会饿吧!饲料才是专门给大型动物准备的!好啦!别再胡说八道了。给你们准备了干草、燕麦和甜菜。你们快吃吧。不要装模作样了。"

主人离开马厩,来到院子里,把饲料拿给母鸡和其他家禽吃。

饲料是上乘的，可是大家连尝都不尝一口。

"我们需要的，"公鸡对主人说，"是一颗苹果核和一口清水。其他都不需要。"

"又是苹果核！怎么都想吃苹果核？公鸡，你来解释解释，到底怎么回事？"

"主人啊，请告诉我，"公鸡问，"你们难道不喜欢我头上长着羽冠，身上长着五颜六色的羽毛，展开就像大扇子，在院子里昂首挺胸地散步吗？"

"不喜欢，"主人没好气地说，"如果能做成红酒烩鸡的话，我们会很喜欢，但是，羽毛对我们来说没用处。"

公鸡转过身，对其他动物说：

"你们也看到了，我们客气地跟他们讲话，他们就是这种态度！"

主人离开了，去猪圈里喂猪。但是，猪一闻到捣烂的土豆，就在圈里大叫：

"快把饲料拿走！我需要的是一颗苹果核和一口清水！"

"你也这样？"主人问，"为什么啊？"

"因为我想要变得漂亮又苗条,皮毛靓丽有光泽。到那时,人们会为了我停下脚步,转过身看我,感慨地喊道:'啊!这头猪太美了,我也想像他那样美丽。'"

"老天,猪啊,"主人说,"你想变美,这很正常。可是,为什么不努力保持美呢?你想要变美,首先得长得肥肥胖胖的。"

"这话你说给别人听吧,"猪说,"给我个明确回答。一颗苹果核和一口清水,行还是不行?"

"到底行不行呢?我们回去想想,等一会儿……"

"等一会儿可不行,现在就说清楚。这还没完,每天早上,你们还得带我出去散步,让我做运动。还要监督我的饮食、睡眠、社交和仪态……总之,要监督我的一切活动。"

"没问题。等你再长胖十公斤,我们就这样做。但现在,你先好好吃饲料。"

主人把猪的食槽倒满后,来到厨房,姐妹俩正准备去上学。

"你们这就走啦?嗯,不过……你们不吃饭吗?"

姐妹俩满脸通红,德尔菲娜尴尬地回答:

"没有,我们不饿……或许昨天晚上吃得太饱了……"

"肚子留点空，对我们有好处。"玛丽内特补充道。

"嘿！"爸爸妈妈说，"这可真稀奇。好吧，随你们便……"

在姐妹俩上学走远后，爸爸妈妈在厨房的桌子上，发现一颗被切成两半的苹果，果核被挖走了。

没过多久，大型动物们就受不了这种吃法了。按照牛或马的胃口，吃一颗苹果核跟什么都没吃一样。他们都放弃变美的想法，隔天，就恢复从前的饭量。小动物们坚持得久一点儿，他们坚信自己生来就适合这种生活方式，甚至不去管已经连续几天的胃痉挛。母鸡、小鸡、公鸡、鸭子和鹅，他们只谈论美好的言行举止、优雅的步伐和艳丽的羽毛。年纪最小的几位仿佛得了妄想症，抱怨现在的生活太糟糕，配不上美丽的自己。鹅听到他们的胡言乱语，突然恢复理智，说这样节食没有效果，只会让大家头脑糊涂，继续下去的话，大家会变得疯疯癫癫的。鹅还说，大家这样节食，只会让眼窝凹陷，羽毛暗淡无光，脖子变得瘦骨嶙峋，嗉囊也干瘪了。有几只明事理的立刻听从鹅的建议，其他的还想再坚持一段时间。公鸡是最坚定的节食主义者，追随他的还有一群小鸡。有一天，公鸡在院子里饿晕了。他听到主人说："快放血,现在放血好吃。"公鸡吓得不轻,立刻站起来,跑去吃谷物和饲料,由于一口气吃得太多,可怜的公鸡连着好几天消化不良,那群小鸡也是。

半个月过去了,只有猪还在坚持节食。他一天的饭量跟一只小鸡差不多,他不仅吃得很少,还长时间散步,还要做操和其他运动。只过了一周,他的体重就掉了三十斤。

大家都劝他多吃点,要他恢复之前的饭量,但是,猪仿佛没听到,反倒一个劲儿地问:"你们觉得我看上去如何?"大家悲痛回答道:

"可怜的猪,你太瘦了。你的皮都起皱了,肉也不紧致了,真让人心疼啊。"

"那太好了,我瘦下来了,"猪说,"我还有更让你们吃惊的呢。"

猪眨巴着眼睛,低声问:

"对了!你们看看我的头顶……看到了吗?"

"看什么呀?"

"有没有什么东西长出来……像是羽冠的东西。"

"没看到,什么都没有……"

"好吧,真奇怪,"猪说,"那尾羽呢,你们看到尾羽了吗？"

"你是说你的尾巴吗？很漂亮的尾巴！像开瓶塞的螺丝起子，很完美。"

"咦，真奇怪啊。或许是我的运动量还不够……要不就是我吃得太多……不用担心，我会多加注意的。"

看着越来越消瘦的猪，德尔菲娜和玛丽内特不再想着变美了。至少她俩不想过度节食了。孔雀提出的节食方法，她俩本来就是瞒着爸爸妈妈进行的，后来也逐渐失去兴致了。最终，她俩听了鹅的建议，不再节食了。当时，姐妹俩正谈论着身材和体重，想再瘦点儿，鹅不停地劝她们：

"你们看看这头可怜的猪，非得让自己饿着，现在都瘦成什么样子了。你们想要像他那样，皮肤皱皱巴巴，腿也变成铅笔杆子，走路都走不稳吗？你们不要做这种离谱的事情，相信我，这有违常理。瞧瞧我，我长得漂亮，羽毛很美，我可以负责任地告诉你们，外貌并不能占据你生活的全部。对你们来说，会缝补比背上长满五颜六色的羽毛更有用。"

"确实，"姐妹俩说，"你说得有道理。"

有一天，猪做完体操，在井边休息。他询问正趴在井台

上休憩的猫,他有没有长出羽冠。猫觉得他很可怜,就假装凑近看了看,回答他:

"挺好的,我好像看到有什么东西长出来了。当然,这才刚冒出头,以后肯定会长成羽冠的。"

"终于等到这一天了!"猪大喊,"羽冠长出来啦!已经可以看到啦!我太高兴了……尾羽呢,猫,你能看到吗?"

"你的尾羽!天哪……我得说……"

"怎么样!快说!"猪神色慌张。

猫抓紧说:

"事实上,现在还不是真正的尾羽,但已经像扫帚头那样漂亮啦,以后还会继续长呢。"

"当然,还得不停地长呢。"猪赞同地说。

"是的,是的,"猫附和道,"但是,你得多吃点,尾羽才会长大呀。羽冠也是一样。孔雀说的节食方法,只在最开始有效,现在羽冠和尾巴都长出来了,就得增加营养了。"

"说得没错,"猪说,"我都没想到。"他立刻跑到猪圈,把食物全部吃完后又跑到主人那边去要。他吃饱后,就在院子里又跑又跳。大声喊着：

"我有羽冠啦！我有尾羽啦！我有羽冠啦！我有尾羽啦！"

农场的动物们试图劝猪看清事实，但他已经走火入魔，不是指责大家嫉妒，就是说大家眼睛白长了。第二天，他和公鸡争论了很长时间，公鸡受不了他的固执，就放弃争辩，叹着气说：

"猪已经疯了……他完全疯了……"

在场的很多动物都大笑起来，猪感到非常窘迫。

有一群小鸡紧紧跟了他一个多小时，叽叽喳喳地说：

"他疯了！快来看疯子啊！他疯了……"

其他家禽看到猪走来，都对他说些讥笑嘲讽的话。从那之后，猪再也不跟大家谈他的羽冠和尾羽了。他在院子里踱步时，总是高傲地仰起头，好像嗓子眼里卡了骨头似的。要是有谁从他背后经过，哪怕离得很远，他也会猛地向前一跳，生怕有谁踩到他的尾羽。鹅拿猪当案例劝告姐妹俩：

"你们瞧，这就是过分追求美的代价，就会变得跟他一样疯疯癫癫。"

姐妹俩听了鹅的话，开始可怜起她们的表姐弗洛拉，觉得她一定因为追求美昏了头。可是,满头金发的玛丽内特还是不由得佩服这头猪。

一天早晨,阳光灿烂,猪去田里散了很久的步。回来的路上,天气阴沉,天空中划过一道道明亮的闪电。他毫不惊慌,琢磨着风吹过他头顶的时候,他就能看到头顶的羽冠。他真的以为羽冠已经长得很高了,看上去无比华丽。然而,雨越下越大,猪只能先到树下躲避一阵,他小心翼翼地低下头,免得让风刮坏了羽冠。

风渐渐平息,雨也小了,猪继续往农场走,等走到农场前时,太阳已经穿过厚厚的云层照射着大地。姐妹俩和爸爸妈妈从厨房走出来,家禽也都从仓房出来。当猪走进院子的时候,姐妹俩指着猪来的方向大喊:

"快看啊,是彩虹!啊!这可真美!"

猪回过头看,他也喊了一声。他回头看到自己的"尾羽"展开,像一把展开的巨大的扇子。

"快看啊!"他说,"我开屏啦!"

德尔菲娜和玛丽内特用伤心的眼神互相看着对方,家禽们也摇着头嘀咕着。

"好啦,不要在这边丢人现眼啦,"主人说,"时间到了，回猪圈吧。"

"回猪圈？"猪说，"很显然，这是不可能的。我的尾羽太大了，连院子也进不去。旁边的两棵树都挡着呢。"

主人已经不耐烦了。他们说要去找木棍过来，还好姐妹俩走到猪的面前，友善地建议道：

"你把羽毛合起来不就行了嘛。这样就能很轻松地进来啦。"

"说得对，"猪说，"我怎么就没想到。你们得理解，我还没习惯……"

猪使出全身力气收起他的尾羽。与此同时，他身后的彩虹突然消失不见，只有柔和的霞光照在猪的身上，那么光鲜亮丽，即使孔雀在他身旁，也会黯然失色。

死性不改的狼

狼藏在农场院子的篱笆后,耐心地观察着房子四周。他终于等到姐妹俩的爸爸妈妈从厨房出来。爸爸妈妈走到姐妹俩的房门口,最后叮嘱姐妹俩。

"你们要记住,"爸爸妈妈说,"不要给任何人开门,不论他们是恳求你们还是威胁你们。我们晚上就回来。"

狼看着姐妹俩的爸爸妈妈在前面的路口拐弯后,才瘸着一条腿,围着房子转圈,发现门都关得很紧。猪和奶牛那边,他不抱任何希望,这些家伙脑袋瓜不灵光,没法说服他们乖乖让他吃掉。

于是,狼停在厨房门口,用爪子扒住窗户边儿,朝屋里看。

德尔菲娜和玛丽内特待在炉灶前玩骨拐[1]。满头金发的玛

---
1 骨拐,一种根据技巧和运气来玩的游戏,是骰子游戏的鼻祖。

丽内特对姐姐德尔菲娜说：

"只有两个人玩起来没意思，连拉圈都玩不了。"

"确实，两个人既玩不了拉圈，也玩不了击手掌。"

"玩不了传环，也不能玩病萝卜[1]。"

"不能玩娶新娘，也不能玩抛球。"

"可是，有什么游戏能比拉圈和击手掌更有意思呢？"

"唉！如果再有一个人一起玩就好了……"

因为姐妹俩背对着窗户，狼只能使劲用鼻子撞击玻璃，好让姐妹俩听到动静。她俩放下骨拐，手拉手走到窗户旁。

"你们好呀，"狼说，"外面可不暖和。你们知道嘛，冷得够呛。"

金发妹妹扑哧一声笑起来，她觉得狼的尖耳朵和乱糟糟的头顶很好玩。但德尔菲娜看出来了，她拉着妹妹的手，低声说：

"这是狼。"

"狼？"玛丽内特说，"狼很吓人吗？"

---

[1] 病萝卜，风靡于十九世纪三、四十年代的欧美地区，游戏至少需要三人，一人扮演病人，抱着头，抬起一只脚，扶着后背一瘸一拐前行，其他人模仿病人动作，出错就被淘汰。

"当然很吓人。"

姐妹俩吓得发抖,紧紧依偎着彼此,金黄色头发也缠在一起,互相在耳边嘀咕着。

狼不得不承认,在他生活的树林和原野里,从没有出现过如此美丽的人类。他被感动了。

"我这是怎么了?"他暗自思忖着,"腿怎么在发抖。"

他左思右想,才想明白原来是他突然间变善良了。他现在是一只善良又温柔的狼,再也不会吃小孩子了。

狼把头歪向左边,就像善良的人那样,用最柔和的语气说:

"我太冷了,我有一只脚疼得不能走路。但更重要的是,我很善良。如果你们肯开门让我进来,我就在炉灶旁边取取暖。整个下午咱们就可以一起打发时间了。"

姐妹俩用惊讶的眼神望着彼此。她们从没想过狼的声音会如此温柔动听。金发妹妹已经放下心防,朝狼点点头,表示友好。但是,德尔菲娜没那么容易被冲昏头脑,她沉着冷静地说:

"您走吧,您是一只狼。"

"您知道的，"玛丽内特微笑着补充道，"并不是要赶您走，只是爸爸妈妈不让我们开门，无论是别人恳求我们还是威胁我们。"

狼深深叹了一口气，两只尖尖的耳朵耷拉在脑袋边上。可见他非常伤心。

"你们也知道，"狼说，"大人们讲了很多关于狼的故事，但是，也不能全盘相信。事实上，我一点儿都不坏。"

他又深深叹了一口气，玛丽内特不由得流出眼泪。

姐妹俩知道狼冻得不行，一只爪子还疼，都很同情他。金发妹妹在姐姐耳边说着什么，同时向狼眨巴着眼睛，好让他知道她是在为他说好话。德尔菲娜还在考虑，因为她不打算轻易开门。

"他看起来挺温柔的，"德尔菲娜说，"但是，我是不怎么信的。你记得《狼与小羊》[1]的故事吧……羊是最无辜的。"

狼辩解说自己很善良，德尔菲娜反问他：

"那只小羊羔呢？……对，就是您吃掉的那只？"

---

[1]《狼与小羊》，法国著名寓言诗人拉·封丹创作的寓言故事，讲的是一只狼装模作样与小羊讲道理，最后露出本性，把小羊吃掉的故事。

狼并没有因此惊慌失措。

"我吃掉的小羊羔，"他问，"你指的是哪一只呢？"

他用一种天真无邪的神态和语调，平静地说完这些话，仿佛在谈论一件极其平常的事情，令姐妹俩毛骨悚然。

"什么？您吃了很多只吗？"德尔菲娜大声道："哎呀糟糕！您可真敢说呀！"

"我自然是吃了很多只羊。我不觉得这有什么不对的……你们不也吃了很多嘛！"

姐妹俩没法反驳他。今天中午她们才吃了羊腿。

"好了，"狼说，"你们也明白我根本不坏。给我开门吧，我们围坐在炉灶旁，我给你们讲故事。我在树林和原野里生活了很长时间，可以想象我有多少故事可以讲给你们听。要不给你们讲讲三只野兔的故事吧，肯定能把你们逗得捧腹大笑。"

姐妹俩的想法产生分歧，在低声讨论。金发妹妹认为可以给狼开门。狼一只爪子受了伤，在外面冻得够呛，不能坐视不管。但是，德尔菲娜仍然对狼保持警惕。

"总之呢，"玛丽内特说，"你也不能因为他吃了羊而责怪他。他总不能干等着饿死吧！"

"他可以只吃土豆呀。"德尔菲娜说。

玛丽内特不停地催促，声情并茂地替狼求情，眼泪也哗哗地流下来。姐姐德尔菲娜终于被打动了，她朝门口走去。突然，她耸着肩笑起来，对一脸错愕的玛丽内特说：

"这可不行，这样做太傻了！"

德尔菲娜直视着狼的眼睛说：

"话说回来，狼，我差点儿忘了小红帽。我们来聊聊小红帽的故事，好吗？"

狼羞愧地低下头。他没有料到有人会提及这个。姐妹俩听到狼在门口抽泣的声音。

"没错，"狼承认，"小红帽是我吃掉的。但是，我向你们保证，我内心充满了愧疚和后悔。如果时间可以倒流……"

"是啊，是啊，大家都这么说。"

狼捶胸顿足。他的嗓音低沉悦耳。

"我保证，要是可以重新来过，我宁愿活活饿死。"

"不管怎么说，"金发妹妹叹了一口气说，"您还是吃掉了小红帽。"

"我无话可说，"狼承认，"我把她吃了，是事实。

这是我年轻的时候犯的错,可是事情已经过去很久了,不是吗?以前的罪过也应该被宽恕……还有,你们可能不知道,就因为小红帽这件事,人们给我造了很多谣言!人们甚至说我先吃了外婆,好吧,这根本就不是真的……"

说到这儿,狼突然冷笑了几声,可能他自己都没有发觉。

"请问!有细皮嫩肉的小姑娘当午餐,我怎么可能吃外婆!我可没有那么傻……"

一想起那顿美味的午餐,狼就忍不住地用大舌头舔着嘴唇,露出又长又锋利的獠牙,这让姐妹俩更担心。

"狼啊,"德尔菲娜喊道,"您是一个骗子!如果您对之前的所作所为感到后悔,就不会舔嘴唇了!"

狼非常羞愧,他一想到入口即化的胖姑娘,就不受控制地舔嘴唇。但现在他觉得自己很善良,还非常忠诚,便不再自我怀疑了。

"请原谅,"他说,"这是我的家族延续的坏习惯,但是,这代表不了什么……"

"您家教不好,真是太糟糕了。"德尔菲娜严肃地说。

"千万别这么说,"狼叹了一口气说,"我觉得很遗憾。"

"吃小姑娘也是家族习惯吗？您要知道，您保证不再吃小孩，就像玛丽内特保证不再吃甜点一样。"

玛丽内特脸红了，狼还想再争辩一下：

"刚才我已经跟你们保证……"

"不要再说了，赶紧离开吧。您跑一会儿身体就会变热的。"

狼很生气，因为她俩还是不相信他很善良。

"这真的很过分，"狼喊道，"大家都不爱听真话！诚实的人也觉得无趣。我得说，你们无权阻止人们向善的心。如果我再吃小孩的话，全是你们的错。"

听到狼这么说，姐妹俩一想到要承担的重大责任，就惴惴不安。但是，狼的两只尖耳朵不停地动来动去，眼神也透露着凶狠，向外翻卷的嘴唇露出獠牙，姐妹俩吓得动不了。

狼意识到恐吓她们不顶用，于是他恳求姐妹俩原谅他的无礼。他说话的时候，眼神无比温柔，耳朵也耷拉着；他的鼻子顶着玻璃，嘴巴被压得扁扁的，他的脸与奶牛的脸一样温柔。

"你看，他一点儿也不凶，"金发妹妹说。

"也许吧，"德尔菲娜说，"也许吧。"

狼的语气越来越诚恳，玛丽内特没法坐视不理，她径直走向门口。德尔菲娜吓坏了，赶紧揪住她的一绺鬈发。姐妹俩开始大打出手。狼在玻璃外面不安地看着她们，说他宁愿离开这里，也不愿意看到她们争吵。于是，他从窗户边离开，哭着走远了。

"我真是不幸啊，"他独自思忖着，"我明明这么善良，这么温柔……她们竟然不想跟我做朋友。我本可以为了朋友变得更加善良，甚至决定不再吃羊羔了。"

与此同时，德尔菲娜望着渐渐走远的狼，他一瘸一拐地走着，冻得浑身发抖。她悔恨交加，在窗边大喊：

"狼！我们不害怕啦……快进来暖暖身子吧！"

金发妹妹已经打开门，朝着狼跑过去。

"天哪！"狼长舒一口气说，"坐在炉火旁边真是舒服啊。我一直都觉得，家庭生活是最美好的。"

狼湿润的眼睛里流露出柔和的光芒，他望着站在一旁的姐妹俩，她们看上去有些害怕。狼舔了舔受伤的爪子，在炉火旁边烤了烤他的肚皮和脊背，随后，便讲起故事来。姐妹俩凑近一点儿，听他讲关于狐狸、松鼠、鼹鼠和三只野兔的故事。有的故事特别有意思，狼不得不讲两三遍。

这时，玛丽内特已经抱住狼朋友的脖子，开心地揪着他的尖耳朵，来回抚摸他。德尔菲娜慢热一些，玩游戏的时候，她第一次把小手伸进狼嘴里，不禁感慨：

"噢！您的牙齿真大呀……"

狼尴尬极了，玛丽内特赶紧把狼脑袋搂在怀里，把他遮起来。

此时，狼已经饥肠辘辘，但对姐妹俩只字不提。

"我竟然如此善良，"狼欣喜地想，"这真是不可思议啊。"

他讲了很多故事，姐妹俩建议狼和她们一起玩游戏。

"玩游戏？"狼问，"但是我，我不会玩游戏啊。"

不一会儿，他就学会了叠手、拉圈、击掌和病萝卜游戏。接着，他用一种相当动听的声音唱了《格莱希伙伴》和《城楼戒备》。厨房里吵吵闹闹，他们互相推搡，笑声连连，椅子也被弄翻了。三个伙伴用"你"来称呼对方，像老朋友一样相处，一点儿也不尴尬。

"狼，你得保持不动才行！"

"我没动，是你！你动了，她也动了一下……"

"我保证狼没动!"

狼这辈子都没有这么开心过,笑得下巴都要掉下来。

"我从来都不知道玩游戏会这么有意思,"他说,"真可惜不能天天玩!"

"这好说,狼啊,"姐妹俩说,"你再来玩吧。爸爸妈妈每周四下午都会出门,你等他们出门后,就像刚才那样敲一敲玻璃。"

最后,大家一起玩骑马游戏,游戏好玩极了。狼扮成马,金发妹妹骑在他背上,德尔菲娜抓住他的尾巴,赶着狼在椅子中间穿梭。狼的舌头耷拉下来,嘴巴咧到耳后根,又跑又笑,累得喘不动气,不时地请求姐妹俩让他休息会儿。

"暂停!"狼断断续续地说,"让我先笑够了……我实在受不住了……啊!等等,让我先笑够了!"

于是,玛丽内特从狼身上跳下来,德尔菲娜放开狼的尾巴,坐到地上,大家都笑得喘不过气来。

临近傍晚,狼不得不离开,快乐的时光即将结束。姐妹俩快要哭出来了,金发妹妹对狼恳求道:

"狼,和我们待在一起吧,我们继续玩游戏。爸爸妈妈不会说什么的,我跟你保证……"

"噢,这可不行!"狼说,"在大人的认知里,他们不会相信狼能变得善良。我了解他们的脾气。"

"你说得对,"德尔菲娜赞同道,"别再耽搁时间了。我担心你会出事。"

三个朋友约好下周四再见面。大家依依不舍,承诺一定会再见面。临行前,金发妹妹还在狼的脖子上系了一根蓝色丝带,狼这才跑向田野,消失在树林深处。

他的爪子还在疼,但是,想到下周四就能和姑娘们见面,就旁若无人地哼起歌,无视树顶打瞌睡被吵醒的乌鸦的愤怒。

爸爸妈妈回到家,他们在厨房门口用鼻子嗅了嗅。

"我们好像闻到一股狼的味道。"他们说。

姐妹俩不得不说谎,假装很吃惊,背着父母偷偷和狼玩耍的孩子,都会这样做。

"怎么可能会有狼的气味呢?"德尔菲娜反驳道,"如果真的有狼进来,我们两个早就被吃掉了。"

"确实,"爸爸说,"我没有想到这点。狼肯定会把你们都吃掉的。"

但是,金发妹妹不会连续撒两个谎,听到爸爸说狼的坏话，感到非常气愤。

"你们都错啦，"玛丽内特说，"狼不吃小孩，也不恶毒。我有证据……"

幸亏德尔菲娜及时用脚踢她的腿，否则玛丽内特会全说出来。

于是，爸爸妈妈围绕着狼的贪婪问题说个不停。妈妈还想趁机再给姐妹俩讲一遍小红帽的故事，但是，她刚讲了开头，玛丽内特就打断她。

"你知道吗，妈妈，事情并不是你想的那样。狼没有吃外婆。你想啊，狼的午餐可是美味的小姑娘，他没有必要先吃外婆把自己填饱。"

"而且，"德尔菲娜补充道，"我们不能总是责备狼……"

"这个故事已经老掉牙了……"

"这是年轻时候犯的错……"

"任何错误都应当被怜悯和宽恕。"

"狼已经不是以前的样子了。"

"我们无权阻止人们向善的心。"

爸爸妈妈简直不敢相信自己的耳朵。

爸爸打断女儿们对狼的辩护，觉得她们被冲昏了头脑。接着，他为了证明狼仍旧是狼，精心挑选几个例子讲给姐妹俩听，警告她们不要期待狼会变善良，如果有一天，狼变得像牲口一样温厚老实，只会更危险。

在爸爸说话的时候，姐妹俩却在回想下午和狼玩骑马和击掌游戏的情景，狼开心地咧着嘴，笑得喘不上气。

"显而易见，"爸爸得出结论，"你们从来没有和狼打过交道……"

这时，金发妹妹用手肘戳了戳姐姐，姐妹俩当着爸爸的面哈哈大笑。为了惩罚她们这种无知傲慢的态度，爸爸妈妈不许她们吃晚饭而让她们直接去睡觉，可是她们在床上躺了好久，还在笑爸爸妈妈的天真。

接下来的日子，姐妹俩翘首以盼，等待与狼伙计见面。为了缓解她们焦急的心情，姐妹俩故意带着嘲弄的态度玩狼的游戏。妈妈为此很心烦。金发妹妹用两个音调唱着同样的歌词：

"我们去树林里散步吧，趁狼不在的时候。狼啊，你在吗？你听到我的话了吗？你在做什么？"

德尔菲娜藏在餐桌下回答："我在穿衬衣。"玛丽内特重复唱着"你在做什么？"好让狼一件一件地，从袜子到刺刀全穿好。这时，狼就会扑向她，把她吃掉。

这个游戏的好玩之处就在于一切都是不可预料的，因为狼并非总是等全身穿好才会跳出树林。他可能只穿衬衣，或者只戴帽子就扑过来。

爸爸妈妈并不觉得这游戏有趣，总是重复相同的歌词和调子，他们已经听烦了。第三天，爸爸妈妈耳朵快被姐妹俩震聋了，禁止她们再唱。显而易见，姐妹俩并不想玩别的游戏，因此直到约定的日子到来前，屋子里都悄然无声。

周四上午，狼仔细清洗嘴巴，擦亮毛皮，把脖颈儿边的毛打理蓬松。他看起来如此漂亮，以至于树林里的居民第一眼都没有认出他。

当到达原野的时候，他遇到两只刚吃完午饭的乌鸦。结束午饭的乌鸦，都喜欢在午后的阳光中打会儿瞌睡。他们问狼为什么打扮得这么漂亮。

"我要去见我的朋友们，"狼自豪地说，"我们约好下午见面。"

"她们肯定长得很漂亮，不然你何必打扮得这么好看。"

"就是这样！在整个平原，你找不到像她们这样美丽的金发姑娘。"

狼说完后，乌鸦们羡慕极了。但是，一只爱聊闲话的老喜鹊听完，忍不住嘲讽道：

"狼，我不认识你的朋友们，但是我相信，你肯定会选胖乎乎又细皮嫩肉的朋友吧……也可能是我瞎说。"

"闭嘴，你这长舌妇！"狼愤怒地大喊，"你就是因为瞎说话，才有了这名声。幸好我问心无愧！"

狼到姐妹俩的家里，都不用敲窗户了，姐妹俩已经在门口等着他了。大家拥抱了很久，变得比上次见面还要亲密，因为一周没有见面，他们都迫不及待地想互诉衷肠。

"啊！狼啊，"金发妹妹说，"整整一周，家里都很没劲。我们一直在谈论你呢。"

"你知道吗，狼，你说得很对，爸爸妈妈不相信你会变善良。"

"我一点儿都不惊讶。要是我告诉你，就在刚刚，一只老喜鹊……"

"但是，狼啊，我们为你辩护了，虽然最后被爸爸妈妈惩罚，我们没有吃晚饭就睡觉了。"

"星期天他们也不让我们玩狼的游戏。"

三位朋友坐在炉灶旁,玩游戏之前他们有好多话要讲。狼都不知道从哪里开始讲起。姐妹俩想知道狼这一周做的所有事情,想知道他冷不冷,爪子还疼不疼,有没有遇到狐狸、山鹑、野猪。

"狼啊,"玛丽内特说,"等到了春天,你带我们去树林里吧,越远越好,林子深处有各种各样的动物们。跟你一块儿去,我们就不害怕了。"

"可爱的姑娘们,等到了春天,你们去树林里就什么也不怕了。在这期间,我会好好说服林里的伙伴,哪怕最凶狠的动物也会变得像姑娘那般温柔。跟你们讲,就在前天,我遇到一只狐狸,他说他刚杀死一窝鸡。我告诉他不能继续这样,必须改变自己,走向正轨。我狠狠地教训了他一通!他呀,平常就习惯耍小聪明,他竟然这样回答我:'狼,我很想以你为榜样,不过我们晚点儿再谈论这件事吧,当我把你所有的善良举动学会后,我会马上改变自己。'他虽然是只狐狸,却给了我回应。"

"你真善良。"德尔菲娜小声说。

"噢!对呀,我很善良,这毋庸置疑。可是,你们的爸爸妈妈不相信。一想到这儿,我就很痛苦。"

为了缓解狼的悲伤,玛丽内特提议玩骑马游戏。狼比上周四玩得更有劲头。骑马游戏结束后,德尔菲娜又问:

"狼啊,要不要玩狼的游戏呢?"

由于狼之前没有玩过,姐妹俩就给他说明了游戏规则,他自然是扮演狼的角色。等他藏在餐桌下面后,姐妹俩便在他面前来回走动并重复唱着:

"我们去树林里散步吧,趁狼不在的时候。狼啊你在哪儿?你听到我的话了吗?你在做什么?"

狼捂着肚子咯咯笑,断断续续地说:

"我在穿裤衩。"

他一直笑着回答,说他在穿短裤,接着说他在系背带,戴假领子,穿背心。当他穿上靴子后,开始变得严肃起来。

"我在扣腰带。"狼说着突然笑了一声。他感到浑身不自在,嗓子眼紧得有些痛,不停地用爪子抓挠厨房的瓷砖。

狼目露凶光,姐妹俩的腿在他眼前动来动去。他感到脊背一阵战栗,嘴唇发紧。

"……狼啊,你在吗?能听到吗?你在做什么?"

"我在取刀!"他用嘶哑的声音说,他已经逐渐失去理性。狼不再看姐妹俩的腿,而是像野兽一样嗅着。

"……狼啊,你在吗?能听到吗?你在做什么?"

"我骑上马,跑出树林!"

这时,狼嗥叫着从躲藏的地方跳出来,张着血盆大口,伸出锋利的爪子。姐妹俩还没来得及害怕,就被狼吞到肚子里了。

幸好狼不会开门,他被困在厨房里出不去。爸爸妈妈回家后,剖开狼的肚子,救出女儿。但是,这怎么看都不是游戏了。

德尔菲娜和玛丽内特有些怨恨狼,没想到他毫不客气地就吞下她们,但是,她们一想到和狼一起玩的快乐时光,就恳求爸爸妈妈把狼放走。爸爸妈妈用两米长的细绳和一根缝被子的大针,把狼的肚皮牢牢地缝紧。姐妹俩看到狼痛苦的脸,眼泪流个不停。狼忍住眼泪对她们说:

"都是我活该,好啦,你们太善良了,现在还在同情我。我向你们发誓,以后绝不会在别人面前这么贪婪。我一见到孩子就赶紧逃掉。"

大家认为狼遵守了诺言。因为自从德尔菲娜和玛丽内特那次意外之后,再没有听过狼吃小姑娘了。

不羁之鹿

德尔菲娜抚摸着家里的猫,玛丽内特给站在她膝盖上的小黄鸡哼着歌。

"哎呀,"小黄鸡盯着路边说,"来了一头牛。"

玛丽内特抬起头,看到一只鹿朝着农场方向奔驰而来。这只鹿体形很大,头上的双角枝杈很多。他跃过路边的水沟,径直朝院子冲过来,在姐妹俩面前停下。他的肋部不断起伏,四条细腿不停地打战,他喘得说不出话,用温柔湿润的眼睛看着德尔菲娜和玛丽内特。最后,鹿跪下来,向姐妹俩恳求道:

"把我藏起来吧。有几条狗在后面追我,想要吃掉我。请你们保护我吧。"

姐妹俩搂住鹿的脖子,把脸颊贴在鹿的脑袋上。但是,猫用尾巴抽打姐妹俩的腿,斥责道:

"现在先别表示亲切了!那些狗要是扑上来,这只鹿可就变成美餐了！我听到树林边的狗叫声了。来吧，打开门，带他去你们的房间吧。"

猫边说边用力地甩动尾巴，抽打姐妹俩的腿。姐妹俩明白已经浪费不少的时间。德尔菲娜跑去打开房门，玛丽内特把鹿领进她和姐姐的房间。

"就是这儿，"她说，"你在这里好好休息，什么都不要害怕。需要我在地上铺床被子吗？"

"噢！不用啦，"鹿说，"不需要铺被子。你们太善良了。"

"你肯定渴了！我给你倒点水吧。水是我们刚从井里打的，很凉爽。我听到猫在叫我，我走了，待会儿见。"

"谢谢，"鹿说，"我永远不会忘记。"

玛丽内特回到院子，将房门关好，猫对姐妹俩说：

"现在最重要的是假装什么也不知道。你们就像刚才那样坐着，一个给小黄鸡唱歌，一个抚摸我。"

玛丽内特重新把小黄鸡放在膝盖上，但是，小黄鸡动来动去，叽叽喳喳地叫着：

"到底出什么事了？我看不明白。我想知道为什么让一头牛进家里啊？"

"这不是一头牛,是一只鹿。"

"一只鹿?啊!这是一只鹿?……噢,噢,一只鹿……"

玛丽内特一边给小黄鸡唱《在南特桥上》,一边摇晃着他,他很快就在罩裙上睡着了。猫也在德尔菲娜的抚摸下发出咕噜咕噜的声音,弓着背睡得香甜。姐妹俩看见一条猎犬,嗅着鹿的踪迹追过来,耷拉着长长的尖耳朵,他奔跑着穿过大路,跑进院子里才放慢速度,绕着院子嗅来嗅去。他来到姐妹俩面前,突然问她们:

"鹿经过了这里。他去哪里了?"

"鹿?"姐妹俩问,"什么鹿?"

狗盯着她们,姐妹俩的脸涨得通红。狗又嗅了嗅地板,没有犹豫地径直走到房间门口,经过玛丽内特身边时,撞了她一下,也没有当回事儿。小黄鸡一直在罩裙里睡觉,晃晃悠悠地醒来,睁开一只眼睛,扇了扇翅膀,不知道发生了什么,又继续睡着了。狗一直在门口嗅来嗅去。

"我闻到了鹿的气味。"他转身对姐妹俩说。

她们假装没有听到。于是,狗开始大喊:

"我说我闻到了鹿的气味!"

猫假装被吵醒,站了起来,惊奇地看着狗:

"你在这儿做什么?竟然跑到别人家里嗅来嗅去!请你离开这里。"

姐妹俩站起身,走到狗的身边,低头看着狗。玛丽内特用双手捧着小黄鸡,他因为晃动彻底清醒,伸着脖子不停地望来望去,试图从手掌缝里向外看,此时的他不清楚自己在哪里。狗严肃地望着姐妹俩,指着猫说:

"你们听到他说话的语气了吗?我本该咬死他,但是,因为你们的缘故,我放他一马。作为交换,你们要对我说实话。好啦,承认吧。你们看到一只鹿跑进院子里,出于同情,把他藏在屋子里。"

"我向您发誓,"玛丽内特有些心虚地说,"房子里面没有鹿。"

她刚说完,小黄鸡就跷着脚,倚在她的手掌上,就像靠在阳台上那样,叽叽喳喳地说:

"有呀!你看看!有的!姑娘们忘记了,但我记得特别清楚!她们领进来一只鹿,对,是的,是一只鹿!一只体形很大的动物。头上还有很多角。哈!哈!我记性真好!"

小黄鸡说完,抖动着他蓬松的绒毛。猫真想吃掉他。

"我就知道,"狗说,"我的鼻子绝不会骗我。我刚才就说鹿在屋里,我就跟能够看到一样。好啦,聪明的话,就把他放出来吧。想想看,他又不属于你们。要是让我的主人知道了,他肯定会来找你们的爸爸妈妈。不要这么固执啦。"

姐妹俩一动不动地抽噎着,接着眼泪就流出来,开始放声大哭。狗被哭声闹得有些心烦,他看了一眼姐妹俩哭泣的脸,低头沉思起来。最后,他用鼻子蹭了蹭德尔菲娜的小腿肚,叹了一口气说:

"真奇怪,我见不得小姑娘哭。你们听着,我不想为难你们。毕竟,鹿也没有对我做什么。但是,猎物终究是猎物,我必须得做好本职工作。可是,就这一次……好吧,我就当作什么也没看见。"

德尔菲娜和玛丽内特马上喜笑颜开,正准备向狗道谢,狗却突然竖起耳朵,听到树林边传来狗叫声,他摇着头说:

"你们不要高兴得太早。我担心你们的眼泪要白费了,待会儿还得哭。我听到了同伴的叫声。他们肯定会顺着鹿的踪迹找过来。不管你们怎么说,别指望他们会怜悯你们。我给你们提个醒,他们眼里只有主人的猎物。只要你们不放走鹿，他们就不会离开房子。"

"当然要放走鹿！"小黄鸡靠在他的"阳台"上大喊。

"闭嘴。"玛丽内特说着，眼泪又流下来。

姐妹俩还在哭泣，猫摆动着尾巴，陷入沉思，大家都焦急地看着他。

"好啦，不要哭了，"猫用命令的语气说，"我们会一会这群狗。德尔菲娜，你去井边打一桶凉水，放在院子门口。玛丽内特，你和狗一起去花园。我等一会儿去找你们。不过首先，先支开小黄鸡。来，把他放到这个篓子下面。"

玛丽内特把小黄鸡放在地上，把篓子倒扣在他身上，他还没来得及反抗，就被关进去了。德尔菲娜把一桶凉水拎到院子门口。

当其他人还在花园里的时候，德尔菲娜就听到了狗吠声，她看见了猎犬群的身影。很快，她看清楚了狗群的数量。

共有八条狗，大小一样，皮毛色泽一样，耷拉着大耳朵。德尔菲娜担心要独自迎接狗群，有些发怵。正巧猫从花园回来，玛丽内特跟在他后面，手里拿着一大束花，有玫瑰花、茉莉花、丁香花和蝴蝶花。狗群过来了。猫迎向前去，亲切地说：

"你们是追着鹿来这里的吧！十五分钟前他刚离开。"

"你是说他不在这里了？"一条狗半信半疑地问。

"是的，他走进院子，接着就跑走了。已经有一条狗在追他了，那条狗跟你们长得很像，名字叫帕托。"

"啊！是的……帕托……就是他。"

"我告诉你们鹿朝哪个方向跑了。"

"不需要，"狗嘟囔着，"我们会找到他的。"

玛丽内特走向前，问他们：

"你们谁叫拉瓦热？帕托让我捎话。他说：'很容易认出来，拉瓦热就是最漂亮的那条……'"

拉瓦热弓起背部，摇摆着尾巴。

"老天，"玛丽内特又说，"我犹豫着不敢认你。大家都这么漂亮！说真的，我从来没见过这么漂亮的狗……"

"他们真的很好看，"德尔菲娜说，"没法不喜欢。"狗群发出一阵满意的窃窃私语声，他们的尾巴都摇摆起来。

"帕托让我们给你喝点水。我听说你早上有点儿发烧，帕托觉得你跑了这么远，需要喝点儿凉水解解渴。你瞧，这是刚从井里打的水……你的伙伴要是想喝的话……"

"我们想喝。"狗说。他们一股脑儿挤在水桶周围喝水，场面一度有些乱。哪怕这会儿，姐妹俩还在夸他们漂亮、优雅。

"你们可真漂亮，"玛丽内特说，"我想把鲜花送给你们。你们最合适了。"

在狗群喝水的时候，姐妹俩把花束分好，快速插在狗的脖套上。顿时，每条狗的脖子上都缀满了鲜花。玫瑰花配蝴蝶花，丁香花配茉莉花。他们互相欣赏着，非常开心。

"拉瓦热，这儿还有一朵茉莉花……你戴茉莉花可真好看哪！话说回来，你们还渴不渴，还要喝水吗？"

"不用了，谢谢，你们太善良了。我们得去追那只鹿……"

虽然婉言拒绝了，但是，狗群不着急离开。他们不安地来回兜圈子，不知道该往哪个方向走。拉瓦热嗅来嗅去，都嗅不到鹿的踪迹。蝴蝶花、茉莉花、玫瑰花和丁香花的香气充斥在他的鼻腔里，盖住了鹿的气味。他的同伴也同样被花香迷惑，嗅不到鹿的气味。拉瓦热最后对猫说：

"你愿意给我们指一下鹿朝哪个方向跑了吗？"

"当然愿意，"猫说，"他朝这个方向跑了，从树林往外突出的地带那里,又跑进了树林。"

拉瓦热跟姐妹俩告别,和戴着鲜花的狗群飞奔着离开,消失在树林中。帕托走出藏身的花园,让大家把鹿叫来。

"我既然加入进来,"他说,"我想给他点儿建议。"

玛丽内特把鹿领出来,鹿才知道刚才有多凶险,不禁瑟瑟发抖。

"你今天是得救了,"狗等鹿谢过大家后开口道,"但是明天呢?我不想吓唬你,你得多注意狗群、猎人,还得注意猎枪。你今天逃掉了,但是我的主人不会放过你的。总有一天,他会放出狗群再次追捕你。当然,也包括我,我为此感到遗憾。如果你聪明的话,就不要再去树林里乱跑了。"

"难道让我离开树林?"鹿大喊,"那太无聊了。接下来我能去哪里呢?我也不能待在原野上,在人类的眼皮底下生活。"

"为什么不可以呢?你自己好好想想。不管怎样,你现在可不能去树林,很不安全。你要是相信我说的,就在这里待到天黑。我看到河边有片树丛,是个藏身的好地方。不过现在,再见了,希望我永远不会在树林里碰见你。再见了姑娘们,再见了猫,好好照看我们的朋友。"

狗离开后不久，鹿就跟大家告别，他要藏到河边的树丛里。他好几次回过头，向拿着手绢挥手的姐妹俩点头。等他藏好了，玛丽内特这才想起还扣在篓里的小黄鸡。小黄鸡以为夜深了，已经睡着了。

爸爸妈妈一大早就去赶集，想买一头牛，回来时心情很不好。他们没有买到牛，集市里的牛价格贵得离谱。

"真倒霉，"他们气呼呼地说，"浪费了一整天，什么都没有买到。我们要用什么来干农活儿啊？"

"牛棚里还有一头牛呀！"姐妹俩提醒他们。

"这牲口可真不错！就好像一头牛就够用似的！你们最好安静点。怎么回事？我们不在家的时候，是不是发生了什么？为什么这只水桶会放在院子门口？"

"我刚才给小牛犊喂水，"德尔菲娜说，"忘记把桶放回去了。"

"哼！那掉在地上的茉莉花和蝴蝶花是怎么回事？"

"蝴蝶花？"姐妹俩说，"这个嘛，倒是真的……"

但是，在爸爸妈妈注视下，她们忍不住红了脸。于是，爸爸妈妈起了疑心，来到花园。

"所有的花都被摘掉啦！花园被洗劫一空！玫瑰花、茉莉花、蝴蝶花和丁香花都没了！小灾星，你们为什么把所有的花都摘掉？"

"我不知道，"德尔菲娜结结巴巴地说，"我们什么都没看到。"

"噢！你们什么都没有看到？哼！真的吗？"

猫看到主人要揪姐妹俩的耳朵，便跳到一棵苹果树的低枝上，冲着他们喊道：

"你们先别急着生气。姑娘们什么都没有看到，这很正常啊。中午她们吃饭的时候，我在窗台上晒太阳，看见一个流浪汉，他在路边不住地往花园里瞄。我被阳光晒得想打盹儿，就没再注意他。过了一会儿，当我再次睁开眼睛时，发现这家伙怀里抱着东西离开了。"

"懒猫，你难道不知道去追他吗？"

"我就是一只可怜的猫，我追上他又能做什么？我个头太小了，防不住流浪汉。家里需要的是一条狗。啊！要是有一条狗就好了！"

"说得倒是容易，"主人嘟囔道，"养狗能做什么？养只猫已经够受的了。"

"都随您，"猫说，"今天有人摘花园里的花。明天就会有人偷鸡，指不定哪天会偷小牛犊。"

主人没有说话，但是，猫的最后几句话让他们有所顾虑。他们觉得养条狗也许不是坏事，他们晚上反复思考着这件事。

全家人在餐厅吃晚饭，爸爸妈妈还在抱怨买不到价格合适的牛。与此同时，猫穿过草地，来到河边。天色渐渐暗了下来，蛐蛐儿已经唱起歌。猫找到鹿的时候，他正在灌木丛中吃树叶和嫩草。他们聊了很久，鹿最终接受了猫的建议。

第二天一大早，鹿走进农场的院子里，对主人说：

"你们好，我是一只鹿。我正在找活儿干。你们这里需要帮手吗？"

"你先告诉我们你能做什么。"主人说。

"我能跑，能快走和慢走。我的腿看上去纤细，其实我很强壮。我能驮重物、能拉车，自己拉或者和其他伙伴一起拉都可以。如果你们急着去哪儿，可以把我当坐骑，我能驮着你们飞快地跑，比马还快。"

"听起来不错，"主人说，"你有什么要求吗？"

"需要包吃包住，当然啦，周日需要休息。"

主人把手臂举到空中，他们不愿意听到周日休息这种话。

"满足这几个条件就行,"鹿说,"另外,我食量很小,费不了你们多少饲料。"

鹿的最后一句话,让主人下定决心留下他,提前说好先试用一个月。德尔菲娜和玛丽内特从房间出来,看到她们的朋友,假装很惊讶的样子。

"我们给牛找了一个伙伴,"爸爸妈妈说,"要好好和他相处。"

"你们的女儿真是太漂亮了,"鹿说,"我肯定能和她们相处得很愉快。"

主人立刻去牛棚里牵牛,准备去耕地。当牛看到鹿头上的角时,他非常惊讶,笑了起来。起初是偷偷地笑,后来就出声大笑,最后竟然笑得腿软,只能坐在地上。这真是一头爽朗的牛。

"啊!他头上的小树枝真滑稽!别,让我笑吧!瞧瞧他那细腿,那小尾巴!别拦着我,让我笑个够。"

"好啦,够了,"主人说,"快起来干活儿。"

牛站起来了,但是,当他知道要把他和鹿套在一把犁上的时候,他笑得更欢了。随即,他向新伙伴道歉。

"你肯定觉得我特别蠢,不过说实话,你的角太有意思了,我得花点时间才能看习惯。不过,我觉得你很不错呀。"

"你想笑就笑吧,我倒是不介意。要我说,你的角也很有趣呢。但是,我应该很快会习惯的。"

事实上,他们一起耕了半天地后,就不觉得对方的角奇怪了。鹿刚开始干活儿的时候,虽然牛让他少用点力,他还是觉得吃力。最难的部分是鹿干活儿的速度跟牛不一致。他走路太急躁,总是突然猛拉一通,没一会儿,就累得喘不动气,脚下也经常被土块绊倒,这样一来,拉套的速度就变慢了,犁经常拉偏。第一条沟就犁得七拐八拐,主人差点想放弃。随后,多亏牛好心给了建议,情况才好一些。没过多久,鹿就成了干活儿的一把好手。

可是,鹿对自己的工作从来不感兴趣。要是没有牛这个善良的伙伴,他都坚持不下来。他每天都期待工作快点结束,好摆脱主人的束缚。他一回到农场,就在院子里或者在草地上恣意奔跑,活动身子。他喜欢和姐妹俩玩,她们在后面追自己,他故意让她们追上。对此,主人总是冷眼相看。

"这像什么样子,"主人说,"干了一天的活儿,不好好休息，养好精神明天继续干活儿，还跑来跑去。这两个丫头也是，玩了一天也累得够呛，还跟在鹿后面跑什么。"

"你们在抱怨什么呢？"鹿说，"我工作做得还算像样，这样就够了吧。至于姑娘们，我在教她们跑和跳。自从我来之后，她们跑得更快了。这样还不行吗？生活中，还有什么比跑得快更有用呢？"

但是，主人并没有被说服，耸了耸肩，低声嘟囔着。鹿不喜欢主人，要不是怕伤害到姐妹俩，他好几次都想要说出自己的真实想法。他在农场里交的朋友们也都劝他耐心点。鹿有一位好朋友，是一只蓝绿色羽毛的鸭子，有时候他让鸭子骑在他的角上，好让鸭子看到更远处的风景。他也喜欢猪，每次看到猪就想起他的野猪朋友。

晚上，鹿在牛棚里和牛聊了很久。他们聊自己的生活。牛的生活单调无聊，鹿的到来就已经是他生活中的大事了。他没有什么可讲的，大部分时间是听鹿讲述。鹿讲到树林，讲到林间空地，讲到池塘，讲到追逐月亮的夜晚，讲到洗露水澡，以及树林里的居民。

"没有主人，没有职责，没有时间的限制，可以随性地奔跑，和兔子玩耍，同布谷鸟或者路过的野猪闲聊……"

"我说不好,"牛说,"但是,牛棚也没那么差。树林的话,季节好的时候,去那里度假是不错。可到了冬天或者下雨天的时候,树林里可没有那么美好,反而是在这里,不会淋到雨,蹄子也总是干的,可以睡在干草垛上,槽里总有饲料可以吃。这些都不是小事。"

牛虽然这么说,但终归还是有些向往树林里的生活,觉得那种生活是自己不曾经历的。白天,当他在犁地的时候,经常像鹿一样唉声叹气。晚上,他甚至会梦见自己在林间空地和兔子们一起玩耍,甚至能爬上树枝去追一只松鼠。

每到休息日,鹿就离开牛棚,去树林里待一天。晚上回来的时候,他就神采奕奕地讲述一天的经历,遇到了谁,见了哪些好朋友,怎么在林子里奔跑和玩耍。但是,第二天干活儿的时候,他又绝口不提这些事,只是一味地抱怨农场生活的单调无聊。他向主人申请好几次,想要带牛一起去树林,主人都拒绝了,还差点发火儿。

"你要把牛带到哪里去?带他去树林?你可让他消停点吧。"

可怜的牛眼巴巴地看着他的同伴离开,整个休息日都幻想着树林和池塘。他嫌主人管得太严格,还把他当作小牛犊,他明明都五岁了。

德尔菲娜和玛丽内特也没有被允许跟鹿出去,但是,一个星期天的下午,她们借口出去采摘铃兰花,和鹿约定好在树林里碰头。鹿让姐妹俩坐在他的背上,驮着她们到处逛。德尔菲娜紧紧地抓住鹿角,玛丽内特抓住姐姐的腰带。鹿告诉她们这些树的名字,把鸟窝、兔穴和狐狸窝指给她看。

有时候,一只喜鹊或者一只布谷鸟停在鹿角上,给他讲述一周发生的新闻。在池塘边,他们停下来和一条五十多岁的老鲤鱼攀谈,鲤鱼的鼻子露出水面。鹿就向他介绍姐妹俩,鲤鱼和气地说:

"噢!你不需要向我介绍她们。她们的妈妈还是个小姑娘的时候,我就认识了,我是说,那已经是二十五或三十年前的事情了。看着她们,我就想起以前她们妈妈的模样。都一样,看见她们就等于看见她们的妈妈了,听说她俩的名字叫德尔菲娜和玛丽内特,真让我高兴。她们看起来漂亮又得体。姑娘们,以后要再来看我啊。"

"噢!好的,鲤鱼女士。"姐妹俩承诺道。

离开池塘后,鹿把德尔菲娜和玛丽内特驮到一块林间空地,让她们下来。鹿发现长满苔藓的土坡下藏着一个和拳头差不多大小的洞,他冲着洞口轻轻地叫了三声。鹿往后退了几步,姐妹俩便看到一只兔子的脑袋探出洞口。

"别害怕,"鹿说,"这两位姑娘是我的朋友。"

兔子这才放下心来,从洞口爬出来,他身后还跟着两只兔子。他们看着德尔菲娜和玛丽内特,还是有些胆怯,过了好一阵,才让她们抚摸,和她们一起玩,还问了不少问题。他们想知道姐妹俩的洞穴在哪儿,喜欢吃什么草,她们的衣服是生下来就有,还是后天长出来的。姐妹俩回答不出来他们的问题。德尔菲娜脱掉她的罩衫,让他们看衣服不是长在皮肤上的,玛丽内特也脱掉一只鞋子。兔子觉得她俩肯定会非常疼,闭着眼睛不敢看。

等他们终于了解衣服是什么后,其中一只兔子说:

"这可真好玩,但是,我不知道这有什么好处。你们很容易弄丢衣服,或者忘记穿它。为什么不像我们这样有毛呢?这样多方便啊。"

姐妹俩正在向兔子解释,突然间,三只兔子同时跑向洞口,大喊:

"有狗!快逃跑!来了一条狗!"在林间空地的入口附近,一条狗从矮树丛那里钻进来。

"别害怕,"他说,"我是帕托。我从这里路过,听到姑娘们的笑声,就过来跟你们打声招呼。"

姐妹俩和鹿向前迎接狗,但是,兔子坚决不离开洞口。狗问鹿之后过得如何,当他得知鹿为农场主人干活儿的时候,非常高兴。

"这真是明智的做法,你要是够聪明的话,便能一直留在那里,我就放心了。"

"一直留在那里?"鹿抗议道,"千万别,绝对不可能。要是你知道每天的工作是多么无聊,在烈日暴晒下干活儿是多么热,就不会这么说了。待在树林里多好啊,既清凉又舒服。"

"在树林里不能保证你的安全,"狗说,"每天都有可能碰上捕猎者。"

"你想吓唬我,但是我很清楚,没有什么可怕的。"

"我想吓唬你?是的,可怜的鹿。就在昨天,我们捕杀了一头野猪。你可能认识他,就是那头有一颗断牙的老野猪。"

"他是我最好的朋友!"鹿悲伤地喊着,开始流眼泪。

姐妹俩用责怪的眼神望向狗,玛丽内特质问他:

"哼，不会是你咬死野猪的吧？"

"不是我，不过我当时和捕杀他的猎犬在一起，我只能这么做。唉！我都在干什么啊！自从我认识你们后，我每次捕猎心里都很难过。要是可以的话，我也想离开树林，去农场工作……"

"刚好，爸爸妈妈想要一条狗，"德尔菲娜说，"来我们家吧。"

"我不能去，"帕托叹了一口气说，"无论从事什么工作，最重要的是坚持干下去。而且，我也舍不得离开一起生活的伙伴。当然，要是我们的鹿朋友能安分地待在农场里，我离开你们时心里也能好受点。"

狗在姐妹俩的帮助下，一起说服鹿放弃树林生活。鹿犹豫不决，没有回答。他看着三只兔子在洞口蹦蹦跳跳，其中一只停下来，邀请鹿加入他们的游戏。随后，他冲姐妹俩摇摇头，说他无法保证。

第二天，在院里，鹿和牛被套上车，但是，鹿还想着树林和树林里的动物们。他心不在焉地干活儿，没有听到主人的吆喝声，仍停留在原地。牛向前走，发现同伴没有动，就停下来等他。

"快走,喂!"主人大喊,"又是这该死的畜生!"

鹿还是心不在焉,就是不往前走,主人用棍子打了他一下。他突然跳起来,生气地朝主人大喊:

"立刻给我解套!我不想再给你们干活儿了。"

"先往前走!其他的事情以后再说。"

由于鹿拒绝拉车,主人又拿棍子打了他,他又不肯走,结果又被打。最终,他不得不拉车往前走。来到田边,主人把装土豆种子的袋子卸下来,又给牲口们解了套,让他们在路边吃草。主人的几顿棍打似乎奏了效,鹿看起来温驯多了。可是,主人开始种土豆的时候,鹿就对牛说:

"这次,我要永远地离开了。你别拦着我,那只会浪费你的时间。"

"好吧,"牛说,"那我也要走。你给我讲了那么多树林里的生活,我迫不及待想去看看。我们走吧。"

他们趁主人转身干活儿的工夫,躲在一排开花的苹果树后边,从那里走到一条低洼的路面,沿着那条路一直走进树林。牛太开心了,一路上蹦蹦跳跳,唱着姐妹俩教给他的歌。新生活看起来和他在牛棚里想象的一样快乐。然而,一进到树林,才发现与想象中不同。他无法像鹿那样在树林里随意穿梭。他的宽肩和头上横长的角,让他走起路来都费劲,随时都可能被绊倒。他担心自己如果遇到危险,无法在树林里奔跑逃生。而且,鹿可以步伐轻盈地走过沼泽地,不留下什么足迹。牛走了三步就陷了进去,一直陷到膝盖那里,费了好大的力气才拔出来。他对鹿说:

"很明显,树林生活不适合我。我最好不要固执了,还是回到原野上吧。"

鹿没有阻拦他,他把牛送到树林边。他远远地望着院子,院子里的姐妹俩就像两个金黄色的点。他指着姐妹俩对牛说:"要是她们的爸爸妈妈没有打我的话,我可能永远没有勇气离开。我会想念你们的……"

他们聊了很久后才分别,牛又回到田地里。

主人知道鹿逃走后,后悔打了他。他们还得再买一头牛,即使价格昂贵也没办法。

姐妹俩不愿意相信,她们的鹿朋友永远地离开了。"他还会回来的,"她们说,"他不可能永远不见我们。"

几周过去了,鹿都没有再回来。姐妹俩望着树林边,叹着气说:

"他把我们忘记啦。他和兔子还有松鼠一起玩,就把我们忘记啦。"

一天早晨,姐妹俩在门口剥豆子,帕托走进院子。他低着头,对姐妹俩说:

"我有一个坏消息要告诉你们。"

"是关于鹿吧!"姐妹俩喊道。

"对,是关于鹿的消息。昨天下午,我的主人带领狗群把他杀死了。虽然我竭尽全力想把狗群引开,但是,拉瓦热已经不信任我了。当我走到鹿的身边,他还剩下一口气,认出了我。他用牙齿摘了一朵雏菊,对我说:'这是给姑娘们的。'来吧,花在我脖套上,拿去吧。"

姐妹俩伏在罩裙上大哭,蓝绿毛鸭子也呜呜地哭起来。过了一会儿,狗又说:"我现在不想再捕猎了。一切都结束了。我记得你们的爸爸妈妈不是一直想要一条狗吗?"

"是的,"玛丽内特回答道,"他们刚刚还在商量这件事呢。啊!我太高兴啦!你要和我们待在一起咯!"

姐妹俩和鸭子开心地望着狗,狗亲切地摇着尾巴。

变成大象的小白母鸡

这天，爸爸妈妈穿着正装准备出门，临行前对姐妹俩说：

"因为雨下得太大，我们就不带你们去拜访阿尔弗雷德叔叔了。你们趁着这个时间抓紧学习功课。"

"我已经都会了，"玛丽内特说，"我昨晚已经学习过了。"

"我也是。"德尔菲娜说。

"好吧，那么你们就好好玩吧。记住不要让任何人进屋。"

爸爸妈妈离开了，姐妹俩把鼻子贴在窗玻璃上，一直盯着爸爸妈妈离开的背影。雨下得很大，她们对不能拜访阿尔弗雷德叔叔这件事，并不是很上心。她们正要玩宾果游戏[1]，

---

[1] 宾果游戏，源自法国，名称来自埃德温·洛。宾果游戏是一种碰运气的卡片游戏，当玩家发现指定数字顺序排列后，会喊出"宾果"。

突然看到火鸡穿过院子，跑到棚子底下躲雨。他抖了抖湿漉漉的羽毛，用长脖子蹭了蹭胸口，擦干脖子上的雨水。

"下雨天对火鸡和其他动物来说很糟糕呢。"德尔菲娜看了看外面说，"幸亏这雨不会下太久。要是连下四十个昼夜的大雨，会怎样呢？"

"不可能，"玛丽内特说，"而且为什么要连下四十个昼夜的大雨？"

"虽然不可能，但我在想，也许我们可以玩诺亚方舟的游戏，而不是玩宾果。"

玛丽内特认为这个想法很不错，觉得把厨房当作方舟就很好。至于找齐方舟里的动物，对姐妹俩来说不是难题。

她们到马厩和谷仓，轻而易举地说服公牛、母牛、马、羊、公鸡、母鸡，带着他们来到厨房。大多数动物都很高兴地加入诺亚方舟的游戏。但脾气暴躁的火鸡和猪不想被打扰，玛丽内特严肃地告诉他们：

"大洪水要来了。雨要连下四十个昼夜。如果你们不想上方舟，结局会很惨。大地被洪水淹没，而你们会被淹死。"

不等她再多说两句，火鸡和猪就争先恐后地来到厨房。

对于母鸡们来说，没有吓唬她们的必要。她们都想玩，德尔菲娜从她们中选出一只，把其他母鸡推到一边。

"你们知道，我只能带走一只母鸡。否则就是违反游戏规则。"

不到一刻钟，所有需要参加游戏的动物都来到厨房。公牛的牛角大，大家生怕他进不来，谁知，他把头歪向一边，就顺利地进来了，母牛也用同样的方法进来了。"方舟"瞬间被挤满，母鸡、公鸡、火鸡和猫只能待在桌子上。不过，并没有出现混乱，动物们表现得非常得体。而且，除了猫，或许还有母鸡，其他的动物从未进过厨房，都有些拘谨。马站在时钟旁边，时而看看表盘，时而看看钟摆，不安地摆动两只尖耳朵。母牛盯着餐具橱柜里的东西，充满好奇，眼神无法从一块奶酪和一罐牛奶上移开，嘴里喃喃地说了好几遍："我现在明白了，我明白了……"

过了一会儿，动物们都害怕起来。即便是原先知道这是场游戏的动物，也开始怀疑这是否真的只是游戏。再加上，德尔菲娜正坐在窗边的指挥台上望向外面，用焦急的声音宣布：

"雨还在下……水位不断上涨……已经看不到花园

了……狂风还在呼啸……向右打舵!"

身为舵手的玛丽内特听见命令后,将炉子的旋钮向右转动,炉子里冒出一缕烟。

"还在下雨……水位已经没过苹果树的第一根树枝……当心礁石!向左打舵!"

玛丽内特向左转动旋钮,从炉子里冒出的烟变少了。

"还在下雨……还能看到最高那棵树的树顶,但水位还在上涨……完蛋了,现在什么也看不见了。"

说完,就听到哭泣声。猪因为离开家忍不住哭了。

"大家保持安静!"德尔菲娜叫道,"不要惊慌。你们能不能学学猫。你们看他,还在打呼噜呢。"

猫确实在若无其事地打呼噜,他很清楚洪水只是游戏。

"真希望这一切能快点结束。"猪抱怨道。

"还需要一年多的时间,"玛丽内特说,"但我们已经做好准备,不会让大家挨饿,不用担心。"

可怜的猪全身瘫软倒在地上,低声抽泣。他认为这次航行时间会比小主人预计的要长得多,而且总有一天食物会吃完。他长得最肥美,肯定会被吃掉。在猪害怕的时候,一只小白母鸡在雨中蹒跚前行,艰难地爬上窗台。她用嘴轻敲窗玻璃，对德尔菲娜说：

"我也想玩游戏。"

"可怜的小白母鸡，不行啊，你瞧，我们已经有一只母鸡了。而且方舟已经满了。"玛丽内特走过来，示意小白母鸡看看厨房的情况。

小白母鸡沮丧极了，姐妹俩也觉得很伤心。玛丽内特对德尔菲娜说：

"其实，我们还缺一头大象。小白母鸡可以假扮成大象……"

"的确，方舟还需要一头大象……"

德尔菲娜打开窗户，把小白母鸡抱进来，宣布她是一头大象。

"噢！我很高兴。"小白母鸡说，"但是，我该怎么样扮演大象呢？我从来没见过大象。"姐妹俩试着向她解释大象的样子，但她听不明白。德尔菲娜想起阿尔弗雷德叔叔送给她的一本彩色图画书。图画书在隔壁房间，那是爸爸妈妈的卧室。

德尔菲娜让玛丽内特控制方舟，她抱着小白母鸡来到卧室，将书打开，翻到画着大象的那一页，跟小白母鸡解释着。小白母鸡认真地看着画学习，因为她真的很想扮演大象。

"你在房间里待一会儿，"德尔菲娜说，"我现在必须返回方舟。在我回来之前，你要学会如何扮演大象。"

小白母鸡将大象的形象深深记在心里，她看得太投入了，竟然变成了真正的大象，这是她完全没想到的。事情发生得太突然，她都没意识到身体的变化。她还把自己当成小母鸡，以为自己正站在高处，头顶着天花板。最后，她发现了她的象鼻，她的象牙，她的四只大脚，她厚实粗糙的皮肤，身上还长着几根白色羽毛。她有些意外，但觉得很满意。最让她高兴的是她有一双大耳朵，而她以前可没有耳朵。她想："得让那头骄傲的猪看看，我的耳朵比他大多了，看他还敢不敢再嚣张。"

在厨房里，姐妹俩已经忘记了隔壁扮演大象的小白母鸡。她们宣布风停了，现在"方舟"在风平浪静的海面航行。随后她们准备检阅船上的动物，玛丽内特拿出笔记本，记下乘客们的需求。德尔菲娜说：

"亲爱的朋友们，今天是我们出海的第四十五天……"

"太棒了，"猪叹了口气说，"时间过得比我想象的要快!"

"安静!猪……亲爱的朋友们,如你们所见,登上'方舟'是明智的选择。现在最困难的时期已经过去,我们肯定会在十个月左右找到新大陆。现在,我才敢跟你们保证。其实直到几天前,我们时常处于致命的危险之中,多亏了舵手,我们才得以一次次脱离险境。"

动物们对舵手表达感谢。玛丽内特高兴得红了脸,指着姐姐说:

"也多亏了船长……我们不能忘记船长的功劳……"

"当然,"动物们赞同道,"当然,如果没有船长……"

"你们太客气了,"德尔菲娜对动物们说,"你们可能无法想象,你们的信任给了我们多大的勇气……接下来我们还需要这样的信任。虽然最困难的时期已经过去,但航行还未结束……因此,我想和你们谈谈,想听听你们的需求。让我们从猫开始吧。猫,你有什么需求吗?"

"当然有,"猫回答道,"我想要一碗牛奶。"

"记下来,给猫一碗牛奶。"

当玛丽内特正在记录猫的需求时,大象用鼻子轻轻地推开门,向"方舟"里瞄了一眼。她觉得这个游戏很有趣,迫不及待要加入游戏。德尔菲娜和玛丽内特背对着她,没有人朝她这边看。她喜滋滋地想象着姐妹俩发现她后大吃一惊的样子。很快,乘客们的需求征集得差不多了,姐妹俩来到母牛跟前,母牛还在盯着餐具橱柜里的东西。这时,大象打开厨房门,用她不熟悉的洪亮声音说:

"我来了!"

姐妹俩简直不敢相信自己的眼睛,她们吓得不轻。德尔菲娜惊讶得说不出话,玛丽内特的笔记本从她手里掉到地上。她们现在怀疑"方舟"是否只是游戏,并开始相信洪水真的存在。

"噢!是我呀,"大象说,"是我……难道我不是一头美丽的大象吗?"

德尔菲娜忍住跑到窗前的冲动,毕竟她是船长,不能在大家面前表现出恐慌。她靠近玛丽内特,低声吩咐她去看看,花园有没有被水淹没。玛丽内特朝窗户走去,回来时轻声说:

"一切正常,院子里都没有几个水坑。"

然而,动物们看到这头陌生的大象,都有些害怕。猪开始嚎叫,这样很容易引起同伴们的恐慌。德尔菲娜严厉地说：

"如果猪再不立刻闭嘴，我就把猪扔进海里……好了，现在我要告诉你们，我忘了向你们介绍和我们一起旅行的大象。请大家再挤一挤，在方舟里给她腾个地方。"

猪被船长坚定的态度吓到，立刻停止尖叫。大家都挤在一起，为他们的新同伴留出适当的空间。可当大象要进厨房的时候，却发现门不够高，也不够宽，她进不来，她至少比门大个一点五倍。

"我不敢硬挤，"她说，"我怕把墙撞坏。我力气很大……甚至有点大过头了……"

"别！别！"姐妹俩叫道，"别硬挤！你可以在房间里玩这个游戏。"

姐妹俩没想到门太小了，这让她们有了新的麻烦，她们觉得有些棘手。如果大象能从房间出来，爸爸妈妈看到一头大象在家附近转悠，肯定会大吃一惊，因为村里根本没有大象。当然，他们不会怀疑到姐妹俩身上。隔天，妈妈也许会发现少了一只小白母鸡，仅此而已。相反，如果爸爸妈妈在卧室里发现一头大象，他们会疑惑地问姐妹俩，到时候姐妹俩不得不承认，是她们把动物聚集在厨房里，玩诺亚方舟游戏。

"他们还特地告诫我们，不要让任何人进厨房！"玛丽内特叹了口气。

"也许大象能变回小白母鸡，"德尔菲娜喃喃地说，"毕竟，她只是为了玩游戏，假装自己是大象。游戏结束后，她就不用再扮演大象了。"

"我想是这样的，我们赶快玩吧。"

玛丽内特继续扮演舵手，德尔菲娜也回到船长的岗位上。

"继续航行！"

"来吧，太好了，"大象说，"我们可以一起玩了。"

"我们已经在海上航行九十天了，"德尔菲娜继续说，"情况良好。"

"可是，炉子好像在冒烟。"猪提出疑问。

还真是，玛丽内特因为大象的出现太紧张了，无意中转动了炉子的旋钮。

"在海上航行的第一百七十二天！"船长宣布，"情况良好。"

总体上看来，动物们很高兴时间过得快点儿，大象却觉得旅程有些单调。她想了想，闷闷不乐地补充道：

"一切都很好，但是我，我在这里做什么？"

"您在扮演大象啊，"玛丽内特回答道，"您要等到大水退去。我认为您没有什么可抱怨的……"

"啊！好吧，那只能等着了……"

"在海上航行的第二百三十七天！起风了，水位好像开始下降了……水位正在下降！"

听到这个消息，猪高兴得在地上打了个滚，发出欢呼。

"猪，安静点！否则我会让大象把你吃掉。"德尔菲娜说。

"嘿！太棒了，"大象说，"我真想吃掉他！"说完她对玛丽内特使了个眼色，并补充了一句：

"还挺好玩的……"

"在海上航行的第三百六十五天！我们可以看到花园了，让我们准备出门吧，记得保持秩序！大洪水已经结束了。"

玛丽内特跑过去，打开通向院子的门。猪生怕被大象吃掉，急急忙忙地往外冲，差点把玛丽内特撞翻。他发现地面并不太湿，于是在雨中飞奔而去，直奔他的猪圈。其他动物则有序地离开厨房,不争执,不拥挤,大家陆陆续续走进马厩或谷仓,回到自己的位置。只剩下大象单独留在卧室,她似乎并不急于离开。德尔菲娜走到她面前,拍着手说:

"来吧,小白母鸡,来吧……游戏结束了……你得回到鸡窝了……"

"小白母鸡……小白母鸡……"玛丽内特一边叫着一边递上一把谷粒。

但是,无论姐妹俩怎么祈求,大象都不想变回小白母鸡。

"我不是在故意为难你们,"她说,"但我觉得做大象更有趣。"

爸爸妈妈在临近黄昏时回来了,他们很高兴见到了阿尔弗雷德叔叔。他们的斗篷都湿透了,木鞋也被雨水浸湿。

"噢!真是个糟糕的天气,"他们边开门边说,"幸亏没带上你们。"

"阿尔弗雷德叔叔还好吗?"姐妹俩问道,她们的脸因为紧张有点红。

"待会再告诉你们。我们先回卧室换身衣服。"

说罢,爸爸妈妈朝卧室走去。他们已经穿过大半个厨房,姐妹俩吓得浑身发抖,心跳得厉害,不得不用双手捂着胸口。

"你们的斗篷湿透了,"德尔菲娜用沙哑的声音轻声说,"最好在这里就脱掉。我会把它们放在炉子旁烘干。"

"好啊,"爸爸妈妈说,"这是个好主意,我们都没想到呢。"

爸爸妈妈脱下还在滴水的斗篷,把它们放在炉子旁边。

"我很想知道阿尔弗雷德叔叔怎么样了?"玛丽内特叹了口气说,"他腿上的风湿病还犯吗?"

"他的腿还好,没怎么犯风湿病……先别急,我们先把衣服换下来,等会儿告诉你们。"

爸爸妈妈说完,继续朝卧室走去。

还差两步他们就到卧室了,德尔菲娜挡在他们面前,低声说:

"换衣服前,你们先把木屐脱掉吧。鞋底有泥巴,这样走进去会把房间地板弄脏的。"

"你说得对,真是个好主意。我们都没有想到呢。"

爸爸妈妈回到炉子旁,脱下木屐,可这只能拖延一分钟,于是玛丽内特又提到阿尔弗雷德叔叔,但声音很小,爸爸妈妈都没有听到。姐妹俩见爸爸妈妈又朝卧室走去，吓得脸、鼻子甚至耳朵都僵硬了。爸爸妈妈已经碰到门把手，突然听到身后传来抽泣声，玛丽内特不停地流眼泪，她既害怕又自责。

"你怎么哭啦？"爸爸妈妈问，"你哪里不舒服吗？猫抓你了？好啦，快跟我们说谁惹你哭了？"

"是因为大……因为大……"玛丽内特结结巴巴，但她因为抽泣很难说下去。

"因为她看到你们的脚湿了，"德尔菲娜赶紧说，"她担心你们感冒，觉得你们应该坐在炉子旁暖暖脚。而且，她把椅子都准备好了。"

爸爸妈妈抚摸着玛丽内特的金发，说他们很高兴有这么好的女儿，让她不用担心。他们还答应换好衣服就过来暖脚。

"还是先暖暖脚吧，"德尔菲娜坚持说，"不暖和起来很快就会感冒的！"

"噢！这样的情况我们经历得可多了……木屐又不是第一次进水了，我们从没因此感冒过。"

"我这样说是为了让玛丽内特放心。而且她有点担心阿尔弗雷德叔叔的健康。"

"阿尔弗雷德叔叔身体很好……他好得很呢,你们别担心。五分钟后,我们再细细说给你们听,你们会知道的。"

德尔菲娜再也想不出能说的话了。爸爸妈妈冲着玛丽内特笑笑,朝卧室迈了一步,但是,躲在炉子下的猫突然把尾巴伸进炉灰里,猛烈地摇摆,爸爸妈妈从猫身边走过时,一团灰粉涌进他们的鼻子,让他们打了几个喷嚏。

"你们瞧,"姐妹俩叫道,"别耽误时间了,赶紧暖暖脚吧。快过来这边坐下。"

爸爸妈妈有些困惑,只得承认玛丽内特说得对,于是他们坐到椅子上,把脚放在炉子旁,看着袜子在冒气,不停地打着哈欠。由于他们冒着雨,在泥泞的路上走了很久,现在累得快要睡着了,姐妹俩紧张得不敢呼吸。

突然,他们跳起来,因为屋子里传来沉重的脚步声,餐具柜里的碗碟不停在震动。

"啊,那个……有人在家里……听起来甚至……"

"没什么,"德尔菲娜说,"是猫在阁楼上捉老鼠。今天下午,他也发出这样的动静。"

"这不可能!你肯定听错了。你觉得猫晃得动餐具柜吗？你肯定听错了。"

"不，是他自己告诉我的。"

"什么？好吧！我从没想过一只猫能发出这么大的声音。既然是他告诉你的，那就这样吧。"

猫在炉子下面缩成小小一团。脚步声几乎立刻就停止了，但是，爸爸妈妈已经睡不着了，在等待袜子干的时间里，他们开始讲起阿尔弗雷德叔叔的事情。

"叔叔在门口等我们。看到这糟糕的天气，他就知道你们不会去了。唉！没见到你们，他沮丧极了，不停地埋怨我们……哎呀，好家伙，又来了！真的，墙壁都在摇晃！"

"那么，阿尔弗雷德叔叔有让你们捎话吗？"

"有的，他跟我们说……哼！这响动，你们不会又说是猫搞出来的吧！房子都要塌了！"

猫在炉子底下将身子越缩越小，不料尾巴尖却露出来了，等他反应过来时已经晚了。就在他试图把尾巴缩到两腿中间时，爸爸妈妈发现了他。

"现在，"他们说，"你们不能再责怪猫了，因为他在炉子下面呢！"

他们正准备离开椅子，去看看那巨大的响动从哪里传来的，这时猫从藏身处钻出来，一副刚睡醒的样子，伸了个懒腰，然后怒吼道：

"糟糕透顶，连个安稳觉都睡不好！我不知道那匹马有什么问题，今天一大早他就不停地在踢墙，踢栅栏。我以为躲到厨房里就能隔绝那些噪音，谁想到比在阁楼还糟糕。那匹马究竟在发什么疯？"

"确实，"爸爸妈妈说，"这头牲口一定是病了，也可能是在闹情绪。我们待会儿去看看。"

当爸爸妈妈在谈论马的时候，猫对着姐妹俩摇摇头，似乎在告诉她们，说什么都没有用，最好不要固执下去，她们无法阻止爸爸妈妈进入房间，早五分钟或晚五分钟进去，又有什么不同呢？姐妹俩也认同猫的看法，但她们认为晚五分钟比早五分钟好。

德尔菲娜咳嗽一声，又问道："你们刚才说，阿尔弗雷德叔叔有话捎给我们……"

"噢！对了，阿尔弗雷德叔叔……他很理解，今天不适合带孩子出门。你们知道，当时雨下得很大，尤其是当我们到他家的时候，像遭遇了洪水一样……幸好，大雨没有持续太久，雨已经小了，不是吗？"

说罢，爸爸妈妈向窗外瞟了一眼，惊讶地叫了一声，他们看到马在院子里散步。

"天哪！马在散步！他居然这么聪明，能够自己解开缰绳，来到院子里散步。这样也好，这样他能更安静，至少不会听到他在马厩里发疯了。"

与此同时，脚步声再次响起，而且比之前更沉重。地板嘎吱作响，整栋房子都在发出奇怪的声音。桌子抖个不停，爸爸妈妈坐的椅子也在摇摇晃晃。

"现在，"他们喊道，"这不可能是马，马在院子里呢！是吧，猫，这不可能是马造成的吧？"

"当然，"猫回答道，"当然……一定是牛棚里的牛不耐烦了……"

"你又在编什么瞎话呢？我们从没有见牛休息的时候会这么不耐烦。"

"好吧，那应该是绵羊在和母牛吵架呢。"

"绵羊会吵架？哼！我们感觉这件事后面……哼！这件事太奇怪了……"

姐妹俩开始紧张得发抖，头上的金发也跟着一起抖动，爸爸妈妈认为她们没有听话，甚至在为自己的错误找借口。

他们开始责备她们：

"哼！行啊……如果你们让别人进了屋……哼！如果你们让什么人进来了……小家伙们！你们最好……最好不要让我知道。"

只见爸爸妈妈眉头紧锁、神色难看，德尔菲娜和玛丽内特根本不敢抬头看他们。猫也被吓坏了，不知道该怎么办。

"能确定的是，"爸爸妈妈喃喃道，"脚步声似乎很近。肯定不是从马厩里传来的……更像是在隔壁房间发出的……没错，在卧室里……我们去看个明白。"

爸爸妈妈的袜子已经烤干。他们从椅子上站起来，眼睛紧盯着卧室的门。在他们身后，德尔菲娜和玛丽内特牵着手站在一起，爸爸妈妈越靠近房间，姐妹俩的手攥得越紧。猫蹭着姐妹俩的小腿，跟她们表示他的友好，并鼓励她们别害怕，但是，现在情况很糟糕。姐妹俩觉得心脏快要炸开了。爸爸妈妈把耳朵贴在卧室的门上，疑惑地听了听。最后，他们转动门把手，门吱呀一声打开了，房间瞬间寂静无声。德尔菲娜和玛丽内特颤颤巍巍地朝卧室看了一眼。她们看到一只小白母鸡悄悄地从爸爸妈妈的腿间溜出来，悄无声息地穿过厨房，趴在了时钟下面。

鸭子与他的豹子朋友

德尔菲娜和玛丽内特趴在草地上,正在看一本地理书,学习地理知识,一只鸭子把头伸到她们的脑袋中间,跟她们一起看着书里的地图和图片。这是一只漂亮的鸭子,头上和脖子上的羽毛是蓝色的,嗉囊是铁锈色,还有一双蓝白相间的翅膀。他不认识字,姐妹俩给他解释这些图片,并告诉他地图上标有名字的国家。

"这是中国,"玛丽内特说,"这个国家里所有的人都是黄皮肤。"

"那边的鸭子也是那样的吗?"鸭子问。

"当然。书上没有提到,但这个不用多说。"

"哇!地理真有趣呀……但能去旅行是更棒的事。我呀,我特别想去旅行,如果你们知道……"

玛丽内特笑了,德尔菲娜说:

"但是,鸭子,你太小了,不能去旅行。"

"我的确很小,这是事实,但我很聪明。"

"而且,如果你去旅行,你就得离开我们。你跟我们在一起不快乐吗?"

"噢!当然快乐,"鸭子回答道,"没有人比你们更爱我了。"他用头蹭了蹭姐妹俩的头发,压低声音继续说:

"比如说,我不会对你们的爸爸妈妈说这话。噢!不要以为我想说坏话,我才不是那么没有教养的鸭子。但是,你们看,我害怕的是他们的肆意妄为。说到这儿,我想到那匹可怜的老马。"

姐妹俩抬起头,叹了口气,看着在草地中间吃草的老马。这匹可怜的马真的很老了。即使离得很远,也能清楚地数出他的肋骨,他的腿软弱无力,几乎站不住。此外,由于他只有一只眼睛,经常走错路,跌跌撞撞,前腿的膝盖总是伤痕累累。他用仅剩的好眼睛看到大家对他投来的目光,于是走向他的朋友们。

"你们在讨论我吗?"

"是的,没错,"德尔菲娜回答道,"正在说最近你看起来精神不错。"

"你们真善良,"老马说,"我愿意相信你们的话。不幸的是，主人并不这样想。他们说我太老了，连自己的饲料钱都赚不到。我的确又老又累。我为主人工作这么多年……回想起来，你们这些小家伙，我是看着你们来到这个世界的。我记得，那时候你们和洋娃娃差不多大，我毫不费力就能驮着你们爬上山头，我还能像公牛一样犁地，总是非常快乐……现在，我没了力气，腿也走不动，哪里都不中用了。现在的我是什么呢，不过是一匹上年纪的老马罢了。"

"不，不是这样，"鸭子反驳道，"这都是你的胡思乱想，我向你保证。"

"但事实证明，今天早上主人想把我卖给屠宰场。如果不是姑娘们为我辩护，细说我在天气好的时候还能干活儿，我肯定早就被卖掉了。但这只不过是在拖延时间罢了。他们决定，最迟在九月的交易会上把我卖掉。"

"我真想为你做些什么。"鸭子叹着气说。

就在这时，爸爸妈妈来到草地上，发现马在聊天。他们大声喊道：

"看看这匹有趣的老马！我们让你待在草地上，可不是让你闲聊的。"

"他只不过聊了五分钟。"德尔菲娜说。

"五分钟也太长了，"爸爸妈妈回答道，"他还不如花这五分钟多吃些不要钱的草。他在草地上吃那么多，还得让我们从马厩拿同样多的饲料给他吃。可是，这个该死的畜生还总是为所欲为。哼！为什么今天早上不把他卖掉呢？如果再来一次……"

听到这里，老马便飞快地跑开了，奔跑时他尽量把蹄子抬高，好让自己看起来精神抖擞，但他的腿不灵活，被绊倒好几回。幸好主人不再关注他，因为他们刚刚发现鸭子在这里，心情立刻变好了。

"这只鸭子真漂亮，"他们说，"他吃得真不错，看着就让人高兴。说起来阿尔弗雷德叔叔星期天要来吃午饭……"

话没说完，爸爸妈妈便离开草地，他们边走边窃窃私语。鸭子不太明白他刚才听到的话的意思，但他感到不安。玛丽内特把他抱在膝上说：

"鸭子，你刚才说要去旅行……"

"是的，但德尔菲娜和你似乎不太赞成我的想法。"

"不，恰恰相反！"德尔菲娜叫道，"甚至，如果我是你，明天早上我就会出发。"

"明天早上！让我想想……让我想想……"

鸭子一想到这么快就要出发,激动不已。他扬起翅膀,跳到玛丽内特的罩裙上,不知道头该往哪儿放。

"是呀,"德尔菲娜说,"为什么不马上出发呢?当我们制订了计划,必须马上行动。不然,你知道的,我们就会不停讨论这个计划,然后几个月过去了,突然有一天,就完全搁置不提了。"

"你说得对。"鸭子说。

鸭子决定去旅行,这天下午,他在姐妹俩的陪伴下专心学习地理。江河湖海、城市山脉、公路铁路,他都烂熟于心。上床睡觉时,他头痛得很厉害,无法入睡。在他睡意蒙眬的时候,他还在想:"乌拉圭[1],它的首都是哪里?……我的天,我忘了乌拉圭的首都……"幸好他在午夜便沉沉睡去了,第二天醒来他觉得精神焕发。

家里的动物们都聚在院子里,为他送行。

"再见,鸭子,记得早点回来。"母鸡、猪、马、母牛、羊说。"再见,别忘了我们。"公牛、猫、小牛、火鸡说。

---

[1] 乌拉圭,全称"乌拉圭东岸共和国",南美洲东南部国家,首都蒙得维的亚。

"一路顺风。"所有的动物齐声说。有的动物开始哭泣，特别是那匹老马，他想他再也见不到他的朋友了。

鸭子跟朋友告别后，即刻启程。因为地球是圆的，三个月过后他又回到起点，但他并不是独自回来的。陪在他身边的是一只美丽的豹子，身着黑色斑点的黄裙子，有一双金色的眼睛。就在这时，德尔菲娜和玛丽内特正好来到院子，看到这只野兽，她们先是吓了一跳，发现鸭子后，立刻安下心来。

"你们好啊！姑娘们！"鸭子喊道，"想必你们也看出来了，我这次旅行真的很棒，我之后再跟你们聊我的旅行。你们瞧，我并不是独自回来的，我和我的朋友豹子一起回来的。"

豹子向姐妹俩打招呼，友好地说：

"鸭子经常跟我提起你们，我好像早就认识你们一样。"

"事情是这样的，"鸭子解释道，"在穿越印度附近的群岛时，一天晚上，我突然遇到这只豹子，你们想象一下，豹子即将把我吃掉的场景……"

"确实，的确是这样。"豹子叹了口气，低下了头。

"但我并没有像其他鸭子那样惊慌失措。我问他：'想吃掉我的豹子啊，你知道你的国家叫什么吗？'他当然不知道。然后我告诉他，他生活在印度。我教他认识河流、城市、山脉，我告诉他其他国家的情况……他什么都想知道，所以整个晚上我都在回答他的问题。到了第二天早上，我们已经成为朋友，从那以后我们就一起旅行。但是，有时候我也会严肃地教训他。"

"我确实需要被教训，"豹子承认道，"毕竟我又不懂地理，没法儿要求什么……"

"那么您觉得我们国家怎么样呢？"玛丽内特问。

"这个国家非常好，"豹子说，"我肯定会喜欢上这里的。噢！鸭子跟我讲了你们，还有农场动物的事情，我迫不及待地要过来……顺便问一下，我们的老马怎么样了？"

听到这个问题，姐妹俩开始抽泣，德尔菲娜哭着说：

"爸爸妈妈甚至不想再等到九月的交易会了。他们打算今天中午就卖掉老马，明天一早，屠宰场的人就要把老马拉走了……"

"天哪！"豹子吼道。

"玛丽内特一直在替马说好话，我也一样，但无济于事。爸爸妈妈责骂我们，还惩罚我们一周不能吃甜点。"

"这太过分了！你们的爸爸妈妈在哪里？"

"在厨房里。"

"好吧！得让他们知道……姑娘们，千万不要害怕。"

豹子伸长脖子，昂着头，张大嘴巴，发出可怕的嘶吼声。鸭子显得很自豪，得意扬扬地望着姐妹俩。随即，爸爸妈妈冲出厨房，还来不及查看声音的源头，豹子已经跃过院子，跳到他们面前。

"如果你们敢动一下，"他说，"我就把你们撕成碎片。"

爸爸妈妈吓得浑身发抖，甚至不敢转过头。豹子金色的眼眸闪着凶光，嘴唇外翻露出锋利的大獠牙。

"我刚刚听到什么？"他咆哮道，"你们打算把你们的老马卖到屠宰场？你们不觉得羞愧吗？这头可怜的牲口，他为你们工作了一辈子！最后却得到这样的结局！说真的，我不知道为什么不现在就把你们吃掉……至少没人说你们为我工作了一辈子……"

爸爸妈妈吓得牙齿打战，开始考虑卖掉老马这件事是不是很残忍。

"还有对姑娘们也是，"豹子继续说，"我得知，仅仅因为她们替老马说好话，你们就惩罚她们一周不准吃甜点。你们是恶魔吗？我可警告你们，现在有我在，事情得变变了，家里也得换套规矩。首先，我要求解除对姑娘们的惩罚。你们似乎对我的话有什么不满？你们不高兴了？"

"哦！不，正好相反……"

"这太棒了，那就这样吧。至于老马，自然不准把他卖到屠宰场。我觉得你们应该好好照顾他，让他平静地度过余生。"

豹子又谈到农场其他动物的情况，以及如何改善他们的生活。

他的语气温和起来，似乎想弥补他开场凶狠的态度造成的坏印象。爸爸妈妈也恢复平静，他们鼓起勇气说：

"总之，您要在这里安顿下来，这很好，但您有没有想过，如果我们一直沉浸在被吃掉的恐惧中，我们怎么能正常地生活呢？更不用说我们养的动物也同样有被吃掉的危险。您明白，如果您能保证不会杀掉我们的猪或者鸡就好了，可没听说过豹子吃素的……"

"我理解你们的担心，"豹子说，"当然，在我还不理解地理的时候，凡是被我抓住的猎物，不管是人还是动物，都会被我吃掉。但自从遇见鸭子，他就告诉我，我应该和猫吃同样的食物。我只吃小家鼠、田鼠和其他害虫。噢！当然，我还是会定期去森林里转转的。总而言之，农场里的动物不需要怕我。"

爸爸妈妈很快习惯了豹子的存在。只要不过分惩罚姐妹俩，不虐待动物，豹子对他们就很好。甚至在星期天，阿尔弗雷德叔叔来家里做客，爸爸妈妈用鸡肉招待他，豹子也当作没看到。不得不提的是，这只鸡性格恶劣，忘恩负义，一心想着折腾同伴，搞恶作剧，所以没有人替他难过。

另外，豹子还帮了不少忙。比如，因为有豹子看家，大家可以安心睡觉。之后发生的事，证明了这一点。某天晚上，狼在马厩附近转悠，把马厩的门弄开一条缝，狼正美滋滋地舔着嘴唇，想着饱餐一顿，突然，他还没来得及弄清楚状况，就被吃得只剩下两条前腿、一撮毛发和一只耳朵尖。

豹子还会帮忙买东西。当家里需要糖、胡椒或者丁香的时候，姐妹俩中的一个会跳到豹子的背上，豹子便会带着小女孩飞奔到杂货店。

有时豹子甚至会单独去买东西，如果杂货商为了贪小便宜而少找钱，那可不会有什么好下场。

自从豹子在家里住下后,生活变了很多,但没人抱怨。老马更不用说,他从没过得这么好,其他动物也是,都觉得很幸福。动物们的生活变得安稳,人也不像从前那样,因要吃掉动物而内心煎熬。主人改掉吼叫威胁的习惯,工作也变成快乐的事。另外,豹子喜欢玩游戏,随时等着玩山羊跳或猫爬高的游戏。他从不缺玩伴,因为他不仅强迫动物们陪他玩,还强迫爸爸妈妈加进来。起初,爸爸妈妈还在抱怨。

"难以置信,"他们说,"我们这个年纪还玩游戏!如果阿尔弗雷德叔叔看到我们,他会怎么想?"

但爸爸妈妈的坏心情并没有持续三天,他们逐渐感受到游戏的乐趣,甚至有点上瘾。他们一旦闲下来,就在院子里招呼:"谁要玩病萝卜呀?"

他们脱下木屐,以便跑得更快,去追牛,追猪,或者追豹子,在村口就能听到他们的笑声。德尔菲娜和玛丽内特几乎没有时间复习功课和做作业。

"来玩吧,"爸爸妈妈说,"作业等会儿再做吧!"

每天晚饭后,大家都会在院子里玩捉人游戏。爸爸妈妈、姐妹俩、豹子、鸭子,还有其他动物们组成两个阵营。家里从来没有这么多欢快的笑声。老马年纪大了,虽不能参加比赛，但他一脸满足地站在旁边看着大家玩，和大家一样开心。发生争执时，他负责协调。有一次，猪指责主人作弊，马不得不出来指出是猪的错。这头猪并不坏，就是太敏感了，输了就容易恼羞成怒。有好几次都是因为他发生争吵，导致豹子心情不好。但总的来说，这种情况极少发生，很快就会被遗忘。只要有月光，捉人游戏就会玩到深夜，谁也不想结束。

"大家，注意一下，"比其他人理智一些的鸭子说，"我们得去睡觉了吧……"

"再玩一刻钟，"爸爸妈妈恳求道，"鸭子，再玩一刻钟……"

有时候，大家一起玩叠手手游戏，警察捉小偷游戏，四角游戏，翻鞋底游戏，最投入的都是姐妹俩的爸爸妈妈。

就连吃饭都变得有趣极了。鸭子和豹子会讲述他们在旅行中的趣事，他们经过了许多神秘的国家，大家百听不厌。

这天一大早，猪去散步。他亲切地和院子里的老马打招呼，对一只鸡笑了笑，从豹子面前经过时，却没有和豹子打招呼。豹子一言不发，看着猪走远。昨晚，他俩在玩游戏时发生了争执。猪的无理取闹让大家很不愉快，猪也很生气，宣称他再也不想和豹子一起玩游戏。他退出前补充一句："我喜欢玩捉人游戏，但如果必须听从外来者的随意调遣，那我宁愿睡觉。"

豹子早上八点左右离开农场去森林里散步，十一点左右回来，他几乎每天都会这样。但今天他似乎有点疲倦，步履沉重，眼皮耷拉着。一只小白母鸡指出他的疲态，他说因为在树林里跑了很长一段路。说完，他就去厨房躺下，沉睡过去。在睡梦中他时不时叹气，然后用舌头舔舔自己的嘴唇。

中午，爸爸妈妈从田里回来，抱怨猪还没有回来。

"这种情况，是头一次呢。他可能忘记时间了。"

爸爸妈妈问豹子，早上是否见过猪，豹子摇摇头，转过头不再理会他们。吃饭的时候，他也不插话。

到了下午，猪还没有回来。爸爸妈妈很担心。

直到晚上，还是没见到猪的影子。大家聚在院子里，但没有玩捉人游戏。主人开始用怀疑的眼光打量着豹子。豹子趴在地上，脑袋搭在两只爪子中间，仿佛一点儿也不在乎大家的想法。姐妹俩、鸭子和老马都注意到了这一点。

主人观察了一段时间后，对豹子说：

"你比平时胖了，肚子也很沉，好像吃得太多了。"

"没错，"豹子回答道，"因为我今天早上吃了两头野猪当早餐。"

"嗯，这样啊！但今天的食物明明很丰富，更何况野猪也没有白天在树林边出没的习惯，要抓野猪必须到森林深处……"

"正是如此，"看到豹子回家的小白母鸡说，"他在树林里跑了很远。今天上午他回来的时候告诉我的。"

"这不可能！"在旁听大家讨论的小牛反驳道，他好像没明白大家在聊什么，"这不可能，因为我上午一直在草地吃草，早上的时候我看到豹子从河边经过。"

"原来如此……"爸爸妈妈意味深长地说。

大家都看向豹子，焦急地等待着他的回答。起初，豹子不知道如何开口，最后说：

"那是小牛看错了，不过我并不奇怪。小牛才出生三周，这个年纪的小牛，眼睛看东西还是混浊的。请问，你们这样咄咄逼人，究竟想干什么？"

"昨晚你和猪发生了争执，为了报仇，你在树林里吃了他！"

"但并不是只有我和他吵架，"豹子回答道，"如果他被吃掉了，为什么不是被作为主人的你们吃掉的呢？听你们的意思，就好像你们从来不吃猪肉一样！自从我来到这里，你们见过我虐待或威胁过家里的动物吗？如果没有我，会有多少家禽被煮熟，有多少牲口被卖到屠宰场？更别提我吃掉的那只狼和两只狐狸，如果不是我看守这个家，马厩和鸡舍里的动物早就……"

动物发出充满信任和感激的低语声。

"不管怎样，猪丢了，"爸爸妈妈抱怨道，"希望同样的事情不要发生在其他动物身上。"

"听着，"鸭子说，"没有证据说明猪是被吃掉了。他也许去旅行了。为什么不可能呢？我也什么都没说，就在某天早上离开了农场，但你们看，我现在就在你们面前。等等吧，我相信他会回来的……"

但是，猪再也没有回来，大家也不知道他遭遇了什么。他不太可能是去旅行了。他缺乏想象力，宁愿过着枯燥安逸的生活，也不愿冒险。而且，他对地理一窍不通，也从来不关心。至于是否被豹子吃掉，那就是另一回事了。一头三周大的小牛犊的证词，是经不起推敲的。也可能是树林里的流浪者把猪偷走的。关于猪消失这件事众说纷纭。

尽管发生了这样不幸的事情，但农场很快就恢复了原来的生活。爸爸妈妈自己也很快就把猪忘了。大家又聚在院子里玩游戏，而且，实话说，自从猪不在了，大伙儿玩得开心多了。

德尔菲娜和玛丽内特的暑假生活从未像今年这样美好。姐妹俩骑在豹子的背上，穿越森林和平原，闲逛到很远的地方。她们总是带着鸭子一起，让鸭子骑在豹子的脖子上。两个月的时间，姐妹俩对家附近方圆三十公里的地区有了全面的了解。豹子奔驰如风，在崎岖的道路上也不会减速。

假期过后，有几天晴天，但很快就开始下雨，到了十一月，天气转凉。狂风吹落树上最后几片枯叶。豹子精神不振，浑身麻木。他不爱出门，大家不住地哀求，他才会到院子里玩一会儿。早上，他仍然会去森林里打猎，但渐渐地他对打猎也失去兴趣。他几乎不离开厨房，就待在炉子旁。鸭子总是来陪他几个小时。豹子经常抱怨这个季节。

"平原、森林，所有的一切都是这么凄凉。在我的国家，下雨时，你能看到树木生长，树叶变得更加生机勃勃。但在这里，雨是冰冷的，一切都很凄凉，灰蒙蒙的。"

"你会习惯的，"鸭子说，"雨不会一直下。过一阵就要下雪了……你就不会觉得灰蒙蒙的了……雪像白色的绒毛，细如鸭绒，覆盖着一切。"

"我真想看看啊。"豹子叹了口气说。

每天早上，他都会来到窗前，看看外面的景色。但是，这个冬天仿佛想一直下雨，一切都是灰蒙蒙的。

"所以永远不会下雪了吗？"豹子问姐妹俩。

"雪会下的。雨一天比一天小呢。"

德尔菲娜和玛丽内特焦急地观察着天空。自从豹子蔫蔫儿地待在炉边后，家里就变得冷清了。大家不再玩游戏。爸爸妈妈又开始咆哮，有时窃窃私语，用可怕的目光打量着动物们。

一天早上，豹子醒来时觉得比往常更冷，他走到窗前，就像他每天望向窗外那样。窗外雪白一片，院子里，花园里，远处的平原上，飘着大片大片的雪花。豹子高兴地吼叫着，跑到院子里。他的爪子陷入柔软的雪中，没有脚步声。飞舞的雪花又细又薄，落在他身体上几乎没有感觉。他似乎又找回夏日清晨的灿烂阳光，也找回往日的活力。他开始在草地上奔跑、跳跃，用两只前爪玩着白色的雪花。

他时不时地停下来，在雪地里打滚，然后再次全速奔跑。经过两小时的跑步和玩耍后,他停下来不住地喘气,开始发抖。他焦急地寻找家的方向,发现自己已经离它很远了。雪停了,但开始刮起刺骨的寒风。豹子打算休息一会儿再往家走,于是趴在雪地上。他从来没有"趴"过这么软的床,可当他想起身的时候,却发现四肢已经没有知觉了,身体不停地颤抖。他觉得家离得太远了,平原上吹来的狂风冰冷刺骨,他连奔跑的力气都没有了。

到了中午,姐妹俩见豹子还没回来,便带着鸭子和老马去找他。雪地上有些地方的爪印已经被雪覆盖,直到下午三点左右,大家才顺着爪印找到豹子。此时的豹子瑟瑟发抖,四肢早已僵硬。

"我觉得寒冷已经穿透我的皮毛。"当豹子看到朋友们时,弱弱地说着。

老马试图用哈出的热气暖和豹子的身体,但为时已晚,他们什么都做不了。豹子舔了舔姐妹俩的手,发出比猫还要轻柔的声音。鸭子听见他的低语:

"猪……猪……"

豹子闭上了金色的眼睛。

性格恶劣的公鹅

在修剪得整整齐齐的草地上,德尔菲娜和玛丽内特正在打手球,一只白色羽毛的大公鹅走过来,他正在喋喋不休抱怨着。他看起来很生气,但姐妹俩并没有理会他。她们将球打给对方,为了不失球她们的双眼都紧盯着球。

"啧……啧……"公鹅不断发出声音,声音越来越大,但令他生气的是,没人注意到他。姐妹俩在旁边做手势边喊着"打前面",或者喊一声"蹲下",或者喊一声"大双旋"。就在德尔菲娜做大双旋时,球打中她的鼻子。

德尔菲娜先是愣在原地,随后揉了揉鼻子,确定球没有打掉她的鼻子,揉完她开始大笑,玛丽内特也跟着大笑起来,她笑得花枝乱颤,金发都乱了。公鹅却认为她们是在取笑他。他向前伸长脖子,不断拍打着翅膀,竖起白色的羽毛,他满脸愤怒地向她们扑过去。

"我不准你们逗留在我的草地上。"他说。

说这话时他已经停在姐妹俩中间,用充满怀疑和愤怒的眼神打量着她们。

德尔菲娜收起笑容,但玛丽内特看着用脚蹼笨拙地蹒跚前行的大鹅,笑得更大声了。

"这太过分了,"公鹅叫道,"我再跟你们说一遍……"

"太扫兴了,"玛丽内特打断公鹅的话,"去找你的孩子吧,让我们安静地玩耍。"

"我的孩子,我正在等他们呢,我可不想让他们和两个没教养的孩子在一起玩。快点,快离开这儿。"

"你说得可不对,"德尔菲娜抗议道,"我们的教养并不差。"

"让他叫唤吧,"玛丽内特说,"这只公鹅就知道胡说八道。这怎么可能是他的草地?他,一只公鹅,怎么可能拥有一片草地!嘿,把球扔给我……大双旋……"

玛丽内特开始转动身子,蓝色格子围裙在膝盖上围成一个漂亮的圆圈。德尔菲娜做了个扔球的手势。

"噢!这样啊。"公鹅说着突然使劲冲玛丽内特奔去,张开大嘴,一口钳住她的小腿,用力地咬着。玛丽内特被咬得很痛，害怕极了，以为公鹅要吃掉她。可任凭她怎么叫喊、挣扎，公鹅都置之不理，还越咬越紧。德尔菲娜跑过来，想让公鹅松口。她一巴掌打在公鹅的头上，然后拽他的翅膀和腿。这让公鹅更加愤怒，他松开玛丽内特的小腿，又转身咬住德尔菲娜的小腿，惹得姐妹俩都哭了起来。附近的草地上，有一头灰驴，他伸长脖子，头越过驴棚的栅栏，竖起耳朵往这边看。他是一头非常善良的驴，和其他驴一样既温柔又耐心。他非常喜欢孩子，尤其是姐妹俩，她们嘲笑他的耳朵时，他从不生气，虽然他会有些难受，但会用善意的眼神望着她们，努力微笑，好像他也被自己这又长又尖的耳朵逗乐了似的。他隔着篱笆，把一切看在眼里，也听到他们的谈话。他对公鹅的傲慢和卑鄙感到愤怒。姐妹俩正挣扎着，驴从远处对她们喊道：

"用手抓住他的头，两只手一起上，把他扭过去……啊！那里，那里，如果没有这个栅栏……像我说的那样抓住他的头！"

姐妹俩吓坏了，根本听不明白驴的话。

不过，她们从驴的语气中，能听出这头驴的善意，于是她们一脱身，就冲到驴的身边躲避。公鹅并没有追赶她们，只是朝她们大喊：

"你们的球归我了，这是为了教你们学会尊重我！"

说罢，公鹅把球叼在嘴里，开始在草地中央转圈，他挺起前胸，竖起羽毛，将脑袋仰到两只翅膀之间，一副高傲的样子，看着就让人生气。

一向温柔敦厚的驴也忍不住对他喊道：

"快看看这个嘴里叼着球，昂首阔步的大笨蛋！他现在看起来真神气……哼！一个月前，女主人把你的毛拔去做羽绒枕头的时候，你可不是这副样子！"

公鹅既愤怒又屈辱，差点被球噎死。驴的话实在让他不爽，这让他记起，他的磨难又要开始了：每年，女主人都要把他最好的羽毛拔下来，一年要拔两次。每次拔完他的脖子都光秃秃的，连小母鸡都嘲笑他是只火鸡。

这时，公鹅停止打转，去迎接正往这里走的家人。鹅妈妈带着六只小鹅来了。这些小鹅并不坏，没什么好责备的。他们看起来有点严肃老成，但这不是缺点。他们的羽毛是黄灰相间的，像泡沫一样轻。鹅妈妈也是一只很好的鹅，她看到公鹅那副高傲的样子，尴尬极了，不停地用翅膀拍打他，嘴里说着：

"瞧瞧你的样子,亲爱的,瞧瞧……瞧瞧……"

公鹅假装没听到她的训斥。他嘴里叼着球,领着小鹅向草地中央走去。最后他停下脚步,放下球,对小鹅说:

"这是我从两个顽皮孩子那里没收的玩具,她们在我的草地上玩耍但不尊重我。我把它给你们玩。去池塘的路上,你们可以好好玩玩。"

小鹅靠近球,却不知道怎么玩,对球并不感兴趣。他们以为是蛋,看了几眼就离开了。公鹅不高兴了。

"我从未见过如此愚蠢的小鹅,"他训斥道,"真可恶,我千方百计地逗你们开心,你们却这样回报我。我要教你们怎么打球,你们一定能体会到其中的乐趣!"

"瞧瞧你,亲爱的,瞧瞧你自己……"鹅妈妈责怪道。

"哼!你支持他们吗?好吧,那你也得来打球!"

正如大家所看到的,公鹅对他的家人并不比对陌生人更和蔼可亲。

当他教母鹅和小鹅玩球时,姐妹俩跑到驴的跟前,钻到栅栏另一边。公鹅咬得非常狠,她们不得不拖着腿走路,但她们不再哭了,只有玛丽内特还在抽泣。

"不敢相信,"驴说,"多么卑鄙的蠢鹅!气得我还没缓过来……看到姑娘们在我身旁玩耍,我只会觉得开心……哼!性格恶劣的公鹅!话说回来,告诉我,他咬得狠不狠,咬疼了没有?"

玛丽内特将自己左腿上红色的喙印指给他看。德尔菲娜的右腿上也有同样的喙印。

"唉!他咬得非常狠,火烧火燎地疼。"

听到这里驴低下头,吹吹她们的腿,姐妹俩几乎感觉不到疼了,这多亏了好心的驴。为了感谢驴,她们亲切地抚摸着他的脖子。驴很高兴。

"你们也可以摸我的耳朵,"他说,"看得出来你们很想摸摸它们。"

于是她们又摸了摸他的耳朵,惊讶地发现那里的毛发十分柔软。

"我的耳朵很长,不是吗?"他低声说。

"哦!有一点儿长,"玛丽内特回答道,"但不是特别长,你知道的……不管怎样,它们很适合你。"

"如果你的耳朵没有这么长的话,"德尔菲娜补充道,"我觉得我可能没这么喜欢你了……"

"你们真的这么想吗?是这样吗,这太棒了!

可是……"

驴犹豫了一下，生怕一直讨论耳朵的事会令姐妹俩生厌，于是决定说点别的。

"刚才公鹅咬你们的时候，你们没有听懂我的意思。我让你们抓住他的头，把他的头转过去。然后，你们用双手把他拎起来，转个三四圈。这样才能让他清醒过来。当他双脚着地时，肯定会头晕目眩，不知道自己在哪里。只有这样，他才会记住这件事，再也不敢咬人了。"

"这是个好主意，"玛丽内特说，"但得先抓住他的头，还得小心别被咬伤手……"

"毕竟你们还是孩子。即便如此，换作我是你们，我肯定会试试的。"

姐妹俩摇摇头，说公鹅把她们吓坏了。突然，驴大笑起来，跟她俩道歉，然后示意她们看向草地，公鹅正和家人玩球。公鹅还是那副高傲的样子，推搡着鹅妈妈，责骂小鹅的笨拙，实际上他才是最笨的鹅，却一直说："看我怎么做……学学我。"当然，他没法扔球，只能用脚蹼把球推出去。德尔菲娜、玛丽内特和驴笑得非常大声，抓住机会就嘲笑公鹅："他又没踢中！"公鹅不肯承认自己笨，假装没有听到他们的讥讽和嘲笑声。

在公鹅踢了十次球后,终于踢中一次,他便觉得自己所向披靡了,于是对小鹅说:

"现在,我将给你们展示一下大双旋。喂,鹅妈妈,你把球传给我……你们都好好看着……"

他退后几步,面对着鹅妈妈,此时鹅妈妈已经准备好用脚蹼传球了。在确保大家的目光都聚集在自己身上后,公鹅鼓了鼓嗉囊,喊道:

"准备好了吗?……大双旋!"

当鹅妈妈把球踢过来的时候,他开始学着姐妹俩的动作旋转起来。他一开始转得很慢,但驴在一旁起哄让他转得更快一点儿,他便一鼓作气连续转了三圈。可怜的公鹅完全晕了,他慢慢地晃了晃头,蹒跚地走了几步,便翻向右侧跌倒了,刚爬起来又跌向左边,他在地上躺了一会儿,感到天旋地转,仿佛天和地都颠倒过来了。驴在草地上笑得四脚朝天地打滚。

姐妹俩也在笑,小鹅虽然很尊敬父亲,却也忍不住偷偷笑起来,低低的噗噗声从他们的嗉囊发出来。只有鹅妈妈不想笑,她靠在公鹅身上,低声敦促他站起来。

"起来吧，亲爱的，"她说，"起来吧……这不合适……他们在看我们。"

公鹅设法重新站起来，但他的头仍然很晕，整整一分钟都说不出话。他一开口，就开始为自己的失败找借口。

这时，玛丽内特向他要回球。

"你看，这游戏不适合鹅玩。"她说。

"更不适合公鹅，"驴补充道，"刚刚我们都看到了，你玩游戏的样子非常滑稽。来吧，把球还给姑娘们。"

"我说过，这颗球我没收了，"公鹅拒绝道，"绝不改口。"

"我早就知道你是个恶霸和骗子。事实上，你还是个不折不扣的小偷。"

"我没有偷任何东西，草地上的一切都属于我。现在，闭上嘴，让我安静一会儿。从蠢驴身上我可学不到什么东西。"

听到最后一句话，驴低下头，不再说话。他既悲伤又羞愧，偷偷地看了看姐妹俩，显得局促不安。但德尔菲娜和玛丽内特并没有注意到驴的眼神，她们仍在为弄丢球而懊恼。

她们再次恳求公鹅把球还给她们，但公鹅仍旧不打算还给她们。他正准备和家人去池塘,他命令鹅妈妈把球衔在嘴里。

池塘在草地后面,靠近树林的边缘,他带着小鹅游过篱笆,姐妹俩和驴正站在那里。经过篱笆时,一只喜欢提问的小鹅,指着鹅妈妈嘴里的球,问她这是哪种鸟蛋。他的兄弟们笑起来,公鹅严厉地说:

"闭嘴!快点走!你和驴一样蠢。"

公鹅故意提高声调,瞥了眼旁边的驴。驴大受打击。

但听到玛丽内特开始吸鼻涕的声音,他说服自己忘记悲伤,安慰起姐妹俩。

"你们的球没有丢。你们知道要怎么做吗?待会儿公鹅游到水塘中央时,你们去池塘边上。他可能会把球留在岸边,你们只需要把球拿回来就可以了。我会告诉你们什么时候出发。在此之前,我们可以聊一会儿天。事实上,我想跟你们说……"

驴叹了口气,咳了几下,清了清嗓子。他似乎有一丝窘迫。

"好吧!是这样,"他说,"刚刚,公鹅叫我蠢驴。噢!我知道这是我的名字之一,但他以特定的声调说出来。

然后，当他游过我们这时，对一只小鹅说'你和驴一样蠢'，仿佛在说他是一个傻瓜，还记得吗？我想知道为什么，当人们提到白痴时，总是说'你和驴一样蠢'。"

姐妹俩忍不住脸红了，因为她们也经常用这句话羞辱别人。

"而且，"驴又说，"有人告诉过我，在学校里，如果一个小孩上课没有听懂，他便会被赶到角落里罚站，戴一顶写着'蠢驴'的帽子！好像驴是这世界上最愚蠢的动物。你们知道，对我来说这很困扰。"

"我认为这并不正确。"德尔菲娜回答道。

"你们觉得我比公鹅笨吗？"驴问道。

"当然不……当然不……"她们嘴上反驳着，心里却很不坚定，她们已经习惯"蠢驴"的说法，以至于对此深信不疑。驴明白，他并没有说服她们相信他是受害者。如果没有证据，她们永远不能被说服。

"来吧，没关系，"他叹了口气说，"没关系……姑娘们，我想是时候出发去池塘了。祝你们好运。如果你们没成功，记得过来告诉我。"

到了池塘后，姐妹俩才发现根本无法取回球。公鹅并没有驴所说的那么笨,他早已采取措施,带着球游到池塘中间。球漂浮在小鹅身边,小鹅比之前在草地上开心多了。他们比赛谁先抓住球,然后再把球藏在他们的翅膀下,没一会儿,姐妹俩就兴致勃勃地看着小鹅玩游戏。公鹅不再像草地上那样滑稽。他灵活地在池塘里徜徉,优雅又骄傲。他似乎变了样,姐妹俩虽然对他有怨言,但也忍不住称赞他。然而,他的脾气还是那么坏,对姐妹俩大喊大叫,指着球说:

"哈!哈!你们以为我会把球放在岸边,对吧?我才没有那么蠢!我已经把球带到安全的地方了,你们拿不到的!"

他没提的是,他来到池塘时,非常厌恶这个球,把它扔进水里,以为它会像鹅卵石一样沉入池底,可他惊讶地发现球居然漂浮在水面上。但在姐妹俩面前,他必须保持骄傲的形象,并没有表现出惊讶的样子。德尔菲娜试图说服他,礼貌地对他说:

"好啦,公鹅,讲点道理,把球还给我们……不然爸爸妈妈会责骂我们。"

"如果他们骂你们,那就对了。你们将知道在我的草地上肆无忌惮需要付出什么代价。如果我见到你们的爸爸妈妈，我会告诉他们，他们教育女儿的方式太糟糕了。我倒想看看，若是我的孩子们擅自去他们的地盘，他们会怎么对待我的孩子。幸运的是，我可爱的孩子们知道如何表现，因为我教育得当。"

"闭嘴，你只知道说些像驴一样的蠢话。"玛丽内特耸了耸肩说。

但她马上反应过来，咬了咬嘴唇，后悔说了贬低驴的话。

"驴一样的蠢话？"公鹅大叫道，"太放肆了！我会好好修理你们！等我从水里出来，就咬你们的小腿！"

说完他便向岸边游去，姐妹俩腿上还有他的喙印，吓得拼命逃跑。

"啊哈！你们跑得真快，"公鹅说，"我要咬得你们鲜血直流！你们休想再看到球！我为它找了绝佳藏匿之处！没人找得到。"

姐妹俩直接跑回家里，没敢去见驴，因为玛丽内特十分后悔，刚刚不应该说那句恶毒的话。而且，天气突然变得很冷。天空中也没有云，吹来寒冷刺骨的北风。德尔菲娜和玛丽内特料到会受到责骂，幸运的是爸爸妈妈没有注意到她们弄丢了球。

"这个季节，从来没这么冷过，"爸爸说，"我敢肯定，今晚石头都会冻碎。"

"幸好，"妈妈说，"寒冷的日子不会持续太久。现在还不到季节。"

离开池塘后，公鹅和他的家人从驴棚前的篱笆经过。鹅妈妈嘴里衔着姐妹俩的球，小鹅向他们的父亲抱怨天气有点凉。

"哼！哼！看来你还是不想还球！"驴说，"但我希望明天你能改变主意。"

"明天不可能，后天也不可能，"公鹅反驳道，"我会一直保管这颗球，我要把它藏在安全的地方，那个地方只有我知道。"

"一只公鹅的藏宝处，肯定不是什么了不起的地方。"

"总之，不管怎样，像你这样的蠢驴是找不到的！"

"哼，"驴说，"我根本不会费力去找……我知道如何轻而易举地让你把球还给我！"

"我倒是很想看看。"公鹅冷笑道。说完他便离开，去和家人会合，但走了几步后，他改变主意，回头恶狠狠地说：

"那两个姑娘真令人讨厌。早些时候，她们想羞辱我竟然说：'闭嘴，你只知道说些像驴一样的蠢话。'对，她们就是这样说的。"

"那个像驴一样蠢的人，说的就是你……"驴反驳道。

公鹅没有接话，他很生气地走了。驴独自站在原地，回想姐妹俩的话，想了很久。突然，他自己笑起来，因为被寒冷刺痛的耳尖，让他想到一个好主意。

第二天早上，驴一大早就来到草地。天气已经很久没这么冷了。驴站在驴棚的边缘，靠不断抖动着四条腿来御寒。他先看到要去上学的姐妹俩，向她们打招呼。姐妹俩确定公鹅没在草地上后，走过来向驴问好。

"爸爸妈妈骂你们了吗，姑娘们？"驴问。

"没有，"玛丽内特说，"他们还没发现球丢了。"

"那太好了，别告诉他们这件事，姑娘们。我可以向你们保证，明天晚上它就会回到你们手上。"

姐妹俩离开没五分钟，公鹅便领着家人出现在草地上。驴向他们打招呼，问鹅妈妈这么早要去哪里。

"我们去池塘洗澡。"她说。

"亲爱的鹅啊，"驴说，"很抱歉，我已经决定今天早上不准你们洗澡了。"

公鹅发出笑声，带着不屑的神情说：

"你以为我会服从于你吗？"

"我不知道你的想法，但你必须服从我，因为昨天晚上我把池塘堵住了，在你把姑娘们的球还给她们之前，我不会疏通池塘的。"

公鹅以为驴疯了，对小鹅说：

"来吧，我们去洗澡。我不明白为什么我愿意听这头蠢驴说话。"

当他们看到池塘的时候，小鹅兴高采烈地叫喊着，说水面从未如此光滑和闪亮。公鹅从来没有见过冰，也没有听说过，因为去年冬天非常温暖，池塘没有结冰。他觉得，水确实比平常更漂亮，这让他心情愉快。

"这下我们能愉快地洗澡了。"他说。

公鹅像往常一样，第一个下到池塘，突然惊讶地发出声音。他竟然没有沉入水中，而是继续在行走，水面像石头一样坚硬。在他身后的鹅妈妈和小鹅也惊呆了。

"他真的把池塘堵住了吗？"公鹅嘟囔着，"但是，不，这不可能……再走远一点儿我们就能找到水了。"

他们往返池塘几次，但无论走到哪里，都是如金属般坚硬的水面。

"千真万确，他真的把池塘堵住了。"公鹅终于相信了。

"太糟糕了！"鹅妈妈说，"不能洗澡也太糟糕了，尤其是对孩子们来说。你应该把球还给……"

"闭嘴，我知道我该怎么做。最重要的是，这件事你们不准再提……别让人知道我被一头蠢驴耍了。"

公鹅一家人回到谷仓，躲在角落里。为了不经过驴棚，他们绕了很大一圈，但仍然被驴看到了，驴叫道：

"你会把球还回来吗？要不要我疏通池塘？"

最初，骄傲的公鹅不愿屈服，并没有回答。整个上午，他心情糟糕极了，都没有吃饭。到了下午，他想知道驴是否真的堵住池塘，还是说他在做梦。犹豫一番后，他决定再去池塘看看。最后他不得不承认这一切是真的。

池塘确实被堵住了。在往返的路上，驴又问他是否打算把球还回来。

"现在决定还不算太晚。"

但是,公鹅还是高傲地仰着头。第二天早上,他也不愿意亲自来谈判,而是派鹅妈妈去驴那里。德尔菲娜和玛丽内特刚好在那里。天气已经没有前一天冷了,池塘上的冰已经融化。

"亲爱的鹅啊,"驴假装生气地说,"我什么都不想听,除非我拿到球,去告诉您的丈夫吧。我为您感到难过,因为您很善良,但那只公鹅非常顽固,作为他的家人真是辛苦啊。"鹅妈妈大步走开,而一直在憋笑的姐妹俩终于笑出声来。

"我希望公鹅在下决定之前不要去池塘散步,"德尔菲娜说,"否则他会看到冰面正在融化。"

"不要害怕,"驴说,"你会看到他带着球来。"

果不其然,很快公鹅带着家人过来了。他把球放在嘴里,狠狠地将球扔进驴棚。玛丽内特把球捡起来,公鹅转身打算到池塘去,但是,驴冷漠地叫住他。

"还没完事,"他说,"现在,你应该向前几天被你咬过的姑娘们道歉。"

"哦!不,不需要了。"姐妹俩说。

"不,我要求他道歉。在他道歉之前我都不会疏通池塘。"

"我？道歉？"公鹅大叫道，"哼！不可能！我宁愿一辈子不洗澡。"

他立刻带着家人回到农场，他打算在一摊泥水里洗澡来忘记池塘。

他坚持了整整一个星期，当他最终决定道歉时，池塘里的冰已经融化六天了。天气太热，就像春天一样。

"我请求你们的原谅，我咬了你们的腿，"公鹅因为愤怒，结结巴巴地说，"我发誓，不会再这样做了。"

"很好，"驴说，"我把池塘疏通好了。你们去洗澡吧。"

这天，公鹅在池塘里洗了很久。当他回到农场时，关于他的事情已经传开了，他不得不忍受农场所有动物的嘲笑。大家都惊叹地发现原来公鹅如此愚蠢，而驴如此聪明。

从此以后，人们再也不提蠢驴这个词，相反，当有人想要赞美别人的智慧时，会说他像驴一样聪明。

变成驴和马的姐妹俩

德尔菲娜和玛丽内特躺在各自的床上,因为照进她们房间的月光非常明亮,她们还没有睡着。

"你知道我想变成什么吗?"玛丽内特说——她的金发比姐姐的更闪亮,"一匹马。是的,我想成为一匹马。我会有四只健壮的蹄子、美丽的鬃毛、长长的尾巴,我会比所有人都强壮。当然,我要当一匹白马。"

"我啊,"德尔菲娜说,"我的要求没那么多。当一头驴我就很高兴了,一头灰驴,头上有个白点。我也会有四只蹄子,有两只长耳朵,我会为了好玩扇动它们,最重要的是,我有一双温柔的眼睛。"

姐妹俩闲聊了一会儿,在睡着之前她们再次说了她们的愿望,玛丽内特希望成为一匹马,德尔菲娜希望成为一头有白点的灰驴。大约一个小时后,月亮消失了。接下来便是一个前所未有的暗夜。第二天,村里有人在谈论他们昨晚听到锁链的声音，还夹杂着一些零星的音乐声和风暴的呼啸声，可是昨晚并没有刮过风。毫无疑问，家里的猫知道得多一点儿，他在姐妹俩的窗户下来来回回好几次，拼命大叫，希望能够叫醒她们，但是，她们睡得太熟了，没有听到猫的声音。猫还让狗去叫醒她们，但也没能成功。

  第二天一大早，玛丽内特睁开眼睛，从自己长长的睫毛之间隐隐约约看到两个毛茸茸的大耳朵在姐姐的枕头上移动。她自己躺在床上也不太自在，身体好像被床单和被子缠住了。尽管如此，睡意战胜了好奇心，她的眼皮又重新合上了。德尔菲娜也一样，迷迷糊糊地快速瞥了一眼妹妹的床。她发现床上睡着一个异常庞大的身影，虽然如此，她还是睡了过去。过了一会儿，她们终于醒来，眯着眼睛看着对方的脸，感觉对方的脸好像被拉长了，外貌也变了。德尔菲娜看向玛丽内特的床，然后发出一声尖叫。床上并不是之前的金发脑袋，取而代之的是马的脑袋。在另一边，玛丽内特同样惊讶地看到对面的驴脸，也发出尖叫声。可怜的姐妹俩转动着她们的大眼睛，伸长脖子，想更仔细地看看对方，无法理解到底发生了什么。两人都想知道她的姐妹去哪里了，为什么会有一只野兽睡在她的床上。玛丽内特几乎要哭出来，她低头看看自己,看到自己的胸口、毛茸茸的四肢还有蹄子,明白过来是昨晚许的愿望实现了。

德尔菲娜也看到自己灰色的鬃毛、蹄子,还有白色床单上长耳朵的影子,也渐渐明白真相。她忍不住叹了一口气,她柔软的嘴唇却发出巨大的声响。

"是你吗,玛丽内特?"她用颤抖的声音问妹妹,她现在已经认不出自己的声音了。

"是我,"玛丽内特回答道,"你是德尔菲娜?"

她们艰难地下了床,用四只脚站了起来。德尔菲娜已经变成一头漂亮的灰驴,比她妹妹小很多,妹妹玛丽内特则变成一匹强壮的贝尔修伦马,比她高一大截。

"你的鬃毛很漂亮,"德尔菲娜对妹妹说,"如果你能看到你的鬃毛,你会很高兴的……"但是,可怜的大马并没有听进去这句话。

大马看着前一天放在床边椅子上的裙子,一想到她可能再也穿不上裙子,悲伤极了,四肢开始颤抖。灰驴尽力安抚她,但无论她说什么也无济于事,她便用脑袋和软软的大耳朵蹭着马脖子安慰这匹马。当妈妈走进房间时,她们正好靠在一起,马低着头贴在灰驴的脑袋上,她们都不敢抬眼看妈妈。妈妈很诧异女儿们为什么把这两头牲口带进房间,甚至这两头牲口还不是自己家里的,她大声抱怨着。

"请问一下,我那两个淘气包去哪了?她俩一定还躲在房间里,衣服还搭在椅子上呢。来吧,从你们躲的地方出来吧!我现在可没有心情陪你们玩游戏……"

然而没有人出来,妈妈伸手摸摸床,当她弯下腰去看床底时,听到一阵低语:

"妈妈……妈妈……"

"好,好,我听到你们的声音了……来吧,出来吧。我警告你们,我现在很生气……"

"妈妈……妈妈……"她又听到呼唤声。

那声音十分嘶哑,听起来很悲伤,她几乎辨别不出来是谁。房间里找不到女儿,她便转过头想要审问驴和马,但看到驴和马那悲哀的眼神,又开不了口。驴先开口。

"妈妈,"她说,"不要再找玛丽内特和德尔菲娜了。你看到那匹大马了吗?她就是玛丽内特,我是德尔菲娜。"

"你们胡说些什么?我可看不出你们是我的女儿!"

"不,就是我们,妈妈,"玛丽内特说,"我们是你的女儿……"

可怜的妈妈终于听出这是玛丽内特和德尔菲娜的声音。姐妹俩把头靠在她的肩膀上,三个人哭了很长时间。

"你们待在这儿,"妈妈说,"我去找你们的爸爸。"

爸爸也来了,得知这一切之后也哭起来,随后他开始考虑女儿们变成动物后该如何生活。首先,她们不能再住在卧室里,这对两头高大的动物来说太狭窄了。最好的办法是让她们住在马厩里,那里有新鲜的草,还有能随时装草的马槽。爸爸跟在她们后面,走到院子里,看着眼前的马,心不在焉地喃喃自语:"至少还是头骏马。"

天气好的时候,驴和马几乎不待在马厩里,她们会走到草地上,边吃青草边谈论着还是小女孩时的生活。

"你还记得吗,"马说,"有一天,我们在这片草地上玩,一只公鹅抢了我们的球。"

"他还咬了我们的小腿……"

说着说着她们都哭了起来。当爸爸妈妈用餐时,她们会来厨房,站在狗旁边,爸爸妈妈会温柔地看着她们,仔细观察她们的一举一动。但几天后,爸爸妈妈就开始指责她们太大了,太占地方了,不准再待在厨房里。她们只能站在院子里,将头从窗户伸进厨房。一开始,爸爸妈妈为德尔菲娜和玛丽内特的遭遇而伤心，但一个月后，他们就不想了，逐渐习惯驴和马的存在。事实上，他们不再关心她们。例如，妈妈不再像最初那样，把玛丽内特的丝带系在马的鬃毛上，也不再把手镯手表戴在驴的腿上。有一天，爸爸正在吃午饭，他的心情很差，对着从窗户伸进头的动物吼道：

"快点，快从这儿出去，你们两个！总是盯着厨房，这不是牲口该做的事……还有，无论什么时候，你俩总是在院子里闲逛，这样还有农场的样子吗？昨天我还看见你们在花园里，这太过分了！记住我的话，从现在起，你们只能待在草地上或马厩里。"

听到这番话，驴和马低着头走了，比以往任何时候都难过。从那天起，她们特别小心不要出现在爸爸的视野中，只有他来收拾马厩的时候才能看到他。她们觉得爸爸妈妈比以前更严厉，她们总觉得自己犯了错，但又说不上来犯了什么错。

一个星期天下午，她们正在草地上吃草，看到阿尔弗雷德叔叔来了。他隔着老远便对爸爸妈妈喊道：

"你们好啊！是我，阿尔弗雷德叔叔！我来打个招呼，还想亲亲那两个小可爱……但我怎么没看到她们？"

"你真不走运，"爸爸妈妈回答道，"她们在让娜姨妈家！"

驴和马想要告诉阿尔弗雷德叔叔，她们没有离开房子，而是变成他面前这两只不幸的动物。虽然就算他知道真相也无法改变她们的状态，但他可以和她们一起哭，这就够了。但她们不敢说话，害怕激怒爸爸妈妈。

"天哪，"阿尔弗雷德叔叔说，"不能见到我的两个金发小可爱，实在太遗憾了……噢！你们竟然有这样美丽的马和驴，我从未见过呢，上次回信你们也没有告诉我。"

"他们才来了不到一个月。"

阿尔弗雷德叔叔抚摸着两只动物，他惊讶地发现，这两只动物有着温柔的眼神，还伸长脖子求他抚摸。可是，当马跪在他面前说话时，他大为震撼。马说：

"您一定很累了吧，阿尔弗雷德叔叔。请坐到我的背上，我驮着您去厨房。"

"把您的雨伞给我，"驴说，"您不必拿着它。把它挂在我的耳朵上吧。"

"你们很友好，"叔叔说，"但这段路不长，不必劳烦你们。"

"这是我们的荣幸。"驴叹了口气说。

"够了,"爸爸妈妈打断他们的对话,"让你们叔叔安静一会儿,你们到草地那头去。叔叔已经看够你们了。"

阿尔弗雷德叔叔有些诧异,他们在跟马和驴说话时,用的是"你们叔叔"这种奇怪的说法。不过。他感受到两只动物的友善,对此不是很生气。他朝房子走去,不时地转过身挥动雨伞向她们打招呼。

不久,她们的食物变得越来越糟。干草的储存大大减少,大部分草料是留给耕牛和奶牛的,因为耕牛付出劳动,奶牛贡献牛奶。至于燕麦,驴和马再也没见过了。她们甚至不再被允许进入草地,因为草地需要生长以便收割草料。她们只能在沟渠和路边吃草。

爸爸妈妈没有足够的钱喂养所有的动物,决定卖掉耕牛,让驴和马干耕牛的活儿。一天早上,爸爸开始让马拉车,妈妈则让驴驮着两袋蔬菜去城里赶集。第一天,爸爸妈妈还很有耐心。第二天,他们也只是说了她们几句。后来,他们就恶狠狠地斥责她们,甚至辱骂她们。马害怕极了,她经常搞不清方向,不知道该向左还是该向右。然后爸爸会用力拉扯缰绳,马嘴被勒破了皮,疼得马发出嘶嘶声。

一天，马拉着车爬上一个陡坡，累得气喘吁吁，每走一步都要停下来休息一会儿。车上拉的东西太重，马还没被训练过如何拉这么重的货物。

爸爸坐在车上，手握着缰绳。因为马走得太慢，还动不动停一会儿，再费劲地往前走，这让他开始不耐烦了。但这时他还能咂着舌头来催促她，发现没有效果后，他又骂起来，随口骂道从没见过这么低劣的马。马过于伤心停下脚步，腿也发软了。

"快点，驾！"爸爸喊道，"向右走！该死的畜生！你等着瞧，我肯定能让你跑起来！"

爸爸气到失去理智，一连甩了好几鞭子，全都抽在马的肋骨上。马没有抱怨，她转身看向爸爸，眼神很悲伤。爸爸不由得松开握着鞭子的手，涨红了脸。他从车上跳下来，冲到马身边搂住她的脖子，请求她原谅自己的失控和疯狂。

"我忘了你的真实身份。在我看来，我只是单纯地在和一匹马打交道。"

"就算是一匹马……"马说，"是的，就算只是一匹马，他也不该挨这样的鞭子。"

爸爸向她保证之后绝对不发火，事实上，他的确很长一段时间不再用鞭子了。可是有一天,时间紧迫,他没忍住狠狠地朝马的小腿抽了一鞭子。之后他便很快习惯,又开始毫不犹豫地抽打这匹马。每当他内心感到愧疚时,他总是耸耸肩说:

"不过是一匹马,大不了再买一匹。无论如何,马应该服从主人。"

驴的处境也很艰难。每天早上,不管天气好坏,她都要驮着沉重的货物去城里赶集。下雨的时候,妈妈只给自己打伞,并不在乎浑身湿漉漉的驴。

"以前,"驴说,"当我还是个小女孩的时候,你不会让我这样淋雨的。"

"如果像照顾孩子那样,小心翼翼地照顾驴的话,"妈妈回答道,"你就没有用了,那样的话我不知道你的处境会如何。"

驴比马好不到哪里去,也经常挨打。

作为一头驴,她有时候倔强得很。她走到十字路口,突然无缘无故停下脚步,拒绝前行。妈妈试图温柔地说服她。

"瞧瞧你,"妈妈抚摸着她说,"乖乖听话,我的小德尔菲娜。你一直是个好女孩,是个听话的孩子……"

"这里再也没有小德尔菲娜了,"她冷漠地说,"只有一头不想动的驴。"

"好啦,别使性子了,你知道这样做对你没好处。我数到十。你好好想想。"

"已经想好了!"

"一、二、三、四……"

"我一步都不会走。"

"五、六、七……"

"就算剁掉我的耳朵我也不走。"

"……八,九,十!这都是你自找的!该死的畜生!"

紧接着背上就挨了一顿鞭子,驴最后不得不往前走。对马和驴来说,新生活中最难忍受的是彼此分离。无论在学校还是在家里,德尔菲娜和玛丽内特从没分开超过一个小时。

但现在驴和马干的活儿不同,她们不得不分开。只有晚上回到马厩,她们才能重新团聚,但她们都筋疲力尽,只能在睡觉前抱怨一下爸爸妈妈的残暴,盼望着快点到休息日。

每到星期天,她们就不用干活儿,可以一起出门散步或待在马厩里。姐妹俩得到爸爸妈妈的允许,可以把洋娃娃拿到干草垛上玩。她们没有双手,抓不住娃娃,没法哄她睡觉，也没法为她梳妆打扮，娃娃需要的照顾她们都给不了。她们玩的时候，只能看着娃娃，和娃娃说话。

"我是你的妈妈玛丽内特，"马说，"噢！看来你发现我有点变了。"

"我是你的妈妈德尔菲娜，"驴也说，"不要老盯着我的耳朵。"

下午，她们会沿着小路吃草，不停地谈论她们的悲惨遭遇。马的性情更刚烈些，说了主人不少坏话。

"奇怪的是，"马说，"其他动物遭受这样的虐待，都一声不吭。我们生活在家里时待遇比他们好多啦！如果他们不是我的爸爸妈妈，我早就逃跑了。"

说到这里，马忍不住抽泣起来，驴也使劲地吸着鼻子。

一个星期天早晨，爸爸妈妈带着一个男人进了马厩，那个男人声音洪亮，穿着蓝色长袍，站在马后面冲着主人说：

"这正是我要找的马。前几天我看到她在奔跑。噢！我记性很好，我看中的马，在上千匹马里我也能找到他。当然，这也是我的工作。"

他笑了笑，亲切地拍拍马，补充道：

"她比其他马漂亮。可以说，她完全符合我的审美。"

"我们让您看看这匹马,就是让您高兴高兴,"爸爸妈妈说,"至于其余的,就不要想了。"

"大家都这么说,"那人说,"但之后,他们都会改变主意。"

说着,他便围着马检查,仔细地摸摸马腹和四肢。

"您还没结束吗?"马问他,"我不太喜欢这样!非常不喜欢!"

那人只是笑了笑,又用手扒开马的嘴唇,检查她的牙齿。然后,他转身对爸爸妈妈说:

"我出二百买她怎么样?"

"不行,不行,"爸爸妈妈摇着头说,"二百块不行,三百块也不行……别费心了!"

"如果我出五百块呢?"

爸爸妈妈有些迟疑,他们的脸变得通红,不敢看他。

"不行,"妈妈最后开了口,声音微弱得几乎听不见,她又重复一遍,"噢!不行。"

"如果我出一千块呢?"穿着蓝色外套的男人大喊一句,他声音大得像要吃人似的,把马和驴都吓坏了,"啊?如果我再加一千块呢?"

爸爸似乎想回答他,却说不出话来,他咳了一声,向那个人示意到外面谈。他们走到院子里,很快谈好价格。

"这个价可以,"那人说,"但在买下之前,我想让她在我跟前溜达几圈。"

在井边打盹的猫听到这些话,马上跑到马厩,在马的耳边悄悄说:

"待会主人会把你带到院子里,只要那人看着你,你就假装只有三条腿能用,瘸着腿走路。"

马听了猫的建议,她一出马厩,就假装腿有毛病,一瘸一拐地走来走去。

"天哪!天哪!天哪!"那个男人对爸爸妈妈说,"你们可没说她腿受伤了。那现在情况就不同了。"

"可能她就是一时兴起,"爸爸妈妈说,"今早她的腿还好好的呢。"

但那人什么也不想听,头也不回地走了。爸爸妈妈让马回到马厩,心情不是很好。

"你是故意的吗?"爸爸吼道,"哼!该死的劣马,我敢肯定,她是故意的!"

"该死的劣马?"驴说,"我发现你们真会给小女儿起名字，可真是好爸爸、好妈妈呢！"

"我不需要听一头蠢驴的意见，"爸爸回答道，"不过，这次除外，因为今天是星期天，我就勉为其难地跟无知的你聊聊吧。照你的话来说，好像我们真成了马和驴的父母，你们要是觉得我们会接受这样荒诞无稽的谎言，就大错特错了。我问你们，两个女孩一个变成马，一个变成驴这种事，正常人怎么可能信呢？事实是，你们就是两只动物，仅此而已。而且不得不说，你们甚至算不上模范动物，还早着呢！"

驴听完不知所措，她听到自己被爸爸妈妈否认，难过极了。她走过去蹭了蹭马的脑袋，告诉她即使爸爸妈妈忘记了她，她仍然可以依靠马厩的同伴。

"不管他们说什么，即便我有四只蹄子，两只长耳朵，我仍然是你的姐姐德尔菲娜！"

"妈妈，"马问，"你也认为我们不是你的女儿吗？"

"你们是两只好动物，"妈妈有点尴尬地回答道，"但我清楚你们不可能是我的女儿。"

"你们一点儿也不像她们，"爸爸说，"好了，够了！我们走吧，老婆。"

爸爸妈妈慢慢地往马厩门口走去，驴冲着他们说：

"既然你们这么肯定我们不是你们的女儿，我想你们松了一口气，不用再担心了。这有一对奇怪的父母，明明一大早就发现女儿消失了，却一点儿不在乎呢！你们哪怕去井里、去池塘里或者去树林里找找她们呢，你们有找过吗？你们有去吉卜赛人那里问问吗？"

爸爸妈妈没有回答，走到院子时，妈妈叹着气说：

"但是……如果真是那两个小家伙呢？"

"不可能！"爸爸吼道，"你胡说什么！这种无稽之谈也该停止了。我们从没见过一个孩子，或者一个成年人，变成一头驴或别的动物。最开始，我们过于天真，相信这两只动物的谎言，但现在还继续相信就太可笑了！"

爸爸妈妈装作对事件毫不怀疑的样子，也许他们的确这么想。无论如何，他们没有四处打听德尔菲娜和玛丽内特的下落，也没向任何人提过她们失踪的事情。当别人问姐妹俩的情况时，他们就说她们在让娜姨妈家里。有一次，爸爸妈妈在马厩里，驴和马唱起一首儿歌，这首歌是爸爸曾经教给两个孩子的。

"你听不出这是你教我们的歌吗？"她们说。

"是的,"爸爸说,"我知道这首歌,但是,这首歌在任何地方都能学到。"

驴和马干了几个月的农活儿后,终于忘记她们曾经的样子。即使她们偶然想起,也会觉得这是个童话故事,似真似假。并且,她们的记忆并不一致,她们都认为自己是玛丽内特,有一天,她们为此争吵起来,她们决定再也不提这些事了。她们渐渐地关心起眼前的农活儿,关心起家畜的生活,觉得被主人殴打是正常现象。

"今天早上,"马说,"我的腿挨了一鞭子,确实是我的错。我干活儿从没像今天这样晕乎。"

"我还是老样子,"驴说,"我总是因为太倔的性子挨打。我应该改改这个毛病了。"

她们不再玩洋娃娃,也不理解为什么要玩洋娃娃。现在,她们不再期待休息日。休息的日子对她们来说似乎更漫长,因为她们彼此没有太多话要说。最好的消遣是争论马叫还是驴叫更动听,到最后总会骂起对方,叫对方蠢驴和笨马。

主人对马和驴的表现都很满意,夸赞她们活儿干得很好,说从未见过这么温驯的动物。事实上,这两只动物用劳力给他们带来财富，他们都换了新鞋。

一天早晨，爸爸来到马厩给马加饲料，他大吃一惊，在稻草上躺着的不再是两只动物，而是德尔菲娜和玛丽内特两个小姑娘。这个可怜的男人简直不敢相信自己的眼睛，他再也见不到他的马了。他去告诉妈妈这件事，两人回到马厩，将熟睡的女儿抱到卧室的床上。

德尔菲娜和玛丽内特醒来时，已经是该去上学的时间了。她们甚至不知道如何使用双手。课堂上，她们总是说些蠢话，无法回答老师的提问。老师说她从没见过这么蠢的孩子，每人扣了十分。姐妹俩度过了悲伤的一天。爸爸妈妈看到这糟糕的分数，心情也不好，惩罚她们晚餐只能吃干面包和水。

幸运的是，姐妹俩很快就恢复过来。她们在课堂上表现良好，总能拿到好分数。在家里，她们的表现也很优秀，除非爸爸妈妈不讲理，否则没有办法责备她们。女儿重新回到身边，爸爸妈妈很高兴，也很爱她们，因为不管怎么说，他们是还不错的父母。

好脾气的绵羊

德尔菲娜和玛丽内特坐在路边,脚悬在路边的排水沟边上,正抚摸着一只大绵羊,这是阿尔弗雷德叔叔上次来农场时送给她们的。绵羊一会儿把头放在这个人的膝盖上,一会儿又放在另一个人的膝盖上。他们三个唱着儿歌,开头是这样的:"我的花园里有一株玫瑰花。"这时,爸爸妈妈站在动物中间看向这边,看起来很厌恶这只绵羊。他们瞪着绵羊,絮絮叨叨地说:"这只羊在浪费孩子们的时间,与其有时间和这只肮脏的畜生玩,还不如用这个时间去干家务活儿。"

"真希望能来个人帮我们带走那团大卷毛。"

一天中午,差二十分到十二点,农场的烟囱飘出阵阵炊烟。爸爸妈妈正在抱怨绵羊,在路的拐弯处出现一个士兵。他骑着一匹高大的黑马,准备去打仗,发现有人在看他,就想显摆一下他骑马的技艺,拉起马的缰绳想让马跳两下。然而黑马并没有服从他，直接停下来，转头对士兵说：

"您又要干什么？难道您觉得，我驮着一个神志不清的醉汉，走在烈日下，还不够我受的吗？您还要我无缘无故跳两下？好啊，别说我没警告你……"

"等一下，该死的笨马！"士兵打断马的话，"看来得想办法让你知道谁才是主人。"

说罢，他夹了夹腿，用脚上的马刺刺进马的两肋，再狠狠地拉了拉缰绳。马痛得身子一紧，跳了起来，疯狂地用后腿蹬地。马力气很大，士兵从马头方向被甩出去，摔在路中间，脸和手都被磨破了皮，漂亮的军装也沾满泥土。

"我警告过您，"马说，"是您让我跳的。好吧，我跳了，现在您满意了？"

士兵正扶着膝盖站起来，没心情听这种话。这时，他看到爸爸妈妈、德尔菲娜、玛丽内特、绵羊还有农场动物都走了过来，在他身边围成一圈，他十分羞耻，不由得对马大发雷霆，拔出他的大剑，想冲过去把马刺穿。幸亏爸爸妈妈及时阻止，说服他放弃报复。

"您现在杀了他，就是自讨苦吃，"爸爸妈妈说，"您不能骑着马奔赴战场，而只能靠双腿走到战场，等您到达战场说不定战争已经结束了。不过,这头畜生确实对您太无礼,您也无法再信任他。这样,您既然打算抛弃他,为什么不再利用一下他呢?我们有头骡子,刚好适合您。我们愿意帮助您,用骡子换您的马。"

"好主意。"士兵说着将剑收到剑鞘里。爸爸妈妈把马牵到院子里,又把骡子赶出去,姐妹俩在一旁抗议。

"为了讨好一个野蛮的路人,就把老朋友骡子赶出农场吗?"绵羊眼里含着泪水,为同伴的不幸哀叹。

"闭嘴!"爸爸妈妈大声呵斥道,见士兵转过身去,他们才又低声补充道:"你们这样胡说八道,是想让我们到手的买卖吹了吗?你们如果不立刻让绵羊闭嘴,中午之前我们就把他的毛剪个精光。"

骡子并没有抗议,当主人把缰绳交给士兵时,他只是对姐妹俩眨了眨眼。士兵骑着新坐骑,翘起胡子,大声喊道:"出发!"但是,骡子一动不动,无论新主人是残忍地用马刺扎他,还是勒紧缰绳,他还是一动不动。不管是侮辱他,威胁他,殴打他,骡子就是一步也不走。

"没关系,"士兵说,"我知道怎么治你。"他从骡子背上跳下来,拔出大剑,打算用剑刺穿骡子的胸膛。

"住手！"爸爸妈妈对他说，"先听我们说。确实，这是一头蠢骡子，他不愿意前进，但您也知道骡子是多么固执，刺他一剑也改变不了。这样吧，我们有头驴，他不怕累，花销也小。您带走这头驴，把骡子还给我们。"

"好主意。"士兵说着又将剑收到剑鞘里。

可怜的驴被迫代替骡子离开。他当然不想离开农场，不愿意离开他的朋友们，德尔菲娜、玛丽内特，以及他最好的朋友绵羊。然而，他面不改色，像往常一样谦虚，顺从地走向新主人。姐妹俩心都揪紧了，绵羊哭得全身颤抖。

"士兵先生，"绵羊恳求道，"请您善待驴，他是我们的朋友。"

绵羊刚说完，爸爸妈妈便冲他挥拳头，咆哮道：

"混蛋绵羊，你别想坏了我们的好事，快滚开，你会为自己的多嘴付出代价。"

士兵没有理会绵羊的恳求，一鼓作气跨到驴背上，就在他打算翘着胡子，发出"出发"的命令时，驴就率先动起来，开始向后倒着走，晃晃悠悠地走着，每走一步士兵都差点被摔进排水沟。士兵很快从驴背上下来，知道这只动物是为了摆脱他才这样的。

"没关系,"他咬牙切齿地说,"我知道怎么治你。"

他第三次拔出他的大剑,如果不是爸爸妈妈一个拉住他的胳膊,另一个扯住他的外套,他肯定已经用剑把驴肚子刺穿了。

"必须承认,您跟这些动物没有缘分,"爸爸妈妈说,"仔细想想,这也不奇怪。驴、骡子、马,全是类型差不多的动物,我们早该考虑到这一点。您为什么不试试绵羊呢?绵羊很温驯,优点很多。如果您赶路时缺钱了,可以轻松地剪掉羊毛换钱。羊毛卖出好价钱后,您仍然有个好坐骑赶路。我们这儿正好有一只绵羊,毛发很漂亮。您瞧,他就站在两个小姑娘之间。我们愿意帮助您,用绵羊换这头驴。"

"好主意。"士兵说着将剑收到剑鞘里。

德尔菲娜和玛丽内特把绵羊抱在怀里,大声哭喊,但爸爸妈妈很快把她们与最好的朋友分开,并让她们闭嘴。绵羊悲伤地看着前主人,但他没抱怨一句,向士兵走去。士兵指着他刚刚放回剑鞘里的大剑,威胁绵羊说:

"最重要的是,我希望你能服从我、尊重我。如果你惹我不高兴,我会砍掉你的脑袋。谁也拦不住。哼!如果我继续换下去,我只能骑着鸭子或农场其他小动物赶路了。"

"不用担心,"绵羊回答道,"我很温驯,我是被姑娘们亲手养大的。我会服从你。只是,一想到要离开我的朋友,我心里就十分难过。先生,阿尔弗雷德叔叔把我交给她们时,我还那么小,她们不得不用奶瓶喂我喝一个月的奶。从那以后,我就没和她们分开过。因此,希望您能理解我的悲伤,姑娘们也十分难过。您若是同情我们,请允许我跟她们告别,陪她们哭一会儿。"

"我对绵羊才没有什么同情心!"士兵吼道,"怎么回事!这只绵羊还没开始工作就想着逃跑了?我真不知道为什么没抽出大剑砍下他的脑袋。从没见过胆子这么大的绵羊。"

"好,不说了,"绵羊叹了口气说,"我不想惹您生气。"

士兵跨上他的新坐骑,心情还不错,但他又发现双腿拖到了地上,于是他把大剑横绑在绵羊的肩上,托住他两条长腿,防止腿拖到地上。他非常满意,一个人大笑起来,他笑得很厉害,好几次差点摔下去。然而,这只可怜的绵羊被沉重的士兵压弯了身子。这种场景真是让人悲伤。姐妹俩既生气又难过,如果不是爸爸妈妈拦着她们,她们肯定不会让绵羊离开，会想方设法把士兵拖下来。农场的动物也非常愤怒，可是主人恶狠狠地瞪着他们，让他们不敢干涉。一只鸭子刚提起嗓子想开口，主人就恶狠狠地瞥了他一眼，威胁道：

"花园里种的萝卜长势很好，可以用来作为某道大菜的配菜，保证很合适。"

可怜的鸭子突然紧张起来，他低下头，跑到水井后面躲了起来。

所有动物里，黑马是最镇定的，他独自走到前主人面前，平静地说：

"您不能强求所有动物都能驮着您赶路，我只能提醒您，您这样只会沦为别人的笑柄。再说，绵羊那纤弱的身板并不适合当坐骑，您骑着他走不了多远。这样吧，您要是愿意讲理，就把绵羊还给姑娘们，您可以骑到我背上。姑娘们不想让绵羊离开，哭得可惨了。相信我，您骑着我会更舒服，也会更体面。"

士兵被马说服了，瞥了眼马宽阔的脊背，确实骑在马背上更舒服。爸爸妈妈发现士兵要改变主意，义正词严地说，这匹马已经属于他们了。

"我们现在不想卖掉马。您也知道,如果我们又开始交换,会没完没了。"

"你们说得对,"士兵说,"时间在流逝,战争已经开始,但我还没有到达战场。这样下去,我就没法成为将军了。"

他翘起胡子,双腿重新搭在大剑上,骑上绵羊小跑起来,头也不回地离开了。当他在拐弯处消失后,农场里的动物都唉声叹气。爸爸妈妈有些尴尬,随即他们的尴尬就变成担忧,因为他们听到玛丽内特对德尔菲娜说:

"我迫不及待地想见阿尔弗雷德叔叔。"

"我也是,"德尔菲娜说,"我想告诉他这里发生的一切。"

爸爸妈妈害怕地看着女儿,他们小声商量了一会儿后,大声说:

"我们没有什么要瞒着阿尔弗雷德叔叔的。而且,他要是知道我们这么聪明,用一只绵羊换到一匹黑马,他肯定会称赞我们。"

话音刚落,农场里响起不满的嘈杂声,无论是大牲口还是小家禽都指责他们。驴、骡子、猪、鸡、鸭、猫、公牛、

母牛、小牛犊、火鸡,以及其他动物都盯着主人看,主人厉声说道:

"你们这些动物,打算在这里瞪着眼睛,做白日梦到天黑吗?看看你们的样子,不知道的还以为这里是游乐场,而不是辛勤劳作的农场。行了,散了吧,回到自己的位置去。黑马,你以后就在马厩里,我们现在就带你过去。"

"我很感谢你们,"黑马说,"但我不想去你们的马厩。如果你们以为自己占了便宜而沾沾自喜,那么现在你们该清醒了。你们得明白,我从不属于你们,对于那只可怜的绵羊来说,你们用他换了一场空。你们现在就只剩下悔恨,悔恨自己的不公和残忍。"

"黑马,"爸爸妈妈说,"你这样说让我们很难过。事实上,我们没有那么恶毒。可以肯定的是,我们让你进马厩,是想好好照顾你,你跑了很长的路,一定十分疲惫。你应该好好休息一阵……"

爸爸妈妈看似跟黑马说话,其实在悄悄地靠近他,打算趁他不注意给他套上马笼头。黑马没能看穿他们的阴谋,差点就要被捉住了。

姐妹俩这时已经走远,她们要为午餐布置餐桌,农场的

动物们也听从主人的命令散开了。幸亏鸭子藏在井后看到了一切,意识到危险即将来临。他不顾一切地钻出来,拍打着翅膀大声喊道:

"小心,黑马!小心主人!他们背后藏着马笼头和缰绳!"

黑马一听到鸭子的警告,就立刻蹬直四条腿一跃而起,跑到院子的另一头躲起来。

"鸭子,我不会忘记你帮了我的大忙,"黑马说,"没有你,我现在已经失去自由了。告诉我,你有什么需要我帮你的吗?"

"你真善良,"鸭子说,"我现在没想到,等我考虑好再告诉你。"

"慢慢想,鸭子,不着急。我过几天再来。"

黑马说完,就飞奔上大路跑走了,爸爸妈妈难过地看着这一切。中午时,他们阴沉着脸,没说几句话。他们的心情可以理解,他们一想到用女儿们的绵羊换了一场空,阿尔弗雷德叔叔得知后会如何愤怒,就无比焦虑。看到他们愁眉紧锁的样子,德尔菲娜和玛丽内特无动于衷,她们失去了最好的朋友,这种忧伤无论怎样都无法抚平。姐妹俩离开餐桌,走到草地上放声大哭。鸭子也来到草地上，得知她们为何哭泣后，感到无能为力，忍不住和她们一起哭。

"你们三个为什么在这里哭？"一个声音从他们身后传来。原来是那匹黑马。他问鸭子有什么办法能减轻他的痛苦。

"噢！"鸭子喊道，"如果你把姑娘们的绵羊带回来，我就是全世界最开心的鸭子。"

"我十分愿意，"黑马回答道，"但是，我不知道该怎么做。如果只是让我追上绵羊和士兵，这很容易。他们配合得太差了，应该还没走很远。但是，最难的是如何说服我的前主人放弃绵羊。"

"当我们追上他们再想也不迟，"鸭子说，"先带我们去找他们吧。"

"太好了，但等姑娘们带回她们的绵羊后，她们的爸爸妈妈能让他留下来吗？以我今早的观察，她们的爸爸妈妈似乎并没有因绵羊的离开而伤心。"

"的确如此，"玛丽内特说，"然而，如果他们开始对自己的所作所为感到后悔，我也不会觉得惊讶。"

"无论如何，"德尔菲娜说，"如果有人能去通知阿尔弗雷德叔叔来这里，我们会更放心。"

黑马从她们口中得知阿尔弗雷德叔叔住得不远，走快些的话两个小时就能到他家。于是黑马向她们保证，找到绵羊后，他就飞奔到阿尔弗雷德家报信。

"但当前的任务，是抓紧追上士兵。"

姐妹俩和鸭子跳上马背，黑马在爸爸妈妈惊讶的目光中出发了，消失在马蹄扬起的尘埃中。跑了半个小时后，他们来到一个村庄。

"我们不要急，"马边走边说，"因为我们要穿过整个村子，我们可以借机问问村民。"

他们路过村口的几座房子时，德尔菲娜看到一个年轻女孩站在窗口缝衣服，窗台上摆着一盆天竺葵，于是礼貌地问她：

"小姐，我在找一只绵羊。您看到有士兵路过这里吗？"

"士兵？"还没等德尔菲娜问完，女孩便喊道，"我看到了！我看到他红光满面地穿过广场，武器发出剧烈的响动。他骑着一匹白马，浑身毛发卷曲着，马的鼻孔还喷着火星和烟灰，把我的天竺葵都熏蔫儿了。"

德尔菲娜向她道谢，回头对伙伴们说："这可能不是我们要找的人。"

"仔细一想,"马说,"那应该就是他们。虽然听起来有点夸张,但是在年轻女孩眼中就是那种样子。我一听就知道,小女孩口中毛发卷曲的白马,就是你们的绵羊。"

"那从他鼻孔里冒出的火星和烟灰呢?"玛丽内特反问道。

"我觉得,那应该是士兵在抽烟斗。"

大家很快发觉黑马说得对。他们又往前走了一段,看见一个农妇正在花园篱笆上晒衣服。农妇说她看到一个士兵,骑着一只可怜的绵羊经过这里,绵羊似乎已经筋疲力尽了。

"我正在井边洗衣服,看到他们朝着布勒路走去。绵羊颤颤巍巍爬着坡,还驮着个肥胖的傻子,这傻子还用拳头打他的头,催他往前走。如果你们看到绵羊的惨样,肯定会可怜这只绵羊的。"

听闻绵羊的惨状,姐妹俩忍不住大哭,鸭子也很难过。至于黑马,他在战争中见多识广,依然保持着冷静,他对农妇说:

"士兵走的那条布勒路,离这里远吗?"

"在这个村庄的另一端,那里不太好找,需要有人带你们过去。"

这时,农妇的五岁儿子,从房子一角走向这群旅行者,他拉着一根细绳,绳子的另一头拴着一匹带轮子的漂亮木马。他羡慕地看着姐妹俩,她们比他幸运,骑的马比他的个儿高多了。

"朱尔,"他妈妈对他说,"你带这些人去布勒路吧。"

"好的,妈妈。"朱尔回答道,路上也没放开他的木马。

"我敢打赌,"黑马说,"你很想骑到我背上?"朱尔脸红了,因为他确实是这样想的。玛丽内特让出她的位置,她帮着牵木马,这样木马也能一起走。

德尔菲娜让向导坐在她前面,将他紧紧地抱在怀里,和他讲述绵羊的不幸遭遇,黑马也迈着他最温柔的步伐前进。朱尔听完后对绵羊充满同情,祈祷他们能够成功找回绵羊,甚至表示愿意无条件支持,他和他的木马都可以给他们提供帮助,他和木马都做好准备,只要能够救出备受折磨的绵羊。

玛丽内特比黑马走得更快些,她一直拉着木马,鸭子骑在木马上。到了布勒路后,她从山顶上瞥到一家旅店,旅店门口拴着一只绵羊。玛丽内特看到绵羊后,变得非常激动,鸭子也非常激动,但他们又仔细看了看,很快便发现那不是他们的朋友。他们上下打量那只绵羊,他太瘦小了,大家很快就发现认错了。

"不是,"玛丽内特叹了口气说,"这不是我们的绵羊。"

她停下来等待她的同伴。鸭子抓住机会爬到木马头上,他想从更高的地方看看旅馆和四周。鸭子好像看到绵羊脖子上有什么闪闪发光的东西,像是一把剑。他突然激动地站在木马头上,使劲大喊,由于过于用力差点摔下来:

"就是他!是我们的绵羊!我告诉你们,这是我们的绵羊,是我们的。"

大家站在鸭子背后,听了鸭子的话都很惊讶。"鸭子肯定搞错了。那只绵羊那么小,完全是一只不认识的绵羊。"然后,鸭子生气地说:

"你们是不明白吗?他的新主人一定狠狠地折磨了他,他之所以看上去又瘦又小,是因为他全身的羊毛都被剪掉了。这名士兵很可能已经把羊毛卖到旅店换酒喝了。"

"相信我，"黑马说，"鸭子说的是真的。今天早上，士兵口袋里一分钱都没有了，旅店老板也不会让他赊账。我了解这个酒鬼，我早该想到，我们能在路上遇到的第一家旅店找到他。无论如何，我们得确保那只绵羊是我们的绵羊。"

绵羊已经发现山顶上那群人是他的伙伴，他得让姐妹俩知晓，他已经认出大家。他重复喊了好几次："我是你们的绵羊。"同时挥手示意他们保持谨慎。在他喊完第三次后，士兵出现在旅店的门口。很明显，他是来查看绵羊在大喊大叫些什么。

士兵对绵羊做了一个威胁的手势，又回到旅店。幸亏他没有想过抬头看山顶，毕竟黑马离旅店不远，很容易被士兵认出来，很可能会引起他的怀疑。不过他也喝得醉醺醺的，视线开始变得模糊。

"依我所见，"鸭子说，"我们的绵羊正在被严密地看管着。整件事变得更难了。"

"所以你打算怎么办呢？"黑马问道。

"我打算怎么办？就是在不让人看到的情况下，解开绵羊的绳子，然后把他带回农场。我现在就是这么打算的。"

"我担心事情没这么顺利。即使计划成功了,你觉得绵羊就得救了吗?如果士兵离开旅店的时候,没看到他的坐骑,肯定认为绵羊已经逃回前主人家里,他会立即返回农场去要回他的绵羊,到那时我们只能把绵羊还给他。还回去后,绵羊少不了吃一顿棍棒,他没被士兵一剑砍掉脑袋那是他幸运。不行,鸭子,我们得另想办法。"

"另想办法?说得轻巧,那到底该怎么办?"

"你负责想办法。至于我,帮不了你什么,我在你旁边可能只会让你更紧张。我打算按照计划去阿尔弗雷德叔叔家送信,然后再回到这边跟你们碰头。希望到时候绵羊已经回来了!"

德尔菲娜和朱尔从马背上下来,黑马飞奔而去,剩下的人一起讨论救绵羊的办法。

姐妹俩觉得可以通过唤起士兵的同情心,说服他把羊还回来,但是,朱尔觉得威胁士兵更可行。

"好可惜,我没带我的小喇叭,"朱尔说,"否则我就可以在那个士兵鼻子底下吹奏'嘟嘟嘟',然后向他大喊:'把绵羊还给我。'"

鸭子没有听进去黑马的建议,还想着解开绵羊绳子的计划,他正在说服朋友们去试一试。这时,士兵步履蹒跚地从旅店里走出来。士兵一开始还有些犹豫,但等他成功把军帽戴好后,径直走向绵羊,很显然他打算再次赶路。这样一来,鸭子不得不放弃他的计划。在这个紧急时刻,他突然想到一个好点子。他坐在木马上,对同伴说:

"我们很幸运,士兵现在背对着我们。趁这个机会,你们用力把我推下去,我借着你们的力,冲上旅店的斜坡。"

玛丽内特用绳子拉着木马,使劲往前跑,德尔菲娜和朱尔从后面推着木马。在接近下坡路中段时他们放开木马,躲在树篱后面。

鸭子骑着木马,一路大声喊着:"嘎!嘎!"士兵站在旅店院子中间,听到喊叫声,停下脚步转身看,他看着鸭子骑着木马风驰电掣地朝他冲来。快到达坡下时,鸭子似乎努力拉着坐骑想要减速。

"吁!"他喊道,"混账东西,你不知道停下来吗?喂,你疯了吗!"

木马仿佛听到指令,爬上旅店的上坡路时速度减下来了,最后停在排水沟边。木马的轮子被草缠住了,所以它没有往后滑。鸭子立刻从木马上跳下来,对瞠目结舌的士兵说：

"士兵，向您问好。这间旅店好不好啊？"

"我不太清楚。不过，他们的酒不错。"士兵说，他站得不是很稳，他喝了太多酒。

"因为我从很远的地方来，"鸭子又说，"我得休息休息。我不像那头坐骑，他根本不知道什么是累。这世上就他最疯。他跑得像旋风一样快，除非我求他，否则他绝不停下来。对他来说，跑一百公里也很轻松，用不了两个小时他就跑到了。"

士兵几乎不敢相信自己的耳朵，羡慕地看着这匹性子疯狂的马，可说实在的，他瞧着这匹马还挺温驯的。但他喝得太多，视线太模糊了，不敢太过相信自己，所以更相信鸭子说的话。

"您真走运，"士兵叹了口气说，"噢！是啊，真走运，确实需要运气。"

"您真的这么认为吗？"鸭子说，"好吧，但实话告诉您，我对我的马非常不满意。您一定很惊讶，是吧？但我是一只喜欢旅行的鸭子，这匹马跑得太快了。我都没时间欣赏沿途的景色。我需要的是能驮着我享受旅游的坐骑。"

士兵感到醉意不断涌上头来，恍惚间他似乎觉得木马在颤动着。

"恕我斗胆，"他狡猾地说，"我想跟您提议换个坐骑。我现在急着赶路，但我的坐骑是一只绵羊，他速度慢得让我烦躁不安。"

鸭子走到绵羊跟前，用怀疑的眼光打量他，然后用喙啄啄他的腿。

"这绵羊体形有点儿小啊。"鸭子说。

"我刚刚剪掉了他的毛，显得有点儿小。事实上，这只绵羊很强壮。他的体形足够驮起您了。这点您不用担心。他连我都驮得动，跑得还很快呢。"

"快跑！"鸭子说，"快跑！噢，士兵，在我看来，您的绵羊像一个在地狱里奔跑的魔鬼，十分凶狠。如果是这样，这笔交易对我没有好处。"

"我可能没有解释清楚，"士兵急忙说，"我把实情都告诉您。再也没有比我的绵羊更温柔、更懒惰、更散漫的了，他甚至比乌龟、比蜗牛走得都慢。"

"太棒了，"鸭子说，"我简直不敢相信。可是，士兵，您那诚恳的眼神打动了我，我相信您，决定跟您交换。"

士兵担心鸭子改主意，马上解开绵羊身上的绳子，将鸭子抱到绵羊背上。鸭子不再提在旅店休息的事了，催促他的新坐骑赶紧走。

"嘿，"士兵说，"不要太着急！您没发现您把我的剑带走了吗？"

士兵将绑在绵羊双肩的大剑取下来。"现在，"他转头对木马说，"我们也该出发了。"

"首先，"鸭子建议说，"最好给他喝点水。您看他渴得舌头都伸出来了。"

"确实，我都没注意。"

士兵去井里取水了，趁这工夫鸭子带着绵羊穿过马路，跑去和姐妹俩还有朱尔会合，他们躲在一片高高的黑麦田里，从那里可以看到旅店的院子。德尔菲娜和玛丽内特激动地紧紧抱住绵羊，差点儿把绵羊闷死，大家都流下感动的泪水。如果不是旅店院子里上演的好戏分散了大家的注意力，他们会哭得更久。

士兵给木马打来一桶水，但见木马一直不喝，便怒吼道：

"你喝不喝水？该死的蠢马。我数到三。一、二、三。行了，你改天再喝吧。"

士兵一脚踢翻水桶，骑上木马，很快就发现木马一直停在原地。他开始怒骂，骂了一会儿就发现，木马还是一动不动，他下马抱怨道：

"没关系。我知道怎么治你。"

他拔出大剑，一剑砍掉可怜的马头，马头掉下来扬起一阵灰尘。然后他把大剑收回剑鞘里，用双脚向战场走去。现在，他或许已经是个将军了，我们也说不清楚。

在回农场的路上，德尔菲娜用胳臂夹着马头，玛丽内特牵着没了脑袋的木马身体。朱尔看到他的木马被折磨，心里很难过。但他看着姐妹俩和绵羊高兴的样子，有了安慰。然而，令他伤心的是，他马上就要与新朋友分别，他的朋友们要回家了。虽然妈妈向他保证会将木马重新粘好，但看到朋友们消失在村子尽头，他忍不住哭出声来。

德尔菲娜和玛丽内特心里也不轻松，担心回家后爸爸妈妈会责备他们。此时，爸爸妈妈确实正不停地念叨她们：

"她们别想吃甜点，只能吃干面包。还要揪她们耳朵，看她们还敢不敢乱跑，还敢不敢在我们面前，骑上一匹陌生的黑马逃走。"

他们一直在门口徘徊,望着姐妹俩逃走的方向。

突然,从路的另一头传来一阵马蹄声,他们颤抖着喊道:

"阿尔弗雷德叔叔来了!"

确实是阿尔弗雷德叔叔来了,他骑着黑马,大老远就能看得出他恐怖的神情。爸爸妈妈吓得脸色苍白,攥紧双手,喃喃自语道:

"我们要完了。他一定会刨根问底,然后知道全部真相。我们把这么好的绵羊弄丢了,真是太可惜了!噢!亲爱的绵羊!"

"我在这儿!"绵羊的声音传来,家里的绵羊从房子的拐角走出来,后面跟着鸭子和姐妹俩。

爸爸妈妈高兴极了,不禁跳起来。他们没有责骂姐妹俩,反而主动答应给她们买漂亮的拖鞋和裙子。然后,阿尔弗雷德叔叔骑在马上,不解地望着姐妹俩的爸爸妈妈,他们正在往羊角上系粉色丝带。晚餐的时候,鸭子获准坐在姐妹俩中间吃饭,像人一样彬彬有礼地进餐。

言而有信的天鹅

这天一大早,爸爸妈妈就要出发进城,离开农场的时候对姐妹俩说:

"我们到晚上才回来。你们不要闯祸,最重要的是,千万别离家太远。你们可以在院子里玩,在草地上玩,在花园里玩,但不要过马路。哼!如果你们过了马路,等我们回来的时候就要当心了!"

说最后这句话时,爸爸妈妈恶狠狠地瞪着姐妹俩。

"别担心,"德尔菲娜和玛丽内特回答道,"我们不会过马路的。"

"等着瞧吧,"爸爸妈妈悻悻地说,"我们等着瞧。"

说完爸爸妈妈便大步离开了,时不时回头瞪一眼姐妹俩。姐妹俩一开始吓得浑身发抖,但在院子里玩了一会儿后,就将这些叮嘱抛到脑后。九点左右,她们偶然走到马路边,但她俩没打算穿过马路。玛丽内特突然看到,马路对面有一只小白山羊在田野里散步。德尔菲娜还没来得及阻止,玛丽内特便已经三步并作两步穿过马路,朝着小白山羊跑去。

"早上好啊。"玛丽内特说。

"你好,你好。"小白山羊回答道,但他并没有停下脚步。

"你走得真快啊!你要去哪啊?"

"我要去孤儿大会。现在可没有空闲聊。"

随即小白山羊走进一片麦田地里,麦穗在他身后合拢,他一瞬间消失在麦田里。玛丽内特和刚刚追上她的姐姐茫然地站在原地。

她们正准备往回走,又瞥见前方五十米远的地方,有两只绒毛没褪完的小鸭子,他们走得很匆忙。

"你们好啊,小鸭子。"姐妹俩追到他们身边打招呼。

两只小鸭子停下来,气喘吁吁地趴在地上。

"你们好,姑娘们,"其中一只小鸭子说,"今天天气真不错,是吧?但实在太热了。我弟弟累得不行了。"

"的确很热,你们是从很远的地方过来的吗?"

"我想是的!但我们还有很长的路要走。"

"你们要去哪儿？"

"我们要去孤儿大会。我们已经休息好了，得出发了！我可不想迟到。"

德尔菲娜和玛丽内特还想多打听一会儿，但两只小鸭子已经悄无声息地钻进麦田里溜走了。她们很想跟他走，但想到爸爸妈妈的嘱咐，又不太敢过去。事实上，现在想起来已经太迟了，因为她们已经穿过马路，而且已经走了很长一段路了。她们最终决定返回家里，这时，德尔菲娜发现在森林边缘的麦田里有一个白点在动，她指给玛丽内特看，她们打算走近点看看。她们走到跟前，发现这个小白点是条小白狗。小白狗年纪很小，体形只有半只猫大。他正在草地上全力以赴地奔跑，但是，他的爪子还不够强壮，一路跌跌撞撞，每一步都会把自己绊倒。姐妹俩问他话，他停下来回答道：

"我要去参加孤儿大会，我恐怕要迟到了。你们想啊，我必须在中午之前到达，但我的爪子太瘦弱了，没走多远就累得不行。"

"你去孤儿大会做什么呢？"

"那我给你们解释一下吧。像我这样失去爸爸妈妈的，都会去参加孤儿大会,给自己找个新家。昨天我听说,在去年大会上,有一条小狗被一只狐狸收养了。可惜的是,我恐怕要迟到了。"

这时,小白狗看到一只蜻蜓,突然蹿起来,边跳边叫,转了三圈,然后在草地上打滚,最后累得躺在草地上,伸着舌头喘气。

"你们看,"他缓了一口气说,"我刚刚又玩了起来。我总是忍不住想玩,控制不住自己。你们知道,我太小了。我差不多每走一步就玩一会儿,我不是故意的。所以我就走得很慢。唉!真的,我可能没法准时到达了,也不指望了。如果我有你们这样的大长腿就好了……"小白狗看起来很伤心。德尔菲娜和玛丽内特对视一眼,然后看了一眼已经离她们很远的马路。

"小狗,"德尔菲娜说,"如果我抱着你去孤儿大会,你觉得来得及吗?"

"噢!来得及!"小白狗说,"你们的腿很长!"

"那么,我们马上出发吧。如果一切顺利,我们很快就能回来了。这个大会在哪儿呢?"

"我不知道,我从没去过那里。不过,你们看到那只飞在前面的喜鹊了吗？是她在给我指路。你们可以相信她，跟着她走，她会带我们去那个地方。"

德尔菲娜和玛丽内特便上路了，她们轮流抱一会儿小白狗。喜鹊在前面飞，时不时地落在草地或小径中间比较显眼的地方，然后继续飞行再降落到更远的地方。小白狗从一开始便在德尔菲娜的怀里睡着了，直到两个小时后，他才醒过来，那时他们刚好来到一个大池塘边。喜鹊停在玛丽内特的肩上，对姐妹俩说：

"你们待在靠近芦苇的地方，等他们来接你们。好了，祝你们好运，再见。"

喜鹊飞走了，姐妹俩四处张望，发现周围很热闹。在池塘边上，成群结队的小动物坐在草地上，而且慢慢来了更多的小动物，有小绵羊、小山羊、小野猪、小猫、小鸡、小鸭、小公鸡、小兔子和其他小动物。姐妹俩走了很长的路累极了，现在终于可以坐下来休息了。德尔菲娜开始打瞌睡，这时玛丽内特喊道：

"看那边，天鹅！"

德尔菲娜睁开眼睛，越过芦苇丛，看到两只大天鹅沿着池塘往一个小岛游去，其他天鹅也向小岛靠近，每只天鹅背上都坐着一只兔子。更远的地方，另有两只天鹅拉着一只木筏，木筏由树枝和芦苇制成，木筏上坐着一只吓得哞哞叫的小牛犊。天鹅在池塘里来来往往。姐妹俩看得入了迷。突然，在她们坐着的草丛附近，一只天鹅从芦苇丛中钻了出来，径直朝她们走来。他板着一张脸，干巴巴地问道：

"是孤儿？"

"是的。"玛丽内特指了指躺在她腿上的小白狗说。

天鹅转过头，发出一声长啸，叫声刚停，便看见两只天鹅拉着木筏游了过来。

"上船。"看起来像是负责登船事务的天鹅命令道。

"等等，"德尔菲娜说，"我必须解释一下……"

"没什么好解释的，"天鹅打断她的话，"如果愿意，你们可以上岛再说。快点上船！快！"

"我得告诉你们……"

"保持安静！"

天鹅目露凶光，伸长脖子，将喙靠近姐妹俩的小腿，威胁着要啄她们。

"来吧，"拉木筏的天鹅说，"听话一点儿，事不宜迟。"

姐妹俩吓得不敢再反抗，只能爬上木筏。两只天鹅立刻向小岛游去。这趟旅程相当愉快，姐妹俩很快便忘掉离岸的难过。途中遇到从岛上归来的天鹅，他们已经把乘客送到岛上。还有一些天鹅，驼着一只小猫或一头小野猪，工作比较轻松，飞过木筏到达小岛上。小白狗坐在船上玩得高兴极了，好几次差点从玛丽内特的怀里跳下来，想去玩水。

从岸边游到岛上花了差不多一刻钟。

上岸后，一只天鹅过来领走姐妹俩和小白狗，把她们带到一棵白桦树的树荫下，并且警告她们不得擅自离开。德尔菲娜和玛丽内特在周围的一群小动物中认出小白山羊和两只小鸭子，还有她们刚刚在池塘边看到的几只小动物。

玛丽内特数了数，这里大约有四十只孤儿动物，他们长着绒毛或是羽毛，天鹅不断地带来新的小动物。小动物都在想着找新家这件事，他们心情激动，没有人说话。

在岛的另一端聚集着另一群动物。

一排灌木丛把岛分隔成两部分，另一端看不太清楚，但依稀能看出那边聚集的都是成年动物。他们似乎很健谈，声音传到姐妹俩的耳中。

等了一刻钟，德尔菲娜看到一只年长的天鹅，正站在孤儿动物面前来回踱步，看起来他是负责照看他们的。

他边走路边点头,一副和蔼可亲的样子。他见德尔菲娜在向他招手,他走上前和蔼地说:

"你们好啊,我的孩子。春天的天气真不错呀,不是吗?……你们有什么事情吗?想必你们也知道,我的耳朵不太好使。"

"我想跟您说,我和我妹妹现在想回家。"

"是的,谢谢,我的身体还算不错。"老天鹅回答道,看来他听力确实不太好。

"我们要回家了。"德尔菲娜提高嗓门说。

"你说得对,天气逐渐变热了。"

德尔菲娜凑近老天鹅的耳边,声嘶力竭地喊道:

"我们没时间了!我们得回家了。"

她还没说完,一只天鹅突然从灌木丛中钻出来,就是把他们赶上木筏的那只,怒吼道:

"又是这两个小姑娘!整个岛上都能听到她俩的声音,天哪!我受够了!"

"我姐姐正在解释……"玛丽内特刚要开口。

"安静!你们真是没规矩。再这样,我就把你们丢到池塘喂鱼。你们两个坐回去!"

说完天鹅便走开了，但仍时不时回头瞪她们一眼。姐妹俩不再急着解释，而且天气太热了，她们十分疲惫，很快就在白桦树下睡着了。

醒来后，她们惊讶极了。在离她们几步距离的地方，有六只天鹅背对着孤儿，三个在右边，三个在左边，坐在一个像讲台的小土丘上。天鹅面前，刚才在岛的另一端聊天的动物：猪、兔子、鸭子、野猪、鹿、绵羊、山羊、狐狸、鹤，甚至还有一只乌龟，齐刷刷地站在那里。大家都抬头看着讲台，似乎在等谁。很快，第七只天鹅出现了，他站在六只天鹅中间，礼貌地向动物们打招呼：

"亲爱的朋友们，我们的孤儿大会如约而至。很感谢你们还没有忘记，我希望你们能遵从自己的内心做出选择，但也要考虑自己的实际情况。大会现在开始！"

第一个走上讲台的是一只小羊羔，随即就被一只肥绵羊收养了。接下来是一只小野猪，被一头野猪领养了。孤儿们陆续上台，又陆续被领走，一切都井然有序，直到一只老狐狸要求收养两只小鸭子，那正是姐妹俩早上见过的两只小鸭子。

"他们找不到比我更好的父亲了，"他说，"你们完全可以信赖我,我一定会十分用心地照顾他们。"

主持大会的天鹅跟他的兄弟们低声讨论,然后拒绝狐狸的要求说:

"狐狸,我不想质疑你收养这些孤儿的意图。我甚至相信你会用心地照顾他们,但我担心他们的幸福是短暂的。对一只狐狸来说,两只小鸭子是个巨大的诱惑。"

德尔菲娜和玛丽内特比较安心的是,如果没有人收养她们,她们就会重获自由。她们望向最后一排,小白狗在他的新家人中间睡着了,姐妹俩很庆幸小白狗在睡觉,否则他就会不断乞求他的斗牛犬爸爸妈妈收养他的朋友们。

"没有人要领养她们吗?"天鹅问道,"但是,我们总不能让两个小姑娘流落街头啊。狐狸,你刚刚那么渴望领养两只小鸭子,现在你难道不想为这两个小姑娘做点什么吗?"

"我能力不太够,"狐狸说,"你们也看到了,我性格太好,实在是太好了。我一点儿也不威严,没法教育两个精力充沛的小姑娘。哦,真的,完全不能,我不能领养她们。我很抱歉,但这也是为了她们好。"

于是,天鹅又问刚刚收养了一头小驴的鹿愿不愿意收养两个小姑娘。

"我很想领养她们,"鹿回答道,"但这太疯狂了。想想看,我一生都在人类、猎狗和猎枪的威胁下奔跑。不行,不行,领养她们不是一个明智的选择。她们很漂亮,但是——我很遗憾。"

天鹅又咨询了其他动物的想法,但他们都不想领养姐妹俩。正当一头野猪拒绝时,前排的一只乌龟从壳中伸出脖子,平静地说:

"既然没有人想要领养她们,那我领养她们吧。"

这个提议令人惊讶,在场的动物们都哈哈大笑。姐妹俩一想到她们可能会成为乌龟的女儿,也忍不住笑起来。天鹅让大家安静下来,对乌龟表达了感谢,称赞她的慷慨,然后,在不冒犯乌龟的前提下,小心翼翼地提醒乌龟,她的体型太小,速度太慢,无法管束这样高大的两个小姑娘。乌龟没有反驳,但显然是不开心了,一声不吭地把头缩回龟壳里。会场再没有人声称要领养姐妹俩了,天鹅与他的兄弟们低声商量。德尔菲娜和玛丽内特眼看自己就快重获自由,看着天鹅为难的样子很好玩。天鹅重新回到讲台,大声说:

"我和我的兄弟们决定收养这两个小姑娘。我们可以管教这些没有教养、没有规矩的孩子，我们相信这并不费劲。明年你们来参加孤儿大会时，我想你们会惊讶于她们在这一年中的进步。"

姐妹俩再次站起来，试图解释她们的冒险经历，但是，天鹅没有给她们机会，就把她们从会场带下去，带到岛上的一个角落，交给耳朵不好的老天鹅照顾。她们远远地看到动物们陆续穿过池塘离开小岛。

"等动物们全部离开池塘，"德尔菲娜安慰着妹妹，"等天鹅们回到岛上，必须让他们听听我们的解释。他们总不能一直不让我们说话。"

"可能在那之前，"玛丽内特说，"时间就来不及了。爸爸妈妈很可能已经在回家的路上，如果他们先回家……他们嘱咐过我们不要过马路！唉！我不敢想了。"

下午四点左右，所有动物都离开了池塘，但天鹅们还没回来。他们正忙着在远处捕鱼，此刻的岛上空无一人。德尔菲娜和玛丽内特越来越担心，神色愈发慌张。看到她们如此不安，老天鹅试图安慰她们。

"你们不知道，你们在这里我有多开心，"老天鹅说，"我觉得如果你们不在，我就活不下去了。今天时间仓促，你们可能有点不安。让你们留在岛上，是想让你们休息休息。明天你们就可以去学游泳、捕鱼。你们会发现，这里的生活是多么美好。现在，你们应该饿了吧？"

姐妹俩的确饿了。老天鹅让她们耐心等等，他离开了一会儿，回来的时候嘴里叼着一条鱼。

"给你们，"他说着把鱼放在她们面前，"快点吃吧，趁这条鱼还新鲜，他还在跳着呢。我再去给你们抓一些鱼。"

姐妹俩摇着头后退几步，玛丽内特拿起那条鱼将他放回池塘。

老天鹅大吃一惊。

"你们不喜欢吃鱼？"老天鹅问，"鱼在喉咙里颤抖的感觉最棒了。好吧，应该给你们找点其他吃的东西。我想想……"

姐妹俩因为过于不安，已经感觉不到饥饿了。不一会儿，她们就发现，在池塘的另一端，太阳已经落到树梢上了。现在估计是晚上六点钟了，爸爸妈妈可能已经在回家的路上了。德尔菲娜和玛丽内特因为害怕，忍不住哭出声来。老天鹅看到她们的眼泪，顿时没了主意，在她们面前急得转圈圈。

"你们怎么了?出什么事儿啦?噢!我上了年纪之后就什么都听不到了,这太可悲了!这么漂亮的两个孩子。我想到办法了。跟我来,我下到水里就能听到你们的话了。"老天鹅来到池塘里,将他的喙放在水里,德尔菲娜开始向他讲述,她和玛丽内特违反爸爸妈妈的嘱咐,描述她们是怎样过了马路,怎么来到这里,以及随后发生的事情。当她讲完后,老天鹅便向池塘的中央游去,用力发出嘶嘶的声音。紧接着,那些在捕鱼的天鹅都游过来,在他面前围成一个半圆。

"你们这些可怜虫!"老天鹅气得浑身发抖,怒吼道,"我不知道为什么我还能忍住,没有把你们都赶出池塘!你们是天鹅部落的耻辱。这两个善良的小姑娘,将一只小白狗孤儿一路带来这里,而你们竟然将她们囚禁在岛上!还不让她们开口说话,不让我知道你们干的蠢事。"

天鹅们无地自容地低下了头。

"如果姑娘们被她们的爸爸妈妈骂了,"老天鹅一边说一边将天鹅赶向小岛,"你们也要跟着倒霉!"

天鹅们来到姐妹俩面前,老天鹅吩咐道:

"弯下你们的脖子道歉！"

天鹅们趴在姐妹俩面前，把他们的长脖子整齐地平放在地上。德尔菲娜和玛丽内特很不自在。

"现在，你们去准备一条由五只天鹅拖的木筏，一分钟都不要耽搁！我们将顺着水渠，把她们带到小河上，然后再逆流而上，游到离马路最近的地方。当然，我们要一直把她们送到家门口。快点，动起来，懒汉们！"

天鹅们立刻东奔西跑，很快就准备好木筏。德尔菲娜和玛丽内特爬上木筏，五只天鹅拖着木筏，六只天鹅在前面开道，把阻碍木筏前进的树枝清理干净。老天鹅在木筏旁边监督。来到水渠时，天鹅们都担心老天鹅体力不支，建议他不要再跟着去。"您这个年纪，"他们说，"这么长的旅程对您来说太危险了。"德尔菲娜和玛丽内特也恳求老天鹅回到岛上。

"别担心，"老天鹅回答道，"一只老天鹅的命不算什么，重要的是不能让姑娘们挨骂。来吧，快点，快点！天快黑了。"

的确，太阳已经落下去了，夜色蔓延到池塘上。顺着水流，木筏在水渠上快速地前行。五只天鹅不遗余力地拉着木筏前进。老天鹅气喘吁吁地跟着他们，一旦他们想放慢速度，就立刻对他们喊道：

"快一点儿！你们这些乌龟，再不快点姑娘们就要挨骂了！"

木筏到达小河时，天完全黑了。他们要拼尽全力逆流而上，黑暗使航行变得更加困难。幸亏月亮很快升起，他们更容易看清前方。终于，老天鹅指挥大家下船。看到筋疲力尽的老天鹅，德尔菲娜和玛丽内特催他赶快去休息，但他假装没听见，非得先将她们领到路边。

"不要再浪费时间了，我怕我们会来不及，"老天鹅说，"噢！真的，恐怕来不及了。"

在这支洁白队伍的护送下，姐妹俩来到马路，她们看向前方，差点叫出声。

在她们前面大概一百米的地方，爸爸妈妈正背对着她们走向屋子。他们手里还挎着篮子。

老天鹅一下就明白了，立刻把姐妹俩带到路边的树篱后，低声对她们说：

"你们从树篱这边跑过去，很快就可以超过你们的爸爸妈妈。当你们跑到屋子那头，需要穿过马路时，我们想办法吸引你们爸爸妈妈的注意。但关键是你们得先超过他们。"

姐妹俩很想遵循老天鹅的建议,但是,她们太累了,从早上开始就没有吃东西,几乎站不住了,她们走的速度比爸爸妈妈慢,没法超过爸爸妈妈。

"现在就难办了,"老天鹅喃喃道,"我们得争取点时间。让我来!"

他走到路上,追上爸爸妈妈,对他们喊道:

"两位好人啊!你们路上有没有丢东西啊?"

爸爸妈妈停下脚步,借着月光检查他们的篮子里是否少了什么。老天鹅不再追着他们跑了,相反,他尽可能缓慢地走着,好让姐妹俩能有时间超过他们。爸爸妈妈不耐烦地等着老天鹅。

"你们什么都没丢吗?"他走到他们身边说,"我在路上发现一根漂亮的白羽毛,因为它不属于我,我以为它是你们掉的。"

"你以为我们和你一样蠢吗?你觉得我们长着羽毛吗?"爸爸妈妈吼了老天鹅几句,转身走开了。

老天鹅折回到树篱的边上。

姐妹俩设法领先了一点儿,但是,爸爸妈妈迈着大步前进，很快就赶上她们并超过她们。老天鹅看上去疲惫不堪，但他仍然强撑着鼓励姐妹俩使劲跑，还带领天鹅们向前跑。姐妹俩看到一群白色的大鸟静静地从她们面前跑过，然后消失在树篱的间隙里。这时，爸爸妈妈继续走在路上，嘴里讨论着家里的女儿。

"希望她们今天听话，没有过马路，"他们说，"哼！如果她们敢过马路……"

德尔菲娜和玛丽内特听到爸爸妈妈的谈话，吓得腿都软了。突然，爸爸妈妈停了下来，睁大眼睛。因为路中间出现了十二只天鹅，他们正在月光下跳舞。他们两两一组，单脚站立，相互鞠躬，围成一个圆圈，然后又伸长脖子，抬起脑袋，十二个脑袋齐刷刷地朝向各自喙的方向，在原地旋转起来，速度快到分不清彼此，就像一场雪花旋风。

"这很漂亮，"爸爸妈妈看了一会儿后说，"但现在不是欣赏舞蹈的时候。我们耽搁太长时间了。"

他们从天鹅的队伍中穿过，头也不回地继续前进。在树篱的另一边，姐妹俩已经超过爸爸妈妈，但她们又听到爸爸妈妈的脚步声，觉得不可能比爸爸妈妈先回家了。老天鹅和他的同伴离开马路，跟在姐妹俩后面，但他太累了，跌跌撞撞，几近摔倒。原本他就在不停地奔波，又全力跳了舞，根本没有力气了。最后，他拼尽全力赶上姐妹俩，那时爸爸妈妈离房子只有一百米了。

"不要害怕，"老天鹅说，"你们不会挨骂的。但我要离开你们了，我的伙伴们会陪着你们的。答应我，你们会听他的话。时候一到，他们会带你们穿过马路。"

说完老天鹅就离开树篱，用尽他最后的力气，冲到田野的中间。渐渐地，他的速度越来越慢，他感到他的脚开始僵硬了，他重重地扑倒在草地上，再也站不起来。然后他开始唱歌，就像所有濒死的天鹅一样。他的歌声是那么地美妙，让人不由得热泪盈眶。爸爸妈妈牵着手走在马路上，听到这首歌，情不自禁地转身，穿过田野去寻找那个声音。天鹅的歌声停止后，他们仍然在露水中穿行，过了很久才回家。

德尔菲娜和玛丽内特在厨房里做针线活儿。餐具已经准备好了，灯也点上了。当爸爸妈妈走进厨房时，他们用微弱的声音向女儿问好，这简直不像他们的声音。他们一直仰着头望着天花板，眼眶湿润着，这是前所未见的事情。

"真可惜，"他们对姐妹俩说，"真可惜你们刚刚没有过马路去看看。一只天鹅在草地上唱歌。"

头戴桂冠的小黑公鸡

这天,德尔菲娜和玛丽内特正穿过草地去学校,她们看到一只小黑公鸡匆忙地跑进高高的草丛里。

"你要去哪里啊,公鸡?"玛丽内特问。

"我要走了,"公鸡头也没回地说,"我没有时间说闲话。"

很明显,他并不信任姐妹俩,也不想告诉她们实情。他边走边用嘴啄胸口的羽毛,金色的眼睛闪烁着愤怒的火焰。玛丽内特听到他这样回答,觉得很伤心。

"就不能礼貌一点儿吗,他以为他是谁呢?"她在姐姐的耳边低声说,"不过就是一只平平无奇的小公鸡罢了……"

"他确实有点傲慢,"德尔菲娜说,"我倒不认为他没礼貌。他大概是知道,你昨天下午在学校被扣了两分,所以他不想回答你。"

"既然他什么都知道,那他肯定也知道我昨天扣分是被冤枉的。"

就在姐妹俩争论时,公鸡已经走远了,现在只能看到他的鸡冠,那是葱郁的草地上唯一的红色斑点。

德尔菲娜追上公鸡并超过他,向他鞠了一个躬。

"公鸡,我妹妹好奇心太重,但她真的很想知道,像你这样一只羽毛漂亮、鸡冠鲜红的公鸡,到底要去哪里啊?"

小黑公鸡停下来了。他听到有人夸赞他的羽毛和鸡冠,心里美滋滋的。他站直身子,将一条腿伸直,另一条腿弯起来,挺起他的胸脯。

"啊哈!我来自遥远的地方,姑娘们,但我还有很远的路要走。如你们所见,我刚越过一座桥,穿过一条河!"

玛丽内特在他身后耸了耸肩,看着她的姐姐,仿佛用眼神在说:"他已经过了河,哼……似乎并不……我每天都会经过这条河。"因为她很有礼貌,什么也没说出来,德尔菲娜又问:

"所以你为什么要进行这趟伟大的旅程呢,公鸡?"

"这说来话长了,姑娘们,说来话长(说着他将胸脯鼓得更大了)我一想起来……噢!你们也看出来了,我很生气。你们想象一下,昨天晚上,狐狸又在鸡舍外溜达,两周内已经溜达三次了。他知道我睡得很沉,便趁晚上过来溜达,但不用担心,我不会让他轻易得逞。那天他很走运,我没有醒……"

玛丽内特使劲忍住,提醒自己不要笑出来。她喊道:

"但是,公鸡,狐狸应该把你吃了才对,你那么小!"

听到这句话,公鸡转过身来,他愤怒得鸡冠都在抖。

"我那么小?哼!请好好瞧瞧……在这世上只有一样东西有价值,那就是勇气。感谢上帝,我从不缺乏勇气。昨晚,狐狸又从我眼皮子底下逃跑了,但是我黎明时分就离开鸡舍,出发去森林。我肯定能找到狐狸的藏身之处,让你们刮目相看!"

公鸡开始绕圈子走,头往后仰,一副高傲的样子。他嘹亮的声音和出色的口才让姐妹俩信服。玛丽内特也不再想笑了,公鸡的态度也缓和下来。

"如果你们愿意,"公鸡说,"可以帮我一个忙。我不太确定该怎么走,这里的草太高了,我看不到路了。"

德尔菲娜把公鸡捧在手里,放在肩上,这样他就可以望见整个草地。玛丽内特仍然有点生气,忍不住说:

"不管怎么说,公鸡,长得高的确方便很多。"

"某些时候可能有些用处,"公鸡说,"但你也得承认,个子大并不好看。"

上课时间早就到了,但姐妹俩毫不犹豫地就逃了课。

如果姐妹俩知道逃课的后果,绝对不会这样做。

公鸡正在向前走,还对她们说:

"真想让你们瞧瞧,狐狸见到我后,一脸的狼狈样。不用害怕,我会保护你们,使劲威慑他,让他不敢再乱来。瞧瞧我怎么吓唬他吧……"

小黑公鸡停在一朵黄色的花毛茛前,这是他见到的最大的一株花。他挥舞着他两只短翅膀,竖起所有的羽毛,目露凶光,跳到花上,用嘴撕裂它的花瓣,然后跳到地上,使劲践踏花瓣。

"事实上,"德尔菲娜小声地对妹妹说,"我才不想到狐狸的地盘去。"

"也就是说,咱俩不想成为那朵小黄花。"玛丽内特说。

然而,当大家越靠近树林,公鸡反而越没有之前那么急迫。他几乎每走一步都要停下来,夸赞自己的力量和勇气。

"看看，雏菊花，哼，和花毛茛同样的下场……还有，矢车菊也是如此。"

"好吧，"玛丽内特说，"但是狐狸呢？"

最后，姐妹俩一直催促他继续前进，他这时候只想找机会逃跑：

"我得告诉你们，因为我的缘故，让你们逃了课，我感到非常内疚。教育资源如此宝贵，无论如何都不应该浪费。作为三个人里最理智的一个，好啦，我决定不管那只狐狸了，改天再去教训他，现在我想先带你们去学校。"

"噢！不，"玛丽内特抗议道，"现在去上课已经太迟了。你要是有这个想法应该提前说，而且，你知道的，我们不需要你也能自己找到上学的路。来吧，我们去树林，不然我就认为你在害怕。"

公鸡非常懊恼，但他已经夸下海口，无法回头了。无论他如何绞尽脑汁找借口，也无法找出一个像样的理由为他的半途而废辩解。

"好吧，好吧，别再说了。我啊，我只是给你们一些好的建议，你们爱听不听。"

但是，当公鸡到达树林的边缘时，他停了下来，决定不再往里走。

"要知道，"公鸡说，"如果狐狸知道我要来，他肯定会提前布下陷阱。我还没有那么蠢，在毫无准备的情况下自投罗网。这里有一棵刺槐，很合适当瞭望台。我会在这里观察树林边缘，确保狐狸不会逃跑，在此期间，你们到树林里打探。如果我们不够幸运，没机会抓住他，那就改天再来。"

在德尔菲娜的帮助下，公鸡爬上刺槐树，姐妹俩随即走进树林。可她们还没有走五分钟，就被诱人的草莓吸走注意力，这些鲜艳欲滴的小草莓看上去甜美可口。姐妹俩兴高采烈地摘起草莓，都没有听到狐狸靠近的声音。

"嘿！嘿！"狐狸向姐妹俩打招呼，"看这样子，你们逃学了？"

德尔菲娜脸红了，狐狸随即微笑着补充道：

"你们要小心，不要弄脏罩裙。不然你们的爸爸妈妈会怀疑的，你们说在上学路上摘草莓，他们是不会相信的。"

姐妹俩被逗笑了，感觉跟这只狐狸相处，比跟其他人相处都舒服自在。

"可爱的姑娘们，你们叫什么名字呀？"

"我叫德尔菲娜,我妹妹叫玛丽内特。她比我小。"

"在我看来,玛丽内特拥有最美丽的金发,德尔菲娜拥有最闪亮的大眼睛。多么漂亮的小姑娘,我已经喜欢上你们了。"

"您太真诚了,狐狸先生。"

然而,狐狸把头转向森林,用鼻子嗅了嗅入口,带笑的眼睛微微眯起。

"嗯!这边闻起来不错……我不知道,但看起来……"

"这些是草莓,"玛丽内特说,"您要尝一些吗?我摘了一些熟透的,您知道的,这种更甜。"

狐狸绅士地向她道谢,德尔菲娜看到他走向树林的边缘,便对他喊道:

"您不要走那条路!公鸡正在树林的出口监视,他说他要教训你。"

"哦!哦!教训我?"狐狸说,"其中一定有误会,因为公鸡一直把我当作他最好的朋友之一。我会解决的,你们别担心。我只需要跟他私下谈谈,几分钟便能平息他的怒火。待会儿我请你们来见证我们和好。现在,你们继续摘草莓吧。剩下的足够小鸟吃了。"

狐狸大步流星地奔向树林的出口，很快就消失得无影无踪。姐妹俩称赞着狐狸蓬松的尾巴和美丽的皮毛，还向他友好地挥挥手，随后继续摘草莓，她们对草莓的贪婪，绝不亚于狐狸对小鸡、母鸡和公鸡的渴求。

狐狸坐在刺槐树的脚下，看着站在粗壮树枝上的公鸡，很想吃掉他。狐狸甚至没打算隐藏他的渴求，反而大声地对公鸡说：

"你知不知道，昨晚我经过农场的窗户时听到了什么？你的主人计划用葡萄酒酱汁来炖你，作为下个星期天中午的大餐。你无法想象这个消息让我多痛苦。"

"噢，我的上帝，葡萄酒酱汁！他们想用葡萄酒酱汁炖我！"

"别再说了，我已经起鸡皮疙瘩了。但是，如果你想玩弄他们一下，你知道应该怎么做吗？你从树上下来，让我把你吃掉。这样，他们肯定会大吃一惊！"

狐狸大笑起来，露出他又尖又长的牙齿，贪婪地用舌头舔着牙齿。

公鸡不愿意下去。他说他宁愿被主人吃掉，也不愿被狐狸吃掉。

323

"随你怎么想，但我更喜欢自然死亡。"

"你喜欢自然死亡？"

"是的。我指的是：被我的主人吃掉。"

"真是个笨蛋！而且，这根本不是自然死亡！"

"你不懂就别乱说，狐狸。主人总有一天会杀了我们。这是通用法则，没有动物能逃脱。即便是不可一世的火鸡，也难逃厄运。主人最后还是把他和栗子一起炖了。"

"但是，公鸡，假设你的主人不吃你呢？"

"没有假设，这是不可能的。这个规则没有例外，我们的归宿就是锅。"

"是的，但假设一下……试着假设一小会儿……"

公鸡使劲想象这样的情况，无意识地摇晃着树枝。

"这样，"公鸡小声地嘀咕着，"我们就永远都不会死了……只要好好注意不要遇到车祸，我们就可以一直无忧无虑地活下去了……"

"啊！说得对，公鸡，你将会永远活下去，这正是我想让你明白的。告诉我，是谁在威胁你的生命，是谁让你每天都战战兢兢地活着，生怕被宰了？"

"行了，我告诉过你……"

狐狸粗暴地打断他的话，不耐烦地喊道：

"好吧，好吧，你肯定又会跟我说起你的主人，绝对是这样……想想如果你没有主人呢？"

"没有主人？"公鸡重复道，他吓得目瞪口呆。

"没有主人，我们可以过得非常好，过世上最好的生活，我敢保证。我啊，活了将近三个世纪（他说三个世纪，但这是假话，他出生于1922年），我自由自在地活了三个世纪，从没后悔过。我拥有了自由，怎么可能会后悔呢？如果我像你一样甘愿附庸于主人，我老早就被吃掉了。在我肉最嫩的小时候就会被吃掉，不会像现在这样，拥有三百年的生命。顺便说一句，活上三百年的好处是：我们会有非常多的回忆！所以，虽然现在跟你聊着天的我看起来一无所有，但我讲起故事来，一时半会儿可讲不完。"

公鸡边听狐狸讲话，边用树干揉搓脑袋，他困惑极了。在他的一生中，从未如此努力地思考过。

"这样的确很好，"公鸡说，"但我在思考，我是否适合那样的生活。主人有很多缺点，现在想想，我十分痛恨他们把公鸡炖了吃！哦！是的，我痛恨他们。但无论如何，在他们庇佑我们短暂的一生期间，我必须承认，他们让我们衣食无忧：有上等饲料，优质的谷物和遮风挡雨的家。你见过我在树林里徘徊，寻找食物吗？如果没有他们，我不会有这漂亮健壮的前胸……更不用说独自生活在这片森林里，我一定会感到无聊。"

"上帝啊，别担心食物。在森林里，你只需要弯下腰来，就能吃到最美味的蚯蚓，更不用说树林里的水果了，我知道哪里有合你胃口的野燕麦。不，食物并不重要。我更担心你会因孤单而难受。但我想到一个解决方案：说服全村的公鸡母鸡都跟随你，共同在森林里生活。这对你来说轻而易举。这件事很美好，他们肯定会非常感兴趣，剩下的就靠你的口才了。一旦成功，你就可以带领你的种族迈向更美好的生活，你将拥有多么大的成就感啊！你将拥有多么大的荣耀啊！而对你们所有鸡来说，能永远无忧无虑地生活在绿荫和阳光下，这也是一种解放！"

狐狸开始吹嘘自由的乐趣和森林的魅力。他还讲了一些动听的故事，这些故事森林居民都听过，但这只刚刚走到平原的公鸡对此一无所知。公鸡听完捧腹大笑，不由得用一条腿去捂肚子，一下子失去平衡，从刺槐树的树枝上摔下来，掉在树脚下，狐狸非常想吃掉他，垂涎欲滴，但他努力克制自己的欲望，没有伤害公鸡，还帮助他站起来。

"所以你不吃我？"公鸡声音颤抖地问道。

"吃你？别这样想！我一点儿也不想。"

"但是……"

"不错，我经常会吃掉你的某个同伴，但这缘于我们的友情，以免他惨死在锅里，我向你保证，我根本不想吃他们。"

"原来我们一直误会你了，真是令人难以置信！"

"即使你求我，我也不会吃掉你，你不合我的胃口。因为，我越思考就越相信，你被赋予了不凡的使命，注定要与你的同类一起完成一项伟大使命。我能看到，完成这项使命的品质——高贵的内心、坚定的意志、沉稳的性格，还有敏锐的判断力，都在你这闪闪发光的眼里。"

"嘿，嘿。"公鸡点着头认同道。

"当然，你没有说出你的计划，但如果你说你没有计划，我会大吃一惊。"

"我当然有计划！然而，令我担心的是，树林的生活隐藏着许多危险。例如，我不敢想象榉貂和黄鼠狼是否也会像你一样，对我们这么友好。噢！我很勇敢，我的好兄弟也很勇敢，但不管怎么说，我们没有利牙用来自卫，也没有翅膀用来逃命。"

听完公鸡的话，狐狸点点头，深深地叹了口气，仿佛是因为看到他最好的朋友陷入无知而感到难过。

"真是难以置信，驯养生活能将一只聪明的公鸡变成这样……你的主人比想象中的更加邪恶。我可怜的朋友，你抱怨你没有牙齿和翅膀，但你能怎么办呢？你们原本可以拥有！但你的主人在你们长出利牙和翅膀前，就将你们杀掉了啊！唉！他们知道自己在做什么，真是一群无赖……但别担心，你的牙齿很快就会长出来，它们会十分锋利，到那时不论是榉貂还是黄鼠狼，都不会让你害怕。在此之前，我会保护你们。刚开始，你们还需要小心谨慎，等你们长出牙齿后，你们将无所畏惧。"

德尔菲娜和玛丽内特等了很久，狐狸也没来叫她们，觉得狐狸和公鸡聊得够久的，她们担心他们的谈话会出岔子，决定走出树林。德尔菲娜开始担心公鸡的安危，后悔让狐狸知道了他的藏身处。到达刺槐树后，她们松了一口气，因为他俩像朋友一样其乐融融地聊着天呢。

"姑娘们，"公鸡说，"我们现在很忙，狐狸和我，有一件重要的事情要做，刻不容缓。你们去玩你们的游戏吧，等到了时间，我会带你们回家的。"

玛丽内特看不惯这只小公鸡竟敢用这种语气跟她说话，德尔菲娜也不是很高兴。狐狸还需要维系和姐妹俩的友谊，于是他想要消除公鸡留下的糟糕印象。

"恰恰相反，公鸡，我认为姑娘们的存在并不多余。那件事的确很重要，但你们可以给我们提供一些有用的建议。我们的朋友告诉我，他有一个宏伟的计划，现在方案已经日渐成熟，我敢肯定，你们能够帮助他实现这个计划。"

他向姐妹俩介绍整个计划，他的话充满煽动性，再次激发了公鸡的热情。德尔菲娜被感动得泪眼盈眶，同情那些被奴役的鸡，他们被嗜血成性的主人肆意踩躏，她十分认同他们归隐森林的计划。虽然玛丽内特也打心底里支持这个计划，但仍然对公鸡要支开她们这件事耿耿于怀，她说：

"计划听上去很不错，但是我嘛，我很喜欢吃鸡肉。如果你们都离开鸡舍，我就没有鸡肉吃了。"

听完这番话，公鸡怒不可遏。他走到玛丽内特面前，咬牙切齿地对她说：

"没错，你再也吃不到鸡肉了。难道你们认为鸡来到这世界上，就只是为了被丧心病狂的主人吃掉吗？鸡肉必须从你们的菜单里删掉！而且你们不要以为，我们会忘记你们给予的伤害。等我们长出牙齿，你们将会为过去对我们的虐待付出代价。"

公鸡看起来咄咄逼人，玛丽内特有点害怕，但她强装镇定地回应道：

"我不知道你是否会长出牙齿，这也不是不可能。总之，我想说的是，烤箱烤出来的金黄焦脆的烤鸡十分美味，还有，我记得我尝过用葡萄酒炖煮的鸡，那也很好吃。"

德尔菲娜用手肘不断轻抵着妹妹，提醒她说话小心点，因为她看见公鸡已经愤怒得浑身颤抖了。狐狸不得不拉住他的朋友，阻止他冲向玛丽内特。

"我们都冷静下来，亲爱的公鸡，都冷静冷静。我相信姑娘们不会让我们后悔信任她们，她们也不会向她们的爸爸妈妈出卖我们。"

"出卖我们？"公鸡喊道，"她们敢吗？如果被我知道了，我会把她们两个都吃掉。"

姐妹俩听到公鸡的话，不由得耸耸肩。公鸡的喙可能会啄伤她们的小腿，但如果要吃掉她们，那是不可能的，他太小了，她们对公鸡的能力一清二楚。

狐狸意识到是时候说些煽动的话了，于是他装出一副好人的样子，立马赢得姐妹俩的信任。

"上帝啊，我们都是理智的人。我们从心底达成共识。我们的好朋友公鸡，反抗残酷的主人，我确信玛丽内特会支持他。然而，公鸡的主人不就是被她称为爸爸妈妈的人吗？爸爸妈妈既烦人又刻板，对他们的孩子都很残忍，难道我们不了解吗？"

姐妹俩想反驳这一说法，她们想说她们很爱爸爸妈妈，但狐狸不给她们机会说话。

"没错！又残忍又不公正，这么说并没有夸张。想想，就在前几天，他们还打了你们两个（他随口编造的），你们不该被罚……"

"那天，"玛丽内特说，"我们的确不应该被罚，这是真的。"

"看吧，我告诉你，他们的乐趣就是不公正地对待小孩，让小孩难过。他们也知道，树林里有草莓，但非得让你们去上学……"

"的确如此。"

"过一会儿，如果他们发现你们逃学，他们会再次惩罚你们，只给你们吃干面包。"

姐妹俩吸吸鼻子，想着那些可能正在等待着她们的惩罚。

"他们一定会发现，"狐狸继续说，"别的学生的爸爸妈妈肯定已经告诉他们的孩子了，因为父母都会互相帮助，你们看，他们也惩罚他们的孩子，虐待他们的鸡。我们必须好好教训一下他们。当他们发现院子里的公鸡没了，母鸡也没了，他们会开始反思，他们将更公平地对待孩子，免得孩子也离他们远去。"

姐妹俩听完非常激动，但她们犹豫是否要加入公鸡的反抗队伍。狐狸并没有催促她马上给出答案。跟姐妹俩道别后，狐狸看着她们在公鸡的陪伴下渐渐走远，随后去找一只对他唯命是从的老喜鹊。

"飞吧，飞到平原那边，一直到有核桃树的房子那边。到了那里，你去告诉德尔菲娜和玛丽内特的爸爸妈妈，姑娘们今天逃学去树林里摘草莓了。你记住了，是德尔菲娜和玛丽内特。"

事情像狐狸预言的那样。回家后，姐妹俩被爸爸妈妈惩罚只能吃干面包。

"如果你们不逃学,"爸爸妈妈说,"你们现在已经学会写一封漂亮的信,寄给阿尔弗雷德叔叔了。"

事实上,爸爸妈妈说得对,如果是往常姐妹俩会承认。但是今天,在她们吃干面包,喝白水时,爸爸妈妈却吃着烤鸡,那是一只被汽车压死的可怜的鸡。德尔菲娜和玛丽内特看着烤鸡,闻着鸡肉的香味,想到狐狸的话,懊恼的情绪让她们不再对自己的错误感到愧疚。

"我,"玛丽内特傲慢地说,"我不喜欢鸡肉。所以,我吃干面包也挺好。"

"我,"德尔菲娜说,"我甚至不明白,你们怎么能吃下鸡肉。那些鸡多好啊。"

一开始,爸爸妈妈很满意地微笑,她们说不喜欢鸡肉(因为她们吃不到鸡肉),这对他们来说更棒了。但是,当他们听到女儿说到对鸡不公正的待遇时,他们立刻生气了。

"我特地给你们留了一个翅膀和一个鸡腿,准备让你们晚上吃,"妈妈说,"但既然你们喜欢顶撞我们,那你们只能吃干面包,这样你们才能懂点事。"

德尔菲娜和玛丽内特欲哭无泪。但是晚饭后,当她们单独待在院子里时,她们又开始说爸爸妈妈的坏话。

"的确如此,"玛丽内特说,"狐狸刚才说得对,他警告过我们。"

"我敢说他认识爸爸妈妈。"

"你还记得狐狸说的话吗?不公正地对待我们,就是他们的乐趣。"

"狐狸说得对,爸爸妈妈就是很邪恶。我敢肯定,如果他们能把我们煮了……"

姐妹俩下定决心做件好事。她们去找农场的大公鸡,一只有着蓝色和金色羽毛的大公鸡,然后把她们编造的谎言告诉他:

"公鸡,我们刚刚得知一件悲伤的事情。星期天,村里将举办一个盛大的聚会,爸爸妈妈已经决定要将鸡舍里所有的公鸡和母鸡都煮了,用来招待穷人。他们说这将是一次愉快的聚会,真为你们感到难过。"

姐妹俩在上学的路上,看到公鸡就说一遍这个谎言。到了下午,这个隐含着巨大危机的谣言已经传遍整个鸡舍。因此,当小黑公鸡绕着全村宣扬自由时,轻而易举地就说动了他大部分的兄弟。

第二天清晨，农场生活开始时，村里的所有公鸡，在唱完一首告别和希望的歌后，带领家族到了集合点，那是一片高高的大麦田，他们将从那里开始他们伟大的冒险。他们组成一个有五百六十名成员的庞大队伍，这还没算上小鸡和生活在森林的池塘里的几十只小鸭子。

小黑公鸡走在队伍前面，他的胸脯抬得更高了，头上还戴着民众用月桂枝为他编织的绿色头冠。但这顶月桂头冠是一个不祥之兆。

进入树林深处没多久，鸡群中间很快传出一些流言蜚语，他们认为自由的代价太沉重。最开始，狐狸热情地欢迎他的客人，并和所有鸡群的首领结拜为兄弟。他尽可能地让鸡群在森林里生活得舒服自在，费尽心机地劝说鸡群，让他们相信森林是天堂。然而，鸡群里每天都有一只母鸡、一只公鸡、一只小鸡消失，有时甚至会在一天之内消失很多只鸡。但是不难看出，狐狸却每天春风满面，脸颊饱满，毛发光亮，大腹便便。

这期间，小黑公鸡一直戴着他的月桂头冠，变得越来越焦虑，也开始不掩饰他对狐狸的不满。狐狸还在狡辩说消失的鸡跟他无关。

"看来貂鼠和黄鼠狼已经背叛了他们对我的承诺,我会好好教训他们,建立新秩序。"

然而有一天,狐狸不得不承认自己的罪行,因为他嘴上沾满鲜血,还粘着鸡的羽毛。

"就这一次,"他对小黑公鸡说,"我必须严肃地指出,我吃的这只母鸡品行恶劣,她迟早会给我们带来麻烦。我必须经常抓些反面教材,这样对鸡群才好。"

有一次,公鸡掌握了证据,证明狐狸一天内杀掉了三只鸡。狐狸听到公鸡的指责,厚颜无耻地回答道:

"的确,这件事会让你很生气。但是我已经决定,在新秩序建立期间,我将每天吃两三只鸡,这些鸡都是鸡群里最愚蠢和最丑陋的鸡。"

公鸡并不相信狐狸的话,但他最开始被热情冲昏大脑,做出太多的妥协,以至于现在他面对兄弟们时,不敢承认是他带领大家走到这般危险境地的。相反,他还要努力安抚大家,将狐狸的恶劣行径都归咎于貂鼠和黄鼠狼。

"耐心点,"公鸡说,"现在是最艰难的时期,但我们很快就会长出牙齿,我们将成为真正的森林之主。"

德尔菲娜和玛丽内特尽量抽出时间来树林看望公鸡,但是，公鸡害怕狐狸报复，没有向她们倾诉他的烦恼。姐妹俩能感觉到小黑公鸡很伤心，但是荣耀多了，总会变得忧郁，她们并没有对此产生怀疑。她们还觉得这次捉弄了爸爸妈妈，让他们吃不成鸡肉。

但是有一天，狐狸为了宴请他的两个亲戚，牺牲了十二只鸡（不包括小鸡和小鸭）。姐妹俩发现小黑公鸡在哭泣，他不得不说出事情真相。她们终于发现是自己的糟糕行为让事情变成这样，感到羞耻和后悔。

"公鸡，"玛丽内特哭着说，"你今天必须回到鸡舍。"

"你们所有鸡都和我们一起回去，"德尔菲娜补充道，"我去跟其他鸡说明真相。"

狐狸偷听了姐妹俩和小黑公鸡的对话，于是他带着两个亲戚从树丛中钻出来。这次，他不再是往日和颜悦色的模样。他转动着两只耳朵，目露凶光，龇牙咧嘴。

"天哪！"狐狸叫道，"你们难道没看到这两个小家伙准备把我到嘴的肥肉拿走吗？你们好奇心太重了，小家伙，你们知道的太多了，也不要妄想把一切告诉你们的爸爸妈妈，因为我和我的表兄弟，将会把你们吃掉！"

姐妹俩大声尖叫，竭尽全力地跑向树林边缘。幸运的是，狐狸和他的两个表兄弟刚刚饱餐一顿，身子沉得不得了，姐妹俩才得以逃跑，她们气喘吁吁地爬上平原边缘的那棵刺槐树，大声呼救，引起她们爸爸妈妈的注意。爸爸妈妈救了姐妹俩，并将剩下的四百七十只鸡带回村子。

德尔菲娜和玛丽内特受到了严厉的惩罚，经过这件事，她们明白说谎和不听话会造成严重的后果。至于鸡群，他们已经受到残酷的惩罚了。从那之后很长时间，他们变得非常理性。

但小黑公鸡再也见不到他的鸡舍了，因为狐狸用尖牙把他咬死了，以惩罚他的背叛。当人们捡到小黑公鸡时，他的身子还是温的，随后便被做成红酒烩鸡吃掉了，甚至还从他的月桂头冠摘了桂叶，当作调味品。

挥动翅膀的猪

德尔菲娜和玛丽内特在橡树干上横放着一个长木板，用来玩跷跷板游戏。姐妹俩一人坐一端，当一个人接近地面时，另一人就会高高地悬在半空，视野也跟着开阔起来。玛丽内特有点害怕，但是，她还是笑得很开心，并向一只小白母鸡挥手打招呼。小白母鸡在鸡舍前一直看着姐妹俩，这是只善良的鸡，很喜欢姐妹俩。她站在鸡舍前看她们玩跷跷板，一方面是因为姐妹俩是她的朋友，另一方面也觉得跷跷板很有趣。

其他母鸡都回鸡舍了，因为有一只秃鹰正在农场上空盘旋巡视，随时准备冲下来，抓住某只粗心大意的鸡，带着可怜的猎物飞进附近森林里吃掉。小白母鸡不安地抬头看。秃鹰张开着翅膀，不断在院子上空盘旋，几乎逼近地面。他早就注意到小白母鸡，她看上去很美味。

看着姐妹俩玩跷跷板的，还有一头驴、一只猫和一头一百五十磅的肥猪。

驴不由自主地晃着脑袋,他的头从一侧摆到另一侧,仿佛跟着跷跷板来回晃动。他张大嘴巴哈哈大笑,看到他的朋友德尔菲娜和玛丽内特玩得开心,他也不由得开心。

猫正窝在井沿边打盹儿。他时不时睁睁眼睛,看看姐妹俩,然后又"咕噜咕噜"的打起盹儿。

猪站在院子的角落里,靠着花园的树篱,他愤怒地瞥了眼跷跷板,扇动着两只大耳朵。这头猪脾气有些粗暴,但骨子里并不坏。唯一可以指责的就是他的脾气,他就是喜欢重复说些他看到或听到的事情。他最大的乐趣就是从早到晚喋喋不休地抱怨,农场里都不堪其扰,没人能幸免。他怀疑自己跟其他同伴比过于肥美,恐怕性命不保,但事实上,他只是单纯地遵从猪的天性罢了。

跷跷板惹他不高兴了,他站在树篱边不停地抱怨着:

"要我说,她们完全不懂发明……还有,她们为什么发出这样的笑声和尖叫声,这像什么样子?首先,那块板子既属于她们也属于我,如果有人必须玩跷跷板,我觉得应该是我先玩。"

"嘿!"他喊道,"你们还要玩多久?我也很想玩跷跷板!"

德尔菲娜看到猪在冲她们说话,但是玛丽内特笑得太大声,听不见猪在说什么。

正午烈日当空。驴被晒得后背滚烫,躲在墙壁的阴影中纳凉。他有一双长长的耳朵,能清楚地听到厨房里主人的谈话。他们是这样说的:

"我觉得是时候杀了他。他现在已经一百五十磅了,我找不到继续养着他的理由。"

"我们可以再等一段时间……我知道腌肉罐里的腌肉不多了……"

"剩下的最多只够吃一周了。要我看,明天早上就把他宰了,不用再等了。"

驴起初没听懂,但又听到主人在说血肠和猪肉肠,还发出贪婪的咂嘴声,才明白他们在说要把猪宰了。他不由得哭出声,还使劲吸着鼻子,整个院子都听到他的响动。姐妹俩看到驴在哭泣,停下正在玩的游戏,问他为何如此伤心。

"没什么,"驴回答道,"我只是对花粉过敏,眼睛有点刺痛。"

待在角落里的猪摇摇头,咬牙切齿地说:"过敏的蠢驴又搞出这么多噪音！就像那两个小孩一样，没完没了地玩。"

趁这工夫，秃鹰飞得越来越低，他的影子在跷跷板和小白母鸡之间掠过好几次。

驴去叫醒在井沿边打盹儿的猫，在猫耳边说：

"你知不知道我刚刚听到了什么？猪明天早上就要被主人宰了，准备把他做成腌肉和血肠。"

猫听到这个消息，既不惊讶也不激动，仿佛没有听到。

"嘿，醒醒，"驴说，"我刚刚听说……"

"够了！知道了，你刚刚听说明天早上猪就要被宰了。我为他感到难过，但是，你想要我怎么做？这就是猪的命运，我们无能为力。"

"但谁知道呢？"驴说，"我想告诉姑娘们这件事。"

"如果一定要和别人说的话，"猫建议道，"我觉得应该告诉猪。你去告诉他这个消息吧。与此同时，我会去通知德尔菲娜和玛丽内特。我甚至想和那只小白母鸡谈谈这件事。也许她会有些点子。"

猫跳下井沿，走向跷跷板。驴走到猪身边，却不知如何开口，告诉猪这个消息，于是略带尴尬地微笑道：

"我觉得今天天气不错。"

猪没有回答,并且转过身。驴有些不自在,更难以开口。

"听着,"驴又开口道,"我想告诉你一件事,但又开不了口。"

"那就闭嘴,让我安静会儿。我不想听你八卦!"

"可怜的猪,"驴叹口气说,"如果你知道……好吧,我必须告诉你……"

驴还没说完,爸爸妈妈就来到窗前叫姐妹俩吃午饭,而姐妹俩正在和小白母鸡说话。看到她们磨磨蹭蹭,爸爸妈妈喊道:

"快过来!快点!腌肉要放凉了!"

驴低下头,为吃腌肉的姐妹俩感到羞愧,在猪耳边低声说:

"你应该原谅姑娘们。她们只能吃爸爸妈妈给的东西,对吧?并且,她们可能也没注意到这一点……"

"你在这嚼什么舌根啊?总之,你别再废话了。"

"是有关腌肉的事!"

"腌肉?什么腌肉?要我说,你这头驴真是疯了!跷跷板终于空出来了，轮到我玩了……"

"给我一分钟！我想跟你说……"

但是，猪已经迈着小短腿跑向跷跷板了。驴也追着猪跑过去，当他经过猫和小白母鸡身旁时，气喘吁吁地说：

"可怜的猪现在什么都不知道。"

猪坐在跷跷板的一端，但他喊得再大声，身体扭得再使劲，跷跷板都没能晃动。他的三个朋友站在他身边，同情地看着他。小白母鸡似乎已经忘记了盘旋的秃鹰，虽然现在秃鹰已经贴近屋顶了。

"我太傻了！"猪突然大叫，"我没有想到，跷跷板需要两个人一起才能玩！"

与此同时，厨房那边传来吼叫声。爸爸妈妈正在责备姐妹俩：

"你们快点儿去吃腌肉，或者别吃了直接上床睡觉好了！这世上有比你们更不听话的小孩吗？你们到底什么意思？"

没人听到德尔菲娜和玛丽内特的回答，因为姐妹俩的声音太微弱了，爸爸妈妈继续说：

"你们难道认为我们把猪养肥，就是为了让他跟两个不听话的小鬼混在一起吗？不，完全不。明天早上，这头猪就得……"

说到这里，为了不让猪听到接下来的话，猪身边的驴开始嘶叫，小白母鸡打起了鸣，猫发出喵喵的叫声。秃鹰此时已经飞得非常低，开始用舌头舔嘴了，但听到这些声音被吓坏了，扬起翅膀飞到比屋顶更高的地方。然而，他并没有放弃，继续在院子上空盘旋。

"你们是傻瓜吗，发出这些愚蠢的声音，"猪说，"主人刚好提到我，你们就在那吵吵闹闹，都怪你们，我都没听到后面的话。"

驴叹了一口气，这口气像一阵风，吹动猫的胡子，小白母鸡也把头塞进胸口里，掩饰自己的眼泪。然后猫摇了摇头，向前迈了一步，跟猪复述了驴在厨房窗户旁听到的话。最后他出于怜悯，说至少现在还没有什么损失，但这种假装还有希望的说辞，没人相信。

猪听完后很克制。要是别的动物，准会大喊大叫，或者愤怒地咒骂。而猪只是坐在跷跷板的一端，静静地听着猫的话。他说的第一句话是感谢朋友们给予他的帮助，然后，他才让大家帮忙想办法。驴建议他去跟主人谈谈，争取些时间，但猪认为，这样做无济于事，只会让他们怀疑。在他看来，最明智的做法是等到天黑，然后逃到附近的森林里。猫向他指出，这样做的结果会比待在农场更加危险，因为他一旦进入森林，可能走不到一百米就会被狼撕成碎片。

"好吧，"猪叹了口气说，"我只能接受成为腌肉的命运了。你们随意说点什么吧，反正一切都没有意义了。或许让我最痛苦的，就是德尔菲娜和玛丽内特不得不吃掉我……"

驴，小白母鸡，甚至是跟猪不太熟的猫，听到他这番话，都忍不住抽泣起来。

猪知道他们现在很伤心，为了不让他们难过，他笑着说：

"实际上，我相信一切都会变好的。在那之前，我想玩一会儿跷跷板。你们有谁想坐到木板的另一端去吗？"

"我，"驴说，"这正合我意，不过我的体型有点大，不太好坐到板子上。"

"我，"猫说，"但是，我不够重。你想想看，你有一百五十磅呢！"

"唉！"猪叹了一口气说，"如果我不这么胖，我会过得更称心如意。我现在算是明白了。"

小白母鸡一言不发地爬上跷跷板。

"你爬上去有什么用?"猫说,"你比我还轻。"

"走着瞧!"

然后,小白母鸡尽可能地把自己变重。因为猪是善良的动物,小白母鸡很容易就将猪从地面上抬起来。板子被翘得跟地面平行了,现在他们处在同样的高度。驴咬了咬自己的耳朵,以确保自己不是在做梦,猫也惊讶极了。这件事太不可思议,所以谁都没注意到秃鹰落在跷跷板上的身影。小白母鸡继续让自己变重,猪的那一端变得越来越高。随即,猪又慢慢地降下来,又升上去,又降下来,这样摆动了五分钟。猪从来没有这么开心过,一直开怀大笑。然而,这对于小白母鸡来说太累了。当猪升到最高点,她降到地面时,她觉得自己筋疲力尽,没法儿让自己变得更重了。趁这工夫,秃鹰冲向跷跷板捕捉小白母鸡,但之后遭遇的事情,让他对自己的贪婪懊悔不已。小白母鸡因为太累,没有力气和体重去支撑猪的重量,跷跷板突然失去平衡,猪快速地下落,小白母鸡也飞速地上扬,于是小白母鸡这端的木板狠狠地撞到俯冲下来的秃鹰的头,秃鹰猝不及防地被撞晕了,掉到地上。看着倒地的秃鹰，小白母鸡才反应过来，刚才自己有生命危险，他不由得大声呼救：

"救命！有只秃鹰想吃我！在这里，他还在地上扑棱！别让他再飞起来！"

秃鹰看上去已经从刚才的撞击中恢复过来，一言不发地瞪着小白母鸡。幸亏驴和猪跑过来。他们用嘴叼住秃鹰的羽毛，用力拉扯秃鹰的翅膀，试图将他拉走，最终秃鹰的两只翅膀都被他扯下来了。秃鹰看上去十分伤心，准确地说，"半只"秃鹰很伤心。

"把翅膀还给我！"秃鹰歇斯底里地喊着，"你们没有权利把我的翅膀夺走！"

秃鹰边大喊边用他铁钩般的喙威胁驴和猪。猫被这种噪音惹恼了，决定说几句让他闭嘴。

"如果你是只聪明的秃鹰，"猫说，"你就不该发出这么大的声音。农场的主人正在吃饭，我很惊讶他们竟然没听见你在这大喊大叫。如果被他们发现你在院子里，他们肯定会用木棍打死你。你最好趁现在还剩两条腿，悄悄从树篱后面溜走，抓紧躲到森林里，在那里等你的翅膀长回来。每拖延一分钟，你就越危险。"

没等猫再次警告他,秃鹰连忙闭嘴,急急忙忙跑到树篱后面。他还不习惯用脚奔跑,这真是凄惨的景象,往日身躯庞大的秃鹰,现在只能拖着小了一半的身子,步履蹒跚地逃命。

驴很同情秃鹰,对猪说:

"也许我们可以把翅膀还给他。经过这次教训,他以后应该不敢在农场附近徘徊了。"

"我也想把翅膀还给他,"猪赞同道,"刚刚我们应该让他吃够苦头了,我觉得这惩罚可以了。你觉得呢,猫?"

"哦!我觉得可以,"猫说,"但还是让小白母鸡决定吧……"

秃鹰听到他们的谈话,便停在半道上,等着他们把翅膀还给他。他以为,这件事已经板上钉钉,然而这只是他的一厢情愿,因为小白母鸡向他喊道:

"我们什么都不会还给你!你快点到森林里去,不然我叫主人过来!"

秃鹰只好重新跑起来,一路上嘟嘟囔囔着,消失在树篱的角落里。驴和猪埋怨小白母鸡不近人情,但她眨了眨眼睛对他们说:

"我不把翅膀还给他,是因为我有一个想法……我觉得猫已经明白了……姑娘们过来了,我们和她们说说这件事吧。"

德尔菲娜和玛丽内特背着书包,正要去学校。

姐妹俩停下来抚摸猪时,小白母鸡向姐妹俩讲述她的计划。

"这是一个好主意,"她们说,"但实施起来有些困难。我们放学回来后再跟白牛谈谈。"

白牛是一头非常睿智的牛,他读得懂最晦涩的书。只要心情好,他非常乐意帮助动物们,为他们解决麻烦。但最近这两天,他总是忧心忡忡的,因为他无法解开一道复杂的数学题。只有德尔菲娜和玛丽内特找他说话时,不会被他责骂。

姐妹俩答应放学尽早回来和白牛商量后便去上学了。她们一路上心不在焉,德尔菲娜愁眉紧锁。

"你担心这个计划会失败吗?"玛丽内特问。

"哦!不,"德尔菲娜说,"恰恰相反,我害怕这计划太过成功。我在考虑,我们拯救猪的计划是否正确……"

"你应该不希望他被切成碎片,然后被放进腌肉罐里吧!"

"是的,我知道,这对他和我们来说,都是一件糟糕的事,但是,对人类来说猪就是用来吃的。假如我们帮助他逃脱这一命运,这会给爸爸妈妈带来麻烦。事实上,我们几乎每一顿都要吃腌肉的。之后他们该去哪里找腌肉给我们吃?善待动物是件好事,但不能做得太过分。"

玛丽内特对姐姐的话感到生气,但一时也不知道如何反驳。姐妹俩想尽快赶到学校,于是就穿过一条不常走的小路,途中经过一座漂亮的绿房子,房门前坐着一头有黑斑点的粉皮大肥猪,他亲切地对她们说:

"你们好啊!姑娘们!你们去上学吗?"

"是的,"玛丽内特回答道,"不过我觉得我们快迟到了……请你告诉我,作为一头猪,你应该很重吧?"

"噢!"猪笑着说,"我已经很久没有称过体重了。如果我没记错的话,上一次称重,我体重是三百磅。"

"三百磅?你的主人一定很善良,或者他们不为食物发愁。"

"我的主人?我没有主人,我活得可自在了……哦!我并不富有,但富有又有什么意义呢?我对现在的生活很满意：有一座小房子、一块土地，还有善良顺从的男孩。这足以让我过上平静的生活。"

这时，一个又高又胖的男孩从房子里出来，肩上扛着鹤嘴斧，向姐妹俩问好。

"巴蒂斯特，"猪说，"你看看我还有多少橡子？"

"是的，主人，我刚刚才看过。只剩下三四天的量了……如果您合理分配的话，也许能吃上一个星期。"

"合理分配？"猪咆哮道，"说得好听！所以，一个星期后，我一颗橡子都吃不到了？你还记得我们说过什么吗？你该对此负责，就因为你的懒惰，橡子才没能及时补满。"

巴蒂斯特低下头，抹着眼泪走开了。

姐妹俩对她们看到和听到的事情感到惊讶，甚至忘记去上学。

"你们明白，"肥猪说，"每年他都跟我玩同样的把戏。事到如今，我已经受够了。"

"可怜的人！"德尔菲娜叫道，"他不是故意的……只是粗心大意……你要有耐心。"

"哦！是的，要有耐心，"玛丽内特恳求道，"至少今年不要吃掉他。"

"吃掉他？"肥猪喊道，这次轮到他惊讶得瞠目结舌了，"吃掉他？我从来没想过！我只是跟他约定，如果出现橡子不够吃的情况，接下来的两周我都不会让他吃甜点。但我太蠢了，我根本没有勇气惩罚他。不过，你们也会认同吧，他应该受到惩罚！"

姐妹俩认同猪的做法。回想玛丽内特的话，肥猪笑着说：

"吃掉他……你们去吧，你们去吃掉他！可怜的巴蒂斯特！哦！这并不是说他味道不好，相反，我在想，应该有很多种让他变美味的方法……更不用说我还能饱餐一顿！但如果我们只想满足食欲，很快我们就会吞掉最好的朋友。对我来说，我宁愿饿死，也不愿做这样的事！"

德尔菲娜一想到她对妹妹说过的一些话，便羞愧得满脸通红，她对猪说她们现在必须回学校了。

"我迫不及待地想回家和白牛讨论了。"她说。

一开始，只有姐妹俩走进牛棚。

猪、驴、猫和小白母鸡在院子里等着她们。

"白牛，"德尔菲娜说，"我们有事要问你。"

"你们运气不错，"白牛说，"我刚刚解开困扰我的这道题。"

德尔菲娜向他说明了为什么来找他,听完后白牛说:

"这简直易如反掌!你们不用再操心了,之后我会负责这件事。为了谨慎起见,我再考虑考虑。今晚七点,带着你们的朋友一起过来,用不了一分钟这件事就能解决。"

姐妹俩不停地跟白牛道谢,离开牛棚,赶紧来到她们的朋友身边,他正焦急地等着她们。

"已经说好了,"德尔菲娜对猪说,"我们今晚七点带你去白牛那边,他会解决所有问题。"

"噢!我太高兴了,"猪说,"我现在终于可以告诉你们,其实我一直不敢相信这件事能成。"

大约六点的时候,爸爸妈妈从田里回来了,他们在猪身边停下来,仔细检查着猪的身体,以确保他足够肥美。他们似乎很满意,并友好地对猪说:

"真棒,你没有浪费时间,你真是一头勇敢的猪。"

"你们的表扬让我非常高兴。我知道你们关心我的健康,还一直亲力亲为地照顾我。"

七点时,按照约定,姐妹俩过来找猪,并带他一起去白牛那里。德尔菲娜带着秃鹰的一只翅膀,玛丽内特带着另一只。一切都井然有序地进行。姐妹俩将秃鹰的翅膀安在猪的身上，白牛默念三个拉丁语单词，同时尾巴从左向右转起来。

翅膀立刻固定在猪的身上了，仿佛他出生时就长着这对翅膀。但是，第一次的尝试并不顺利。德尔菲娜和玛丽内特太过激动没有拿好翅膀，其中一只翅膀被安在猪的脊背上，而另一只在猪的肚子上。

"没关系，"白牛泰然自若地说，"我们马上纠正这个错误。"

他将那三个拉丁语单词倒过来念了一遍，同时把尾巴从右向左旋转，那两只翅膀便掉了下来。他又重复一遍最开始的操作，这次大家格外注意翅膀位置的对称性。猪高兴得不知该如何感谢白牛。

"你是全世界最好的牛。你刚刚为我所做的一切，我这辈子都会感谢你。"

"别这么客气，"白牛说，"这没什么大不了的！我很愿意帮助你！即使有一天你需要一对鳍，也尽管来找我。我随时为你效劳。"

白牛真的非常善良。为了感谢他，德尔菲娜给他一本小书，是她在房子里找到的，这本书没人能看懂。白牛一拿到书便如饥似渴地读起来，甚至没有注意到大家跟他道别。

第二天一大早，天气十分晴朗，大家都起来了。爸爸妈妈磨着一把大刀，还准备了其他同样可怕的工具。小白母鸡在院子里啄食，猫趴在井沿上，驴在房子旁边的草地上吃草。当爸爸妈妈准备好后，他们对姐妹俩说：

"现在让我们把这头肥猪带出来，快点结束吧。"

当猪圈的门打开后，猪向姐妹俩友好地打招呼，像往常一样跑到花园的篱笆边。爸爸妈妈觉得猪今天好像有点儿不一样，但他们没有太在意。他们把大刀藏在背后，别有用心地诱惑着猪。

"过来吧，亲爱的猪，"他们说，"过来跟你的主人问个好，你会得到意想不到的奖励。"

但猪无动于衷，无论主人怎样叫他，对他许下什么样的承诺，他连头都没有抬一下。

"你给我过来，我再说最后一次！"爸爸妈妈怒不可遏地喊道，"难道一定要我们过去揪你的耳朵吗？"

猪仍旧装作没听到，爸爸妈妈话已经说出口了，决定过去揪猪的耳朵。这时，猪突然向他们的方向迈了三步，仿佛在迎接他们,接着张开他美丽的新翅膀,优雅地飞到了空中。

很难描述当时爸爸妈妈有多惊讶。他们瞠目结舌地看着猪,看着他在院子上空飞翔,时不时地扑打翅膀,升到烟囱的高度,有时伸直翅膀降落,轻抚姐妹俩的金发。他落在屋顶上休息时,爸爸妈妈仍然希望他回到他们身边。

"来吧,别开玩笑了,这很有趣,我们原谅你了。你知道我们有多关心你。"

"主人啊,"猪说,"你们以为我飞过院子上空时,没看见你们藏在背后的那把大刀吗?我宁愿永远离开农场,也不愿待在腌肉桶里。永别了,你们要学着别那么残忍。"

猪笑着和朋友们道别,就向着森林深处飞走了。他在那里生活得很快乐,从不后悔离开农场。当然,他并没有忘记他的朋友们,经常趁着爸爸妈妈不在时,来农场看望他们。他跟姐妹俩、驴、猫和小白母鸡讲述他在森林里的冒险故事,还总是谢谢他们救了他。有几次,他让德尔菲娜和玛丽内特骑在他的背上,驮着她们飞到空中,在美丽的云海翱翔。

图书在版编目（CIP）数据

捉猫故事集 / （法）马塞尔·埃梅著；严若瑜译. 成都：天地出版社，2025.1.—（可以不用长大）.
ISBN 978-7-5455-8559-9

Ⅰ . I565.88

中国国家版本馆CIP数据核字第2024KC9203号

ZHUOMAO GUSHIJI

捉猫故事集

出 品 人	杨 政
作 者	［法］马塞尔·埃梅
译 者	严若瑜
责任编辑	袁静梅
责任校对	张思秋
封面设计	刘 洋
内文排版	谢 彬
责任印制	王学锋
出版发行	天地出版社 （成都市锦江区三色路238号 邮政编码：610023） （北京市方庄芳群园3区3号 邮政编码：100078）
网 址	http://www.tiandiph.com
电子邮箱	tianditg@163.com
经 销	新华文轩出版传媒股份有限公司
印 刷	北京旺都印务有限公司
版 次	2025年1月第1版
印 次	2025年1月第1次印刷
开 本	787mm×1092mm 1/32
印 张	11.5
字 数	192千字
定 价	45.00元
书 号	ISBN 978-7-5455-8559-9

版权所有◆违者必究

咨询电话：（028）86361282（总编室）
购书热线：（010）67693207（营销中心）

如有印装错误，请与本社联系调换